Renate Tebbel

Die grüne Schatulle

Für Clärchen

Umschlaggestaltung, Illustration und Druck: vilobri GmbH, Rittistr. 23, 77749 Hohberg
Verlag, Herausgeber, Lektorat, Korrektorat: Renate Tebbel, Rittistr. 23, 77749 Hohberg

ISBN: 978-3-00-067164-7

Was ich noch sagen möchte ...

„Tief ist der Brunnen der Vergangenheit“ - so beginnt Thomas Mann seinen vierteiligen Roman über „Joseph und seine Brüder.” Die biblische Familiengeschichte rund um Lieblingssohn Joseph berichtet von Verlust und Wiederfinden von Heimat, Neid und Bruderzwist, und welche Auswirkungen die ungleich verteilte väterliche Liebe auf das Leben der Brüder hat. Thomas Mann nimmt sich dafür viel Zeit, stellt er doch seinen Helden in große menschheitsgeschichtliche Zusammenhänge. Er benutzte viele Vorlagen, wie ja auch schon beim Schreiben der „Buddenbrooks“ Tolstois Familienepos „Krieg und Frieden“ stets auf seinem Schreibtisch lag.

Was das zu bedeuten hat? Familiengeschichten sind einander auf geheimnisvolle Art ähnlich: Der erfolgreiche Sohn hat einen Bruder, der seinen Weg ins Leben nicht so recht finden kann, wie Thomas und Christian Buddenbrook, die liebevolle Tochter hat eine zanksüchtige Schwester oder der lebenstüchtige Vater ist mit seinem verträumten Sohn zerstritten.

Ebenso wird in vielen Romanen deutlich, dass das Schicksal jeder Familie mit den vorhergehenden Generationen verknüpft ist. Auf diese Weise erstreckt sich das Menschenleben im Grunde nicht nur auf die eigene Zeitspanne. Die Geschichte und die Geschichten vor unserer Zeit geben uns zuweilen das Gefühl, schon mehrere Leben gelebt zu haben.

Familiengeschichten sind sich zwar ähnlich in ihrem Glück. Aber wie Tolstoi in seinem Roman „Anna Karenina“ sagt, ist jede Familie auf ihre eigene Art unglücklich. Und dieses Unglück hat nicht selten mit gesamtgesellschaftlichen Ereignissen zu tun wie Krieg und Verfolgung, und nicht zuletzt mit dem Verhältnis der Geschlechter.

Das zeigt sich ganz besonders, wenn es um die Lebensgeschichte von Frauen geht: Das weibliche Geschlecht war bis vor gar nicht so langer Zeit in allem an die Weisung männlicher Familienmitglieder gebunden.

So sind auch in diesem Roman die Frauen zunächst „Anhängsel“ der männlichen Familienmitglieder, und doch müssen sie, im Zustande fahrlässiger Unschuld aufgewachsen, im Zuge der Ereignisse ihr Schicksal in die eigenen Hände nehmen.

Inspiriert von den Erzählungen meiner Großmutter Clara Thieß, geborene Siebert, ist die Handlung dieses Romans zu einem guten Teil ihren Schilderungen nachempfunden. Das bedeutet, dass die Figuren der Erzählung nicht identisch sind mit real existierenden Personen. Hingegen beruhen alle politischen und wirtschaftlichen Ereignisse und Zusammenhänge auf Tatsachen. Es sei angemerkt, dass die Überzeugungen der Personen dieses Romans nicht identisch sind mit den Ansichten der Autorin.

Meine Oma Clara, genannt Clärchen, hat mir so lebhaft von den alten Zeiten erzählt, von den Pferden ihrer Kindheit, vom vielgeliebten Bruder Fritz, der jüdischen Freundin Lena und nicht zuletzt von der Kasseler Verwandtschaft, dass ich mir diese schon so lang dahingeschiedenen Menschen immer sehr gut vorstellen konnte.

Oft, wenn sie von früher erzählte, entnahm meine Oma das eine oder andere Dokument aus einer grünen Schatulle. In diese Schachtel, die noch aus der alten Heimat jenseits des Rheins herüber gerettet war, legte sie Unterlagen, die mit der Familiengeschichte zu tun hatten, und auch Briefe, die ihr besonders teuer waren. Sie hatte große Angst vor Gewittern, und wenn der Donner grollte, saß Clärchen mit ihrer grünen Schatulle in Türnähe. Wann immer es grell am Himmel zuckte, fuhr sie zusammen, zog die Schatulle noch enger an sich und sah uns Kinder mahnend an. „Keinen Keks, denkt dran: Den Schläfer lass schlafen, den Esser schlag tot."

Nach ihrem Tod ist diese grüne Schatulle in meine Hände gelangt. Und immer, wenn ich die Dokumente und Briefe vor mir liegen sah, kam mir der Gedanke, die wechselvolle Geschichte der Familie Siebert, das Schicksal der Familie Thieß, aufzuschreiben. Vergleichbar anderen Familien in ihrem Glück, spiegeln sich in ihrem Unglück die Krisen und die Kriege des 20. Jahrhunderts. Vielleicht würde es ja gelingen, die Zeiten und Personen aus dem dunklen Brunnen der Vergangenheit in das Licht der Gegenwart zu holen und für eine kleine Weile wieder lebendig werden zu lassen …

Erster Teil

Das Haus in der Mühlenstraße

An einem trüben Tag im November des Jahres 1890 zieht Heinrich Siebert in die Stadt an den drei Flüssen. Hier wollte er nach den Missernten der vergangenen Jahre sein Glück suchen. Den „Röddenhof" in der Nähe von Hofgeismar ließ er ohne größeres Bedauern hinter sich, denn vor ihm, meinte er, lag eine bessere Zukunft. Mit einer Pferdespedition würde er sich eine zeitgemäße Existenz aufbauen können.

In der neuen Heimat Hann.Münden würde ihm das gewiss gelingen: In den drei Wäldern, die das Tal umschließen, wurde viel Holz transportiert, und auch durch das Stapelrecht von 1247 war die Stadt zu Ansehen und Wohlstand gekommen. Dem Stapelrecht nach mussten die Waren durchreisender Kaufleute auf den Flüssen Weser, Werra und Fulda den Mündener Bürgern drei Tage lang zum Kauf angeboten werden. Große stolze Patrizierhäuser zeugen vom Reichtum der Stadt, die im Spätmittelalter zu den wohlhabendsten Gegenden in Niedersachsen gehörte.

Mit 90 Pferden geht der Zug an der Schlagd entlang, wo die Schiffe nach Norden vor Anker liegen. Heinrich Siebert reitet voran: eine große, schlanke Gestalt, etwas gebeugt, schmale hellgraue Augen, schwarze Haare, feine Gesichtszüge. An diesem Spätnachmittag Ende November wird es schon früh dunkel, trübe Wolken hängen tief über dem Tal. In der fahlen Dämmerung sieht der nicht enden wollende Zug der Pferde und Begleiter ein wenig gespenstisch aus.

Heinrich erinnert mit seinem weiten nebelgrauen Umhang an einen Erlkönig, meinen die neuen Mitbürger, die am Straßenrand stehen und staunen. So etwas hat man schon lange Zeit nicht mehr gesehen, zuletzt vielleicht als der Tuchhändler Manon Friedländer vor Jahren nach Münden kam und nahe am Fluss ein stattliches Haus errichtete. Und wer ist das nun wohl, und was will der hier? Sieht so ein Speditionskaufmann aus? So schmal und zart? Man wird mal schauen und sehen, was in ihm steckt.

Das wird sich gleich zeigen, denn es ist die Zeit des Katharinenläutens: Jedes Jahr im November läuten die Glocken der St. Blasius-Kirche in Erinnerung an die fromme Katharina, die sich bei einem Krankenbesuch verspätet und im dunklen Kaufungerwald herumirrt, bis ihr das rettende Glockengeläut den Weg nach Hause weist. Seither wird zu dieser Zeit mit allerlei Schabernack an die wundersame Heimkehr erinnert. Das nennen sie „Schrubben", und der Spruch dazu lautete: „Hie hebbet se ne, hie schrubbet se ne, wene denn, den Umstehenden."

Dann geht man im Schutz der Menge dem Nächststehenden an den Kragen. Man schmiert ihn mit Schuhcreme ein, reibt Öl auf seine Weste oder stellt einem allgemein ungeliebten Störenfried ein Bein. Hunde können auch schon mal damit rechnen, dass ihnen ein Knoten in den Schwanz gedreht wird. Frauen, die schon immer mal ein Hühnchen rupfen wollten mit der Nachbarin, reiben ihrer liebsten Feindin Schmalz ins Haar oder sie zerschneiden deren Schürzenbänder. Besonders beliebte Ziele dieses Volkssports sind jedoch Neuankömmlinge. Sicherlich auch, weil der Überraschungseffekt da besonders groß ist.

Auch Siebert wird völlig von dem ungewöhnlichen Brauchtum in seiner neuen Heimat überrascht. Sowas kennt man doch eigentlich nur von den Katholiken, hatte er bis dahin gemeint, so eine Art Entfesselung der Massen-Instinkte wie beim Karneval. Man erwartet, dass er zurück kreischt und johlt und sich am Volksvergnügen beteiligt, doch das ist nicht seine Art. Ist Siebert vielleicht ein Feigling? Jedenfalls irgendwie anders, und so kam es, dass Heinrich Siebert an diesem ersten Abend in seiner neuen Heimat einen Spitznamen verpasst bekam: „Schasske Siebert."

Aber so ausgelassen die Späße dieser neuen Mitbürger auch sein mochten, sie hatten schon ein richtiges Gespür dafür, dass dieser Heinrich Siebert nicht so ganz zum Unternehmer, zum Speditionskaufmann taugte. Denn wenn es drauf ankam, war ihm der Wert einer Sache wichtiger als die Kosten. Immer hatte er ein offenes Ohr für die Nöte und Sorgen der Knechte und Mägde. Und wenn sie ihm zuriefen: „Nech tau veele Knooken, Heere“, dann sorgte er dafür, dass in der Mittagssuppe mehr Fleisch und weniger Knochen waren.

Dass die Arbeiter, das Gesinde ihm diese Gutmütigkeit durch Treue und Anhänglichkeit lohnten, war schön, brachte aber kein Geld in die Kasse. Als Ausgleich mag noch gelten, dass die Siebertschen Leute dem Aufruf der Gewerkschaften nicht folgten. Andererseits war das auch gar nicht notwendig. Denn „Heere“ Siebert bezahlte zwar nicht mehr als andere Arbeitgeber, aber er versorgte stets die Familien, wenn der Vater krank wurde.

Man wusste auch, dass er keinen Tagelöhner abwies, der morgens um Arbeit anstand. „Der Arme hat ein Tröppchen Kinder, man muss ihm in Gottes Namen helfen“, sagte er dann und fand irgendwo etwas zu tun. Da mussten die Pferde gestriegelt oder das Heu auf den Dachboden gewendet werden, der Sand im Salon erneuert oder das Stiegengeländer repariert werden.

Noch aber, Anfang des Jahres 1891, hat er genügend Rücklagen vom Verkauf des Röddenhofes, und Siebert erwirbt einen halben Straßenzug in seiner neuen Heimatstadt. Drei Häuser, vierstöckig, in der großen Diele im Erdgeschoss werden die Pferde angeleint, im ersten Stock mit dem ausladenden Erker sind die Wohnräume der „Herrschaft“, darüber befinden sich die Schlafräume. Im dritten Stock sind die angestellten Arbeiter untergebracht und ganz oben die Knechte und Mägde. Auf dem Trockenboden darüber lagert das Heu.

Jetzt fehlt nur noch die Familie: Heinrich heiratet Helene Fischer im Juli 1892, im Jahr darauf wird Sohn Fritz geboren. Die junge Mutter stirbt kurz nach der Geburt an einer Blutvergiftung. Lange Zeit ist er mit dem kleinen Sohn allein, bis er sich 1895 in Charlotte Rudolf verliebt. Es ist die Liebe seines Lebens. Und bald erwartet das junge Paar ein Kind. Tochter Clara Charlotte Helene, das „Clärchen“, wird am 21. Februar 1896 geboren.

Zu dieser Zeit sterben in Deutschland mehr als ein Viertel der gebärenden Frauen am Kindbettfieber, übertragen von Hebammen oder Ärzten, die bei der Geburt behilflich waren und oft geradewegs aus Sterbezimmern kamen. Dass sie an ihren Händen die todbringenden

Bakterien zu den Wöchnerinnen tragen, war in medizinischen Kreisen nicht unbekannt, aber konnte man das wirklich glauben? Gar zu abwegig und phantastisch erschien die Idee von unsichtbaren Teilchen, die von einer Person zur anderen übertragen werden konnten.

Dass die Sterblichkeit so hoch war, lag auch daran, dass die Symptome wie im Fall von Clärchens Mutter Charlotte Siebert nicht gleich erkannt wurden. Fieber und Unterleibsschmerzen, Blutdruckabfall und innere Unruhe, das alles könnte auch eine ganz normale Kindbett Reaktion sein, meint die Hebamme. Auch Hausarzt Behrends sieht keine Gefahr: „Viel frische Luft und eine kräftige Hühnersuppe, und Helene springt bald wieder wie ein junges Reh."

Doch als Heinrich am Abend des dritten Tages nach der Geburt in die Wochenstube kommt, liegt sie bleich und blass unter der geblümten Damastdecke, die weißen Hände wie welke Blumen. Schnell angespannt, die Kerzen-Laternen anzünden, besser noch gleich Pechfackeln, es ist düsterste Nacht, kein Stern steht am Himmel. Walli Bratsch klingelt Behrends aus dem Bett, es eilt!

Aber nein, zu spät! Wie Heinrich Siebert trauert! Die Uhren werden angehalten, kein Schlag soll mehr an die Lebenszeit der Verstorbenen erinnern, alle Spiegel werden verhangen, die Arbeiter, Knechte und Mägde tragen schwarze Armbinden, und ein ganzes Jahr lang darf im Hause Siebert nicht gefeiert, schon gar keine Musik gehört werden. Zur Beerdigung findet sich nur eine kleine Gruppe zusammen, zumal Frauen zu dieser Zeit ohnehin nicht zu Beerdigungsfeiern auf den Friedhof durften.

Das weibliche Geschlecht sollte von den traurigen und bösen Dingen des Lebens ferngehalten werden. Es war die Aufgabe der Frau und Mutter, heitere Liebe und Fürsorge in das Leben des Mannes, in das Leben der Familie zu bringen. Das Reich der Frau, das war das Gute, Wahre, Schöne, auf diese häusliche Insel der Glückseligkeit zog sich der Ehemann abends zurück, wenn er tagsüber den rauen Winden der Wirklichkeit ausgesetzt gewesen war. Zeitungen lesen, in denen nur Schreckensnachrichten standen, am politischen Zeitgeschehen mit seinen Intrigen und Verleumdungen teilnehmen, das war undenkbar.

Höchstens vielleicht durften Töchter und Ehefrauen die „Gartenlaube" lesen, zumal das „Illustrirte Familienblatt" auch in Kaffeehäusern und Leihbibliotheken auslag. Zur gemeinsamen Familienlektüre gedacht, gab es neben moralischer Belehrung auch Beiträge von namhaften Autoren wie Ludwig Ganghofer und Theodor Fontane. Doch nicht alle Ehemänner erlaubten ihrer Frau das Lesen, oder aber sie wählten die Artikel sorgfältig aus.

An der Beerdigungsfeier von Clärchens Mutter Charlotte nehmen also keine Frauen und auch nicht viele Männer teil, denn Siebert ist zwar anerkannt in der Stadt, immerhin laufen die Geschäfte gut und er besitzt drei Häuser, aber so richtig warm werden die Leute der kleinen Stadt nicht mit ihm. Scheint er doch irgendwie anders zu sein, nicht ganz so handfest und bodenständig, wie ein Geschäftsmann sein sollte.

Und dann gehört er auch noch dieser seltsamen Sekte an, den Reformierten, den Calvinisten, die sind doch gar nicht von hier. Die „Reformierten" schienen in dieser Lutherstadt fast so unheimlich wie Katholiken und Freimaurer. Allerlei düstere Geheimnisse um verborgene Rituale rankten sich dazumal um diese Außenseiter-Gruppen.

Schasske Siebert ist halt „keiner von uns". Er ist nicht richtig geradeheraus wie ein rechtschaffener Luthermensch, der so spricht, wie ihm das Maul gewachsen ist, und der die Dinge beim Namen nennt. Und wenn er auch wirtschaftlich gut da steht, ist das vielleicht nur, weil er als reformierter Réfugié besondere Privilegien und Kredite vom Landesherrn erhält, die den Einheimischen verwehrt bleiben?

Und trauern ist ja gut und richtig, aber übertreibt es Siebert nicht ein bisschen? Im Trauerjahr kümmert er sich nach dem Geschmack der Leute zu wenig um Haus und Hof. Immerhin ist da ja noch der dreijährige Fritz, und das Neugeborene, das kleine Clärchen. Eine Zugehfrau kommt zwar ins Haus, aber keine Frage, der Witwer muss wieder heiraten. Eine Liebesheirat kann das nicht werden, zu sehr hängt Heinrich an seiner verstorbenen Frau.

Wie wäre es denn mit der unverheirateten Cousine zweiten Grades, Bertha, aus dem thüringischen Erfurt, etwas älter, keine Schönheit, dafür tüchtig und anpackend. So kommt Bertha Wilhelmina, schmallippig und von dürrer Gestalt, in das große verwaiste Haus in der Mühlenstraße. Wird sie in ihrem fortgeschrittenen Alter von Anfang 40 froh sein, eine kleine Familie fertig vorzufinden, um die sie sich kümmern kann?

Nein, keineswegs, denn es sind ja die Kinder einer anderen, die noch aus dem Grab heraus das Herz ihres neuen Ehemannes gefangen hält. Harte Worte, bedrückende Schweigsamkeit, so erleben die heranwachsenden Kinder Fritz und Clara ihre neue Mutter. Der Vater kommt abends spät nach Hause, hört sich den Kummer der Kinder an, tröstet auf seine Art („sie meint es nicht so") und erzählt von seinem Tag im Wald mit den Pferden. Er berichtet von Arbeitern und Tagelöhnern, die in der Spedition beim Umladen und Transportieren helfen. Holzspedition auf abschüssigen Waldwegen, das ist ein gefährliches Unterfangen.

Wenn das Pferd scheut, der Weg matschig oder vereist, kommt es zu schlimmen Unfällen, wie im Fall des jungen Walli Bratsch, noch nicht mal 20 Jahre alt, der oben im Haus eine „Gnadenwohnung" gefunden hat. Eigentlich ist es eher eine Kammer, ein Verschlag, aber es kostet fast nichts, und wo sollte er sonst hin? Fritz und Clärchen, beide haben die dunklen Haare und die hellgrauen Augen des Vaters, hören gebannt zu. Heute habe Schorse, der Schimmel, gescheut, erzählt Heinrich seinen Kindern. Schorse, so heißt in dieser Gegend „Georg", ist das Lieblingspferd von Clärchen, jeden Tag bringt sie ihm Zucker und Karotten. Wenn er eine Kolik hat, schleicht sie sich im Dunkeln in die unteren Pferdeställe und streichelt ihn die halbe Nacht.

Clärchen erinnert sich später gern an ihre Jugend. Etwas von Glanz und Güte rettet sie so in die unsicheren, ärmlichen Nachkriegsjahre des zweiten Weltkriegs. Und zeitlebens zeigt sich an ihrer Großzügigkeit und an ihrem Weltvertrauen, dass sie im Wohlstand aufgewachsen ist. Wenn sie sich auch nicht so gern an den Besuch der höheren Töchterschule erinnert, wo der Lehrer mit dem harten Lineal auf die ausgestreckten Hände schlägt und durch größtmögliche Schmerzzufügung sicherstellt, dass die Züchtigung auch erfolgreich ist, so leuchten doch ihre Augen, wenn sie von Feiertagen und Festzeiten erzählt.

Lieb Vaterland, magst ruhig sein

Zu Kaiser Wilhelms Geburtstag im August waren alle Fenster und Türen festlich schwarz-weiß-rot geschmückt, schildert Clärchen, immer war schönstes Kaiserwetter, blauer Himmel, Sonne. Und wie viele Denkmäler und Aussichtspunkte zu dieser Zeit geschaffen und errichtet wurden. Schaut mal, erzählt sie auf einem Waldspaziergang, hier steht der Tilly-Turm in Erinnerung an die standhafte Abwehr der Protestanten gegen die Katholischen, dort drüben, auf der anderen Seite des Waldes, wurde die Weserliedanlage errichtet, um unsere Dichter und Komponisten Franz von Dingelstedt und Gustav Pressel zu ehren. Achja, es waren wunderbare, herrliche Zeiten. Dass in der nostalgischen Verklärung oft mehr Dichtung als Wahrheit ist, tue nichts zur Sache, meint sie: „Gut erfunden ist besser als schlecht erlebt ..."

So erzählt Clärchen auch von ihrer Lieblingsoper „Der Freischütz", da gebe es auch jede Menge Wahrheit in dichterischer Form. Frieden ist immer besser als Krieg, das will uns der Freischütz sagen, denn Gott vergibt allen, die reinen Herzens sind. Die vertonte Geschichte aus dem Dreißigjährigen Krieg gehört in der Kaiserzeit zu den beliebtesten Opern. Clärchen erzählt von Max und Agathe, den Hauptpersonen des Stücks, singt mit den Kindern: „Wir winden dir den Jungfernkranz aus veilchenblauer Seide", und bei der Arie „Und ob die Wolke sie verhülle" können alle vor Schluchzen kaum zu Ende singen.

Weinen muss Oma Clara auch immer dann, wenn im Radio „O mein Papa" aus der Hitparade gespielt wird. Zärtlich hing Clärchen an ihrem Vater und auch an ihrem Bruder Fritz. Die früh mutterlos gewordenen Kinder sind unzertrennlich, und als Fritzchen im letzten Kriegsjahr 1918 zu den Ulanen, der „Infanterie zu Pferd" eingezogen wird, tauschen sie täglich Briefe aus. Vater Heinrich ist in Sorge um seinen einzigen Sohn, er soll mal die Spedition übernehmen und kann wunderbar mit den Pferden umgehen.

Nun ist er bei der Reiterdivision im Feld, ausgerüstet mit einem Säbel. Was wird ihm dieser Säbel nutzen? Bei Gewehrschüssen und Senfgas? Es wird ihm nichts nutzen, drei Tage vor Kriegsende, am 8. November

1918, trifft ihn ein Schuss in den Kopf, auch das Pferd ist verletzt und stürzt. Großes Herzeleid in der Mühlenstraße! Vater Heinrich liegt zu Bett, er dreht den Kopf an die Wand und redet nicht mehr. Der Arzt: „Fräulein Clärchen, Ihr Vater ist gemütskrank, wir müssen ihn nach Göttingen in die Klinik bringen."

Und so kommt Silvester 1918: Vater Heinrich ist in der Klinik in Göttingen. Stiefmutter Bertha sitzt aufrecht am Tisch in ihrer blaugeblümten Kittelschürze, dem strengen Dutt, ihr Blick ist leer in die Ferne gerichtet, ab und zu beugt sie sich über ihre Stickerei. Ein wenig Trost bringen Knechte und Mägde mit ihren Neujahrsgaben, ein halbes Dutzend Eier, ein kleines Stück Speck, ein halbes Pfund Mehl. Das sind im Hause Siebert sehr willkommene, wertvolle Geschenke.

Die Nachbarn Elli und Friedchen bringen Kaffee, der aus Zichorien zubereitet wird. Sie haben Zucker dabei, und Walli Bratsch vom Dachstübchen oben hat einen Sack voll Kohlen beschaffen können. Aus Kassel kommt Fritzchens Bekannter Wilhelm von der Großgärtnerei Thieß mit einer prallen Tüte Kartoffeln und Gemüse.

Schon im Steckrübenwinter 1916/17, als durch den Dauerregen im Herbst die halbe Ernte verfaulte, hatte der Freund immer Kohl, Kartoffeln und Karotten im Gepäck, wenn er auf Besuch kam. Besonders freut sich Clärchen über den liebevollen Zuspruch ihrer besten Freundin Lena, Tochter von Manon Friedländer aus der Hinterstraße: „Clärchen, alles wird gut im nächsten Jahr, du wirst sehen, auf ein glückliches Jahr 1919."

Aber wie soll es denn nun im Neuen Jahr nur weitergehen, fragt sich Clärchen, wird der Vater bald gesund? Was soll jetzt mit der Spedition geschehen? Sicher, Walli Bratsch von oben hilft ums Haus herum, sorgt stets für einen warmen Küchenherd, holt Holz aus dem Wald, „organisiert" ein Säckchen Kohle. Aber wer kümmert sich um die Geldsachen? Lange Tage sitzt Clärchen am blank gescheuerten Tisch in der Wohnküche, die Hände auf den Kopf gestützt, schaut sie in die Feldpostbriefe von Bruder Fritzchen, herzzerreißend beweint.

Da, hier hat Fritzchen eine selbstgezeichnete Feldpostkarte gesandt, darauf steht: „Wir Deutsche fürchten Gott, sonst nichts in der Welt, und

Gott strafe England." Das sei nun so gar nicht seine Meinung, schrieb der Bruder, aber sein Kamerad habe ihm die Karte geschenkt, da hätte er nicht nein sagen wollen. Doch, er fürchte sich vor dem Kampf, hatte er noch hinzugefügt, lieber wolle er sich um die Pferde daheim kümmern.

Dann liest sie die Todesnachricht: Friedrich Heinrich Siebert, Ulan, in Frankreich gefallen. Nach der Melodie von „Santa Lucia" singt sie mit feuchten Augen: „Denn auf dem Feld der Ehr, da fällt der Tod nicht schwer", nein, diesen Text mag Clärchen gar nicht, grausam und sinnlos erscheint ihr der Tod des geliebten Bruders, das Auslöschen dieses guten und lieben Lebens. Gerade mal 26 Jahre alt ist Fritz geworden.

Und dann auch noch in den letzten Tagen! Drei Tage vor Kriegsende! Wie froh war man, als Fritzchen im August 1914 nicht eingezogen wurde, galt doch die Pferdespedition als kriegswichtiges Unternehmen. Fröhlich waren am ersten Kriegstag die Soldaten in den Zug an die Front gestiegen, auf ihren Plakaten war zu lesen: „Lebt wohl, wir kehren siegreich wieder." Weihnachten würde man in der Heimat feiern, das galt als sicher.

Aber das nächste und wieder das nächste Weihnachtsfest kam, und der Krieg war immer noch nicht zu Ende. Als dann im vierten Kriegsjahr die Niederlage mit Händen zu greifen war, warf die Heeresleitung todesmutig alles in die Waagschale. Ganz junge und ganz alte Menschen, und auch die bislang als untauglich oder in ihrer Tätigkeit als kriegswichtig eingestuften Männer werden nun in diesen letzten Kriegswochen an die Front geschickt. Wen mochte es bei diesem Eilverfahren wundern, dass die Verlustlisten tagtäglich länger wurden?

Wie bitter, dachte Clärchen, an Fritzchens Todestag, dem 8. November, wurden schon Waffenstillstandsverhandlungen geführt. Sie erinnert sich, in einem Flugblatt davon gelesen zu haben: Nur wenige Kilometer weit entfernt von dem Ort, wo der Bruder von der tödlichen Kugel getroffen wird, treffen am frühen Morgen dieses Tages im Wald von Compiègne die Kriegsgegner zu Verhandlungen zusammen. Marschall Ferdinand Foch empfängt die deutsche Delegation in seinem Salonwagen und diktiert die sehr harten Waffenstillstandsbedingungen, die am 11. November von der deutschen Heeresleitung in Versailles angenommen werden. Ob jetzt der Frieden kommt?

Der Frieden sollte noch lange auf sich warten lassen. Einige Wochen später, gegen Ende November, schreckt Clärchen frühmorgens aus dem Schlaf. Was für ein Lärm! Laute Schreie, und da, ein Schuss aus einer Pistole! Menschenauflauf vor der Haustür in der Mühlenstraße, die ganze Straße entlang bilden sich aufgeregte Grüppchen, die Menge zieht vor das Rathaus und fordert ein Soldaten-Parlament und die Einrichtung von Arbeiterräten. Man will gar die Gleichberechtigung aller Stände: Wenn die einfachen Soldaten sterben dürfen, dann sollen die einfachen Menschen auch regieren können.

Clärchen traut sich nicht aus dem Haus, die Nachbarin bringt die Nachrichten: Es ist Revolution! Menschenmassen ziehen durch die engen Straßen der kleinen Stadt. Eine aufgebrachte Menge hat die Bäckerei Gutting und das Milchgeschäft Kluge gestürmt, Brot und Käse wurden an die Umstehenden verteilt, und man denke sich, ein Grüppchen junger Männer hat sich mit der Waffe in der Hand Zugang zum Zigarettenladen auf der Langen Straße verschafft. Polizei und Stadtbehörden rufen auf zum Kampf gegen Unruhestifter und Plünderer: „Wer plündert, wird erschossen."

Wie ist es dazu gekommen? Clärchen versteht die Welt nicht mehr. In jedem Nachbarhaus sind Tote zu beklagen, der Vater von Friedchen und Elli nebenan ist nicht zurückgekommen, und Freundin Lena Friedländer weint um den Tod ihres Bruder Heini. Und dann toben auf den Straßen viele der jungen Soldaten, die heil zurück gekommen sind! Sie haben doch überlebt, sollten sie da nicht froh sein über das Ende des Krieges? Viele sind froh darüber, aber ebenso viele fühlen sich von den harten Kapitulationsbedingungen des Versailler Vertrags verraten und verkauft. Nur ein kleines Heer von 100.000 Mann soll erlaubt sein!

Und Schulden, die sich über Generationen nicht bezahlen lassen werden! Dafür sollen sie jahrelang ihr Leben aufs Spiel gesetzt haben? Hatte General Hindenburg nicht noch bis Ende Oktober den nahen Sieg versprochen? Das demütigende Ende des Krieges muss das Werk von vaterlandslosen Gesellen sein, meinten enttäuschte Bürger, und das seien nun mal die Juden, die Roten und die Pazifisten.

Kann das stimmen, fragt sich Clärchen, der so liebenswürdig väterliche Manon Friedländer, Vater ihrer besten Freundin, ist doch auch Jude.

Wenn doch nur der Vater da wäre! Er hat immer Zentrum gewählt, das weiß Clärchen. Wie kann man nur wissen, was das Richtige ist? Das Richtige, das wäre doch ein Ende des Hungers, ein Ende der Straßenkrawalle und ein Ende der Familienstreitigkeiten in der Nachbarschaft!

Clärchen fürchtet sich vor den scharfen Tönen, der Gewaltandrohung: „Und willst du nicht mein Bruder sein, dann schlag ich dir den Schädel ein." Sie hat Angst vor den nächtlichen Märschen, wenn die Stiefel der Freikorpssoldaten laut auf das Kopfsteinpflaster schlagen, sie fürchtet die laut lärmenden Fackelzüge der jungen und nun auch älteren Männer, die jetzt in ihren braunen Hemden grölend durch die Straßen ziehen. Sie versammeln sich vor den Häusern in der Nachbarschaft, in denen bekannte Kommunisten und Gewerkschaftsmitglieder wohnen, und fordern zum Streit heraus.

Im Februar 1919 werden die Straßenkämpfe lauter, bedrohlicher, zwei Straßen weiter wurde schon ein Gewerkschaftsmitglied erschlagen. Die Täter konnten unerkannt flüchten. Ob sie etwas gesehen habe, in dieser Februarnacht, wird Clärchen von einem Gendarm gefragt. Nein, sie hat nichts gesehen und gehört. Das weiß sie genau, denn sie erinnert sich sehr gut an dieses Datum, weil sie um ein Haar zu Tode gekommen wäre.

Das kam so: Von ihrer Freundin Lena Friedländer hatte sie das Buch „Im Hause des Kommerzienrates" geschenkt bekommen, das war so spannend, dass sie die ganze Nacht weiter lesen musste. Nur gegen vier Uhr fielen ihr die Augen zu. Als sie wieder aufwachte, war die Kerze abgebrannt und hatte das weiße Deckchen auf dem Nachttischchen angekokelt. Erschrocken war sie aufgesprungen und hatte das glimmende Feuer gelöscht.

Nein, Clärchen wusste nichts von Mord und Umsturz, dachte immer nur: Ach, wenn doch nur der Vater wieder gesund würde! Dann könnte man weiter sehen! Aber noch liegt er in Göttingen mit dem Gesicht zur Wand. Unerreichbar. Einmal in der Woche fährt Clara in die Klinik zu Besuch.

Schmal und so weit weg liegt Heinrich Siebert in seinem Klinikbett. Würde der Vater sie doch wenigstens mal anschauen! Sind ihre Augen nicht auch verweint, und sollten sie nicht gemeinsam trauern? „Das kann noch ein Weilchen dauern, Fräulein Clärchen“, sagt der behandelnde Arzt, „Ihr Herr Vater hat eine katatonische Starre, wir versuchen es jetzt mal mit einer ganz neuen elektrischen Behandlung, zu Ostern ist er sicherlich wieder gesund.“

Ostern, das sind noch viele Tage und Wochen, die Pferde müssen versorgt werden, in der Spedition muss es ja weitergehen, könnte nicht Fritzchens Geschäftsfreund, der Gärtner Wilhelm Thieß aus Kassel, einspringen? Da fügt es sich gut, dass Wilhelm wieder einmal mit einem großen Korb Kartoffeln zu Besuch in die Mühlenstraße kommt. Schon in früheren Jahren waren die Gaben des jungen Gärtners nicht so ganz absichtslos, denn Clärchen Siebert ist ein ungewöhnlich hübsches Mädchen.

Dichtes schwarzes Haar, hellgraue, lachende Augen, hohe Wangenknochen, mit einem sehr weißen, fast durchsichtigen Teint, den sie durch das Tragen eines Sonnenschirms zu bewahren wusste. Bewunderer hatte sie zur Genüge. Der junge Alfred von nebenan hatte ihr schon lange den Hof gemacht, doch Clärchen fand ihn wenig männlich, ein bisschen zu empfindsam.

Da war der junge Wilhelm Thieß doch was ganz anderes! Er hielt sich sehr gerade, hatte einen festen, flotten Tritt, stahlblaue Augen, und einen beherrschenden Blick. Sah er nicht so aus, wie Kommerzienrat Römer in dem Buch von Lena, das sie neulich in einer Nacht durchgelesen hatte?

Er wusste jedenfalls, was zu tun war. Nun kannte sich Wilhelm zwar aus mit den geschäftlichen Angelegenheiten, doch von der Pferdespedition hielt er nicht viel. Bald sollte alles elektrisch laufen, und Pferde würde man nicht mehr brauchen. Das mochte Clärchen gar nicht glauben, denn ihr Herz hing an dem alten, halbblinden Schorse und besonders der jungen Stute Minchen, und was würde denn Walli Bratsch von oben machen, wenn die Pferde weg wären? Dann hätte er ja gar nichts mehr zu tun!

Doch, er hätte auch weiterhin eine Arbeit, meint Wilhelm, denn in einer Brennstoffhandlung braucht man jede Hand. Automobil und Kohle, das ist die Zukunft, da war sich Wilhelm sicher. Seine bestimmte Art gefiel

Clärchen. Nahm doch nun endlich jemand die Zügel in die Hand. Und hatte er nicht einen so flotten Kaiser-Wilhelm-Schnurrbart? Die Enden gezwirbelt, straff nach oben gekämmt, das Haar ordentlich gescheitelt, war er der Schwarm vieler junger Mädchen, zumal so viele junge Männer im Feld geblieben waren.

Aber Wilhelm hatte sich nun mal in Clärchen Siebert aus der Mühlenstraße verguckt. Dass sie finanziell abgesichert war und auch einen wesentlichen wirtschaftlichen Beitrag zum Aufbau einer gemeinsamen Zukunft leisten konnte, dürfte da wohl auch kein Nachteil gewesen sein.

Dieser Gedanke indes ist für Clärchen sehr, sehr weit weg. Nein, bewahre! Sie beschwört das treue „Vergissmeinnicht Blau“ seiner Augen, und gewiss kann er ihr Verantwortung abnehmen, die durch den Tod des Bruders und die Krankheit des Vaters schwer auf ihr lastet. Aber was würde der Vater wohl über die Pläne Wilhelms sagen, eines der Häuser zu verkaufen, um damit den Aufbau der Kohlenhandlung zu finanzieren? Der Arzt in Göttingen rät: „Fragen Sie doch, Fräulein Clärchen, vielleicht hilft es Ihrem Vater, wenn er sich um Alltagssorgen kümmern muss.”

Und wirklich, man glaubt es kaum, nach vielen stummen Wochen und Monaten wendet Heinrich Siebert den Kopf von der Wand, dreht sich in Richtung seiner Tochter, schaut sie aus seinen hellgrauen Augen todtraurig an und fängt bitterlich an zu weinen.

Clärchen nimmt seine Hand und streichelt sein grau gewordenes Haar. „Ach Papa, komm nach Hause, das Haus ist so tot ohne dich.“ So kehrt Heinrich zurück in die Mühlenstraße, aber es ist ihm wenig heimatlich zumute. Grübelnd geht er die schmalen Stiegen zum Boden hinauf, wo die Wäsche zum Trocknen hängt, und schaut gedankenverloren über die steilen Giebel der Stadt auf die lärmenden Straßen. Was wollen die lauten jungen Leute, fragt sich Heinrich Siebert auf dem Dachboden seines weitläufigen Hauses. Was soll das Gerede von der „neuen Zeit“? Wie schön und sicher war es doch, als Kaiser Wilhelm noch regierte! Auf einmal, nach all dem Kummer, soviel Hass und Häme unter den Menschen. Das Geld ist nichts mehr wert, und neuerdings sagt der Straßenpöbel sogar: Wer nicht arbeitet, soll auch nicht essen! Von Arbeitslagern ist sogar die Rede!

Ja, es stimmt, die wirtschaftliche Not ist groß, aber was würde es bewirken, wenn Leute wie Walli Bratsch von oben in ein Lager gebracht würden? Er kann zwar nicht voll arbeiten, aber er hilft ums Haus herum, lenkt die Kutsche, holt Holz oder repariert Küchengeräte. Seltsam, seltsam, murmelt Heinrich vor sich hin, wie kann man die Menschen noch verstehen? Und jetzt kommt auch noch dieser junge Mann, der um Clärchens Hand anhält.

Ist das nicht auch so ein Hitzkopf, ein Mensch der „neuen Zeit"? Wie soll das gehen, will er wieder Krieg? Er schwärmt ja immer noch für alles Militärische, kommt stets in seiner albernen feldgrauen Uniform daher. Aber es nützt wohl alles nichts, seufzt Heinrich, die neue Zeit hat sich durch diesen Krieg nicht aufhalten lassen, und wenn es denn nun sein muss, dann soll Clärchen in Gottes Namen ihren Wilhelm bekommen.

Die Idee mit dem Hausverkauf und der Kohlenhandlung ist vielleicht gar nicht so schlecht, denn es wird immer schwieriger, gute Pferdeknechte zu finden, die jungen Leute gehen eher in die Fabrik, denn dort gibt es regelmäßige Arbeitszeiten und neuerdings sogar arbeitsfreie Tage. Nun gut, wenn es denn so sein muss, dann soll in einigen Monaten, im Sommer, wenn es wieder wärmer wird, Hochzeit in der Mühlenstraße sein.

Welch glückliche Nachricht für Clärchen! Aber sie scheint sich so gar nicht richtig freuen zu können, wundert sich Vater Heinrich. Sonst ist sie immer mit Lena und Friedchen an den frischen windigen Märztagen fröhlich in den Wald gelaufen, mit samtigen Weidenkätzchen im Arm nach Hause gekommen, jetzt sitzt sie still mit einem Buch auf dem Eck-Bänkchen. Wird sie krank, oder hat sie Zweifel, ob Wilhelm mit dem forschen Tritt und dem stahlblauen Blick der Richtige ist? Oder wünscht sie sich, dass Vater Siebert den künftigen Schwiegersohn nicht nur großmütig duldet, sondern warmherzig in die Arme schließt?

„Wenn das Clärchen nur nicht die Grippe bekommt", bangt der Vater. Denn die Spanische Grippe geht um, einige Nachbarn sind schon krank geworden, drei Straßen weiter sind zwei Frauen daran gestorben. Da holt man doch lieber schnell Dr. Behrends. „Frische Luft, eine kräftige Hühnersuppe", empfiehlt der Hausarzt, „und froher Mut tut immer gut."

Doch weder frische Luft noch Hühnersuppe helfen Clärchen. Hohes Fieber, rote Wangen, eine schweißnasse Stirn, so liegt sie auf dem Sofa im Wohnzimmer. Vater Siebert möchte nicht, dass sie allein in ihrem Zimmer liegt. Es wird ihr guttun, dass so viel Leben um sie herum ist. Nicht auch noch Clärchen! Seit vergangenem Jahr sind schon Hunderttausende an dieser Grippe gestorben, und es scheint vor allem junge Leute zwischen 20 und 40 Jahren zu treffen.

Am Abend sitzt Vater Siebert an ihrem Bett, hält ihre Hand, erzählt vom Röddenhof, berichtet von Schorse und Minchen, dass sie ein gutes Zuhause gefunden haben, und dass nun wohl doch eines der Häuser an den Pferdeschlachter Gliem verkauft werden soll. Doch die Bewegungen der Kranken nehmen zu. Eine schreckliche Unruhe erfüllt sie, ihre Augen flehen und suchen Abhilfe. Kurz nach Mitternacht steht Heinrich auf. Gott gebe es, dass Clärchen wieder gesund wird. Er stützt die Kranke und trocknet ihr den Schweiß von der Stirn. Die Atmung wird langsamer und ruhiger. Plötzlich beginnt Clärchen zu sprechen: „Ich kann noch nicht kommen, Mutti", bringt sie hervor. Vater Heinrich sagt schluchzend: „Es ist die Krise."

„Ach, Kinder, da bin ich nochmal dem Tod von der Schippe gesprungen", erzählt Clärchen viele Jahre später ihren Enkelkindern. „Ich war ja so krank, und als ich wieder gesund war, habe ich um Freunde und Bekannte geweint, die nicht so viel Glück hatten wie ich."

Dann aber konnte Hochzeit gefeiert werden in der Mühlenstraße. Oma Clärchen erzählt von der Hochzeitsfeier, dem cremefarbenen Brautkleid, das Freundin Lena genäht hatte: „Sie war ja so geschickt, und wie viele Tränen habe ich geweint, als sie dann so früh sterben musste." Der Brautstrauß, das sind Clärchens Lieblingsblumen Vergissmeinnicht. „Ihr könnt euch nicht vorstellen, wie elegant Wilhelm in seiner feldgrauen Uniform aussah." Der Männerchor singt eines ihrer Lieblingslieder, „Ännchen von Tharau", und zum Abschluss spielt die Orgel: „So nimm denn meine Hände und führe mich, bis an mein selig Ende, und ewiglich, ich mag allein nicht gehen, nicht einen Schritt, wo du wirst gehen und stehen, da nimm mich mit."

Ostermontag 1925

Während die Hochzeit von Clärchen und Wilhelm unter einem guten Stern gestanden hatte, waren die ersten Jahre ihres Ehelebens ein atemloser Wettlauf, um bei dem rasant steigendem Geldwertverfall irgendwie noch mithalten zu können. Es war die Zeit der Inflation. Sie begann so: Der Krieg hatte ungekannte Summen gekostet, die Produktion lahmte, Güter waren rar. Zur gleichen Zeit kam viel Geld in Umlauf, auch Frauen standen in den Munitionsfabriken und wurden entlohnt. An wirklichen Dingen ärmer, an Geldscheinen reicher, traten die Bürger eine Flucht in die Sachwerte an.

In Münden wie in anderen Städten werden Geldscheine gedruckt, die bis in die Billionen gehen. Arbeiter werden täglich entlohnt und tragen das Geld in Wäschekörben, Koffern oder Säcken nach Hause. Heinrich und Wilhelm zahlen ihren Leuten das Geld schon um die Mittagszeit aus, denn am Abend kann alles schon wieder viel teurer sein. „Der Arme hat ein Tröppchen Kinder“, sagte Heinrich dann, und Wilhelm fügte hinzu: „Die da oben werden ihre Milliarden Schulden los, und wir da unten bezahlen dafür.“ Clärchen sorgte sich um die Milch für die kleine Helga, die im Herbst 1923 das Licht der Welt erblickt hatte. „Für einen Liter Milch habe ich heute 80 000 Mark zahlen müssen“, berichtet sie ihrem Wilhelm.

Als die kleine Charlotte Helene, genannt Lotte, dann zwei Jahre später zur Welt kommt, sieht alles schon viel besser aus. Die Geldmarkt-Reform sorgte für stabilere Preise, und im Hause Siebert/Thieß wird wieder guten Gewissens der Familientag am Ostermontag gefeiert, dazu sind heute Freunde und gute Bekannte geladen. Denn an diesem Festtag vor mehr als 200 Jahren wurde dem Baumeister Jacques Sébert das Privileg von Landgraf Karl von Hessen-Kassel zuteil, sich zusammen mit elf anderen „Réfugié“-Familien im Ort „Gewissenruh“ niederlassen zu dürfen.

Einige Jahre später schuf er dort das kleine Kirchlein mit der französischen Inschrift über dem Eingangsportal: „Certes L’Eternel est en ce lieu et je n’an savoie rien.“ Heinrich Siebert übersetzt: „Gewiss ist der Ewige an diesem Ort und ich wusste es nicht.“ Das Schriftstück mit dem landgräflichen Siegel bewahrt Heinrich in der grünen Metallschatulle auf, die ihm sein Vater vererbt hat. Wie in anderen Jahren nimmt Heinrich auch heute, am Ostermontag, 13. April 1925, dieses Dokument zur Hand und liest feierlich daraus vor.

Die Familie sitzt im Blauen Salon, im Erkerzimmer der Bel Etage, also im ersten Stock. Der Raum hat seinen Namen von der elastischen Tapete, die Heinrich vor Jahr und Tag hat anbringen lassen. Blaue Wölkchen über einer heiteren Landschaft mit niedlichen Lämmchen und zarten Butterblumen. Liebespärchen umarmen sich und ein frischer Hirtenjunge spielt auf der Schalmei. In der einsetzenden Abenddämmerung bilden sich hier und da bräunliche Schatten, die mit den dunkel lackierten Möbeln des Raumes übereinstimmen.

Schwarzglänzendes Nussholz haben Clärchen und Wilhelm zur Hochzeit gekauft, eine große Anrichte, wuchtige Kommoden und einen Schrank, der fast eine ganze Wandhälfte einnimmt. Das Zimmer ist recht groß für ein Fachwerkhaus, und anders als bei den Nachbarhäusern muss sich hier nicht einmal der hochgewachsene Wilhelm ducken, wenn er vom blauen Salon in den angrenzenden Flur geht.

Der Fußboden ist mit feinem weißen Sand bestreut, der am Vortag vom Sandverkäufer für zehn Pfennig für den Eimer gekauft wurde. Das Sandstreuen ist zwar inzwischen sehr altmodisch, aber Clärchen fand, es gehörte einfach dazu. Der große rechteckige Ausziehtisch steht in der Mitte des Raumes, schön gedeckt mit einem weißen Damast-Tuch, das am Vortag noch auf der Wiese des Tanzwerders zum Bleichen lag. Glänzendes Besteck und funkelnde Weingläser stellt das Serviermädchen vorsichtig auf den Tisch. Gleich kommen die Gäste!

Heinrich Siebert hat die Sprache seiner Vorfahren gelernt und liebt es, französische Redewendungen einzustreuen. Das Gerede vom „Erbfeind Frankreich“ konnte seiner Vorliebe nichts anhaben. Er sprach zum Vergnügen der Kinder von der „Katze im Hals“, wie man im Französischen sagt, wenn man einen Frosch im Hals hat, oder er flüsterte, „il me casse les pieds“ (der bricht mir die Füße), wenn jemand zu Besuch kam, der ihn zu Tode langweilte. Er zitiert mit Vorliebe Voltaire und ermahnt mit „Candide“ seinen Schwiegersohn Wilhelm: „Il faut cultiver notre jardin.“

Nicht nur um den Garten, sondern auch um Haus und Hof kümmern, das war für Heinrich eine fast religiöse Verpflichtung. Dass diese Aufgabe ihm immer schwerer fiel, hatte auch damit zu tun, dass er mit seinem Schwiegersohn nicht immer einer Meinung war. Schwiegervater Heinrich erschien es wie ein Hohn, dass sein Sohn Fritzchen sterben musste, während Wilhelm sich drücken konnte und dann auch noch in so abgeschmackter Weise alles Militärische verherrlichte. Kurz: Wilhelm war ihm unsympathisch. Wer, wie sein Schwiegersohn, zu sehr an etwas glaubte, dachte Heinrich, wird ein grausamer Mensch.

Schwiegersohn Wilhelm ist indes gerne bereit, die Ostermontags-Familientradition fortzuführen, denn auch er kommt aus einem calvinistisch geprägten Elternhaus. Außerdem möchte er seinem Schwiegervater damit Respekt erweisen, eine Art Wiedergutmachung dafür, dass er Heinrich Siebert insgeheim für einen miserablen Geschäftsmann hält, der sich zu viele Gefühle leistet. Sein Clärchen war ja auch sehr sentimental, aber was bei einer Frau ein liebenswerter Zug war, stand einem Mann nicht zu Gesicht. Was indes den Ostermontag betraf, fügte er sich gern den Wünschen seines Schwiegervaters, zumal es sicherlich auch klug war, wenn ein Geschäftsmann gerade in einer kleineren Stadt gesellschaftliche Kontakte pflegte.

Clärchen stand am kleinen Erkerfenster, eine Art Spion, den man von unten nur sehen konnte, wenn man davon wusste. Ob man die Gäste wohl schon um die Ecke des Marktplatzes biegen sehen konnte? Das Glockenspiel der St. Blasius-Kirche setzte ein mit einem hohen Pling-Plang, eigentlich war es keine Melodie, doch das Geläut klang würdevoll und feierlich. „Da kommen schon Dr. Behrends und die Friedländers“, rief Clara erfreut.

Dr. Behrends und seine Gattin waren seit langem gute Freunde von Heinrich Siebert. Etwas jünger als Heinrich, war der Arzt rundlicher und behäbiger als sein langjähriger Weggefährte. „Verbindlichsten Dank für die liebenswürdige Einladung“, sagte Behrends in Richtung Wilhelm. Wenn auch Heinrich sein engster Freund war, dann war nun doch der junge Thieß der Hausherr in dem weitläufigen Haus in der Mühlenstraße mit dem großen grünen Tor und seiner weiten, hallenden Eingangsdiele.

Man nahm auf hochbeinigen, schweren Stühlen und auf dem Sofa Platz, fragte nach der Neugeborenen, Charlotte Helene, genannt Lotte, und nach der zweijährigen Helga, sprach über das wechselhafte Frühlingswetter und die neuen motorisch bewegten Straßen-Fuhrwerke, die statt mit Petroleum nun mit Benzin betrieben wurden. „Wilhelm, das ist ja bestimmt ganz nach Ihrem Geschmack“, sagte Behrends mit einem gütigen Lächeln. „Das wurde jetzt aber auch Zeit“, antwortet knapp der Hausherr.

Scharfe Falten haben sich schon früh um den Mund und die schmalen Lippen von Wilhelm gebildet, er schaut über die Besucher hinweg in den Dielen-Gang. Dort hatte wieder die Glocke geschellt, nun war auch Pfarrer Groenewold eingetroffen. Wilhelm suchte mit den Augen nach seiner Frau Clara, die in der Nähe des kleinen Fensters stand und die den Gesprächen mit einem heiteren Lächeln zugehört hatte. Schließlich war der Pfarrer auf ihr Bitten hin eingeladen worden, nun gehörte es sich auch, dass sie ihn zuerst begrüßte.

Der junge Pfarrer Groenewold, trotz seines niederländischen Namens kam er aus dem Badischen, hatte erst vor kurzer Zeit das Amt von dem alten behäbigen Pfarrer Langhans übernommen. So ganz fühlte er sich in der Gemeinde noch nicht zu Hause, deshalb hatte Clärchen ihn auch gerne dabei. „Sehr liebenswürdig“, verbeugte er sich vor der Hausherrin. Mit seinem langen schwarzen Rock und dem weißen Beffchen, der geraden Haltung, war er eine imposante Erscheinung. In seinem fein geschnittenen Gesicht leuchteten ein paar weit auseinanderstehende dunkelgraue Augen, er führte gerne tiefgründige Gespräche, zuweilen auch in einem etwas amüsierten Ton.

Nun war die Gesellschaft komplett. Man nahm Platz an dem großen Tisch, die Reihe der Verwandten wurde durch die Hausfreunde unterbrochen. Wilhelm saß seinem Schwiegervater Heinrich gegenüber, neben Clärchen hatte der Pfarrer Platz genommen. „Wann ist denn eigentlich der Erker ihres Hauses angebaut worden?“ fragte Dr. Behrends über den Tisch hinweg seinen Freund Heinrich, der sich gerade in einem etwas melancholischen Ton mit der Arztgattin unterhielt.

Behrends konnte sich noch gut daran erinnern, wie sein Freund nach dem Tod seines Sohnes gemütskrank geworden war. So ganz war das noch nicht weg, aber Heinrich neigte ohnehin zur Traurigkeit. Zu viel Innerlichkeit, dachte der Freund, ein wenig Ablenkung würde ihm guttun. „Mein Lieber, der Erker stammt aus dem Jahr 1683." In seinem Sitz vorbeugend, schaute Heinrich seinem Freund grübelnd in die Augen.

Das Haus sei ursprünglich im Jahre 1483 erbaut, er selber habe das Gebäude von dem alten Bittner gekauft, dem einstmals ein glänzendes Unternehmen gehört habe. Heinrich berichtet mit einem wehmütigen Ausdruck in seinen Augen vom Untergang dieser Firma: „Der alte Bittner hatte abgebaut, und dann hat er Leuten vertraut, die seine Gutgläubigkeit missbraucht haben."

Heinrichs Gesicht nahm einen verschlossenen Ausdruck an, und er schaute etwas hilflos in die Runde. „Die Verantwortung muss einfach zu viel für den alten Mann gewesen sein, er wusste, dass die Firma abgewirtschaftet hatte und es dem Abgrund zuging."

Es wurde still am Tisch, man blickte auf seinen Teller und dachte an die ehemals so glänzend dastehende Familie Bittner, welche dieses Haus so lange bewohnt hatte und nun verarmt und heruntergekommen am anderen Ende der Stadt wohnte, in Hermannshagen, dort, wo die kleinen Arbeiterhäuschen standen. „Ja, das ist traurig, aber wie es so schön über dem Eingangstor Ihres Hauses steht, lieber Herr Siebert: Gottes Güte und Treue ist alle Morgen neue", brach Pfarrer Groenewold das Schweigen.

Er sprach mit einer weichen süddeutschen Einfärbung, und seine Aussprache stand in starkem Gegensatz zum breiten und harten Mündener Tonfall: So sagte man „Hechta" statt Herta, „Zuch" statt „Zug", und man verkürzte die Wörter, indem man die –es-Endungen wegließ. Es hieß „dies und jens" und nicht „dieses und jenes".

„Das mag ja so aussehen, lieber Pfarrer", lehnte sich Heinrich zurück und spielte gedankenverloren mit seiner goldenen Taschenuhr, „aber wie ein Dichter schrieb, kann der Stern, der am hellsten scheint, schon am längsten erloschen sein, und wenn das Haus fertig ist, kommt der Tod." „Papperlapapp, mein Bester", warf Dr. Behrends ein, „Sie lesen zuviel und dann auch noch diese neumodischen Schriftsteller, diesen wie heißt er doch nur, na, mein Lieber, Sie wissen schon, wen ich meine, da ist immer nur von Verfall und Zerrüttung die Rede, lesen Sie doch mal heitere Verse!“ Das Gesicht des Arztes war während des Speisens noch röter geworden, während Heinrich weiterhin fein und blass über seinen Teller gebeugt dasaß.

„Was meinen Sie denn, lieber Wilhelm”, richtete Behrends das Wort an den Hausherrn, “Sie haben doch hier viel frischen Wind in das Unternehmen gebracht. Letztes Jahr war es doch wieder so kalt, dass mit Kohle sicherlich ein schwungvoller Handel betrieben werden kann, da wollen wir doch nicht von Auflösung und Untergang reden.“ „Wenn meine Partei das Sagen hat, wird es keinen Niedergang und keine Zerrüttung geben”, antwortete Wilhelm.

Die Teller wurden gewechselt, und der Hausherr übernahm das Zerlegen des Hirschbratens. Während er die deftigen Bratenstücke auf die vorgewärmte Platte legte, schaute er konzentriert in die Runde: „Es kommen neue Zeiten, da wird sich vieles ändern, das Alte und Morsche werden wir hinwegfegen.“ „Aber Ihr Führer ist doch gerade aus der Haft entlassen worden, seine Geldstrafe von 200 Goldmark hat er, wie ich gehört habe, immer noch nicht bezahlt”, wandte Pfarrer Groenewold ein.

Tuchhändler Manon Friedländer aus der Hinterstraße hatte sich bislang im Hintergrund gehalten. Das hatte nichts damit zu tun, dass er Jude war. Nein, die ganze Familie gehörte in der Stadt selbstverständlich dazu, und erzählte man sich nicht, dass ein Sohn schon im ersten Kriegsjahr in Frankreich gefallen war? Nein, er hörte einfach gerne zu und sprach erst dann, wenn er alles Für und Wider bedacht hatte. Jetzt erhob er sich und sagte ernst und eifrig: „So kann das mit den Krawallen jedenfalls nicht weiter gehen. Wir brauchen Frieden, dafür haben viele junge Männer ihr Leben gegeben, und ich werde bei der nächsten Wahl auch sozial und national wählen.“

„Aber mein bester Friedländer, wie können Sie nur“, ereiferte sich Heinrich Siebert. „Der Mann ist unverantwortlich, er hetzt ja auch gegen Angehörige Ihres Volkes, und die Leute stehen dabei und machen mit und jubeln auch noch. Nein, nein, mein Lieber, das geht nun mal nicht, dass Sie diese Partei wählen, auch wenn Sie noch so deutschnational denken und Ihren Goethe lieben." „Aber wir brauchen Ruhe auf den Straßen, und wir brauchen Frieden im Land, und Deutschland soll wieder in die Völkergemeinschaft aufgenommen werden", wandte Friedländer ein.

Siebert hatte immer Zentrum gewählt, er hing am Kaiser, aber vor allem andern war er ein Mann der Mitte. Obwohl sozial eingestellt, ging ihm auch die SPD in manchem zu weit. War es richtig und gut, dass Frauen jetzt sogar im Reichstag das Wort ergriffen? Mutete man ihnen damit nicht zu viel zu?

Steif im Stuhl zurückgelehnt, blickte Heinrich zerstreut auf seine Taschenuhr und sagte: „Statt fünf Jahre Haft für den Putschversuch, wird er nach kurzer Zeit entlassen, dass dabei vier Polizisten zu Tode gekommen sind, davon war vor Gericht noch nicht mal die Rede. Und denken Sie nur, wie viele gute Menschen von der Arbeiterpartei schon feige ermordet wurden, denken Sie an Rathenau, an Erzberger. Und, mein lieber Friedländer, vor der gelben Gefahr wird uns dieser Österreicher auch nicht retten können, denn das hat ja bei dem Aufstand der Boxer nicht mal unser guter Kaiser geschafft."

Stille trat ein, Siebert war ja ein guter Mann, aber seine gefühlvolle Art war manchmal peinlich. Die Kerzen brannten langsam hinunter und dann, wenn ein Luftzug durch den Raum ging, flackerte das Licht und ein feiner Wachsgeruch wehte über den Tisch. Jetzt kam wieder Leben in die Gesellschaft; das Serviermädchen brachte den Nachtisch, einen schweren roten Samtkuchen mit Schichten von Sahne und Kirschen aus dem nahegelegenen Witzenhausen. „Wir haben da einen Obstgarten, von dort kommen die besten Kirschen", belehrte Hausherr Wilhelm seine Gäste.

„Vorzüglich, lieber Wilhelm", sagte Behrends. Die Ellenbogen hatte er in legerer Weise erhoben, und mit der Kuchengabel zeigte er auf Heinrich. „Mein Lieber, ich gebe Ihnen ja in gewisser Weise recht. Irgendwie ist mir dieser Hitler nicht so ganz geheuer. Es stimmt, er ist noch nicht mal Deutscher, und jetzt schwingt er sich zum Führer der deutschen Nation auf." Wilhelm saß ein wenig steif auf der vorderen Spitze des Stuhles und hatte dem Austausch eifrig zugehört. „Ja, aber er hat ja auch viereinhalb Jahre im deutschen Heer Kriegsdienst geleistet, das zählt ja für was, und nur aus diesem Grund fiel das Urteil einigermaßen mild aus."

„Ja ja", schmunzelte Pfarrer Groenewold, „man muss das ein wenig mit Humor sehen. Der Herr Hitler schwärmt von großen, blonden, blauäugigen Menschen, und wie ich neulich in Karlsruhe gesehen habe" – er betonte den Namen seiner Heimatstadt entgegen lokaler Aussprache auf der ersten Silbe – „also liebe Freunde, stellt euch vor: Er hat dunkle Haare und braune Augen und ist selbst nicht gerade hochgewachsen. Das ist doch einfach lächerlich."

„Ach, Sie haben ihn tatsächlich gesehen?" kam es aus der Runde der Tischgesellschaft. „Ja, ich hab ihn gesehen, das war auf einer Kundgebung in einem Rathaussaal, da saß ich in der zweiten Reihe und konnte ihn gut beobachten." „Und, was war Ihr Eindruck?" „Ich habe mich köschtlich amüsiert", sagte er gutbadisch und mit einem breiten Lächeln.

„Aber nein, wieso denn?" wollte Behrends wissen. „Es war einfach zu ulkig, wie er sich so in Rage redete in seinem schnarrenden Wiener Tonfall, wie er das rechte Bein hob wie ein Rumpelstilzchen, den linken Arm so theatralisch nach oben reckte, es kam mir so übertrieben vor, dass ich laut lachen musste." Wilhelm hatte mit zugekniffenen Mundwinkeln zugehört: „Haben da nicht die Saalordner eingegriffen?" Groenewold räusperte sich umständlich und zog sein weißes Beffchen gerade. „Doch doch, mein lieber Wilhelm, man hat mich ja dann auch aus dem Saal eskortiert und mir Hausverbot erteilt."

„Gott bewahre", sagte Manon Friedländer, „jetzt wollen wir doch lieber von heiteren Dingen reden, Heinrich, erzählen Sie doch mal, wie Sie bei der Errichtung des Wesersteins geholfen haben, da ist mir schon einiges zu Ohren gekommen." „Ach ja, das war ein schöner Tag, vor mehr als zwanzig Jahren. Es war ein warmer Spätsommertag, wir haben das Denkmal ja am Sedanstag eingeweiht, auf dem Stein steht zwar der 31. Juli, aber die eigentliche Einweihungsfeier war Wochen später." „Warum das?" wollte Manon Friedländers Frau Hildi wissen.

„Meine Liebe", begann Heinrich, „wie Sie wissen, war ja der 2. September bis zum Ende des Kaiserreichs 1918 unser Nationalfeiertag.

Das war in Erinnerung an die Entscheidungsschlacht bei Sedan im Jahr 1870. Damals haben wir Kaiser Napoleon III. gefangen genommen, was zum Sturz des Kaiserreichs in Frankreich führte."

Er machte eine kleine Pause, schaute mit glänzenden Augen in die Runde und fuhr fort: „Wie das Schicksal es will, war die Todesstunde des französischen Kaiserreichs die Geburtsstunde unseres deutschen Reiches. Und deshalb, meine Verehrte, haben wir den Stein sozusagen als ein Zeichen der deutschen Einigung am Sedanstag aufgestellt." Langsam und feierlich zitierte Heinrich dann den Weserstein Spruch: „Wo Werra sich und Fulda küssen, sie ihre Namen büßen müssen, und hier entsteht durch diesen Kuss, deutsch bis zum Meer, der Weser Fluss."

Alle klatschten laut, und freuten sich darüber, dass Heinrich heute so redselig war. Wie er es aber fertig brachte, seine Schwärmerei für das Land seiner Väter mit der Vaterlandsliebe für Deutschland in Einklang zu bringen, darüber hatte man sich schon oft gewundert. Gefragt, wie er das vereinbaren könne, antwortete Heinrich stets: „Gottes Haus hat viele Wohnungen." Heinrich hatte den Kopf ein wenig zur Seite gelegt und schien seinen eigenen Worten in Gedanken nach zu lauschen.

Nach einer Weile fügte er hinzu: „Fabrikant Vatermann hat den Stein gestiftet, und ich habe ihn an der Wesermündung unentgeltlich an Platz und Stelle gerückt. Könnt ihr euch an die treuen Pferde Schorse und Minchen erinnern? Die haben den Wagen gezogen, da standen beide noch in der Blüte der Jugend."

„Oh ja", schmunzelte Manon Friedländer, „das hat Ihnen, mein Lieber, doch viele Sympathien eingebracht hier in der Stadt, da war dann nicht mehr die Rede von Schasske Siebert." Es war Heinrich wirklich gelungen, Gnade zu finden vor den Augen seiner Mitbürger. Sogar eine Ehrenurkunde verlieh ihm die Stadt in Anerkennung seiner Mildtätigkeit für die Armen und Kranken. Und dass er bei öffentlichen Anlässen wie der Aufstellung des Wesersteins großzügig in die Tasche griff, mag dabei auch nicht von Schaden gewesen sein.

„Und wie war das mit der Eiche, die daneben gepflanzt wurde, haben Sie da nicht auch geholfen?" fragte Friedländer. „Das habe ich fast schon vergessen“, sagte Heinrich und blickte in Richtung seines Schwiegersohns, „die haben wir damals von der Großgärtnerei Thieß in Kassel-Wolfsanger geholt, grad jetzt fängt sie wieder so wunderbar an zu blühen”. Groenewold und Behrends lächelten einander zu, weil sie wussten, dass Heinrich auf eines seiner Lieblingsthemen zu sprechen gekommen war. Er schwärmte von Wald und Flur und von den Maikäferchen, die er als Kind im Schuhkarton aufbewahrt hatte.

„Pastor Groenewold, Verzeihung“, lehnte er sich vor in Richtung seines Tischnachbarn, „aber für mich ist ein Waldspaziergang der allerbeste Gottesdienst.“ „Nunja“, antwortete der Pfarrer, „Gott hat ja auch die Natur uns zur Freude geschaffen. Trinken wir auf Gottes gute Gaben, meine lieben Freunde.” Groenewold hob sein Glas und schaute gutmütig lächelnd in die Runde. Man trank süßen schweren Weißwein aus grünen Römergläsern, auch Schnaps und Eierlikör standen auf dem Tisch. Dr. Behrends bediente sich bedächtig und leerte in aller Stille ein Glas nach dem andern. „Auf das Wohl unserer Gastgeber in ihrem schönen Heim, und auch auf die Mitglieder der Familie, die heute nicht bei uns sein können.“

Ach, meine innig geliebte Charlotte, mein lieber guter Fritz, dachte Heinrich, und seine Augen füllten sich mit Tränen. Warum mussten diese herzensguten Menschen so früh sterben! Schnell stand er auf und stieß mit seinem Schwiegersohn Wilhelm an. „Genießen wir diesen artigen Tropfen aus unserem schönen Rheinland“, erhob sich nun auch Manon Friedländer ein wenig schwer aus seinem Stuhl und sagte: „Auf das Wohl der kommenden Generationen, und ganz besonders auf das Wohl von Helga und Lotte.“

Die Damen waren dem Gespräch nicht lange gefolgt. Clärchen und Lena tauschten ihre Leseerfahrungen aus, erinnerten sich daran, wie Clara damals in der Nacht, als ein Mitglied der Gewerkschaft ganz in der Nähe ermordet wurde, beinahe ihr Zimmer in Brand gesetzt hatte, weil der Roman „Im Hause des Kommerzienrates“ gar so spannend gewesen war. Lena schwärmte für Eugenie Marlitt, Clärchen las am liebsten die Bücher von Hedwig Courths-Mahler.

Dass die Autorin als „Kind der Schande“ beschimpft wurde, machte Clärchen gar nichts aus. „Für mich ist sie ein Kind der Liebe, denn ihre

Bücher sind mit viel Liebe geschrieben", sagte sie immer. Nur im Falle von „Kommerzienrat Römer" von Eugenie Marlitt waren die Freundinnen einer Meinung: Am Ende siegt die Liebe über den Bankrott der Firma, das war doch zu schön und bewegend.

Bertha folgte dem Gespräch stumm und aufrecht, ihre schmalen Lippen fest geschlossen. Jedoch war sie mit dem Alter fülliger und milder geworden. Lesen, das war nicht ihre Sache, und sie hatte sich immer darüber gewundert, dass Heinrich seiner Tochter diese gefährliche Beschäftigung erlaubte, sogar die „Gartenlaube" durfte sie unzensiert lesen. Aber Heinrich war ja in allem zu gutmütig, immer gab er den Bettlern, die an der Türe standen. Ob seine Gutmütigkeit nicht manchmal auch Gleichgültigkeit war? Jedenfalls hätte er Clärchen strenger an die Hand nehmen müssen, dachte Bertha, nur gut, dass Clärchen mit Wilhelm einen lebenstüchtigen Mann an ihrer Seite hatte.

In der Runde führte die Frau des Arztes, Mina Behrends, das Wort. Man sprach über Kochrezepte, über die höhere Töchterschule, über Kindererziehung und vor allem, wie Kinder am besten gedeihen können. „Meine Liebe", sagte Mina zu Clara, „passen Sie immer gut auf, dass die Kleinen auch warm genug angezogen sind und dass sie nicht in der Zugluft stehen. Es gibt ja nichts Schlimmeres als Keuchhusten."

Woher weiß man denn, ob es ein ganz gewöhnlicher Husten oder ein Keuchhusten ist, wollte Hildi Friedländer wissen. „Meine Gute", antwortete Mina Behrends, „Keuchhusten tritt vor allem nachts auf, es kommt zu einer Reihe von Hustenanfällen, und das Kind streckt oft die Zunge heraus." „Und wie ist das bei den Säuglingen?" fragte Clärchen, in Sorge um die kleine Lotte, die nachts oft weinte und nicht so recht gedeihen wollte.

Die Arztgattin gab bereitwillig Auskunft. Wahrhaftig, sie schien es doch ein wenig zu genießen, im Mittelpunkt stehen und so kundig beraten zu können. Ihre Arme lagen entspannt auf dem Tisch, ihre Augen leuchteten, als sie erklärte: „Liebste Clara, Sie müssen sich gewiss keine Sorgen machen, wenn Lottchen schon die unteren Schneidezähne hat, dann hätten sich bei Keuchhusten unter der Zunge oder am Zungenbändchen Geschwüre gebildet, das hätten Sie gewiss schon gemerkt. Hauptsache, das Kleine wird ordentlich gewickelt. Man sagt ja heute, das sei nicht nötig, aber das glaube ich nicht."

Am anderen Ende der Tafel ergriff jetzt Dr. Behrends das Wort, er wollte eine kleine Ansprache halten. Sein Gesicht war noch ein wenig röter geworden, Pfarrer Groenewold saß weiterhin vornehm und aufrecht in seinem hochlehnigen Stuhl, Manon Friedländer hatte in jovialer Weise seine Weste aufgeknöpft und die Damen, außer Mina Behrends, schienen erfreut über den Themenwechsel

„Meine lieben Freunde, so jung kommen wir nicht mehr zusammen", schaute er wohlwollend in die Runde. „Seit ich hier in diesem schönen Tal zuhause bin, erfreue ich mich treuester Freundesliebe und schönster Gastfreundschaft. Lassen Sie uns noch einmal auf diesen wunderbaren Tag anstoßen, Heinrich, haben Sie noch von dem guten Rheinwein?"

Eine weitere Flasche Wein wurde aus dem Keller geholt, die Gespräche wurde lauter und lebhafter, Pastor Groenewold hob das Glas in Richtung Clärchen, was diese zum Erröten brachte, Hildi Friedländer und Tochter Lena tauschten bedeutungsvolle Blicke aus und Wilhelm dachte sich seinen Teil. Natürlich war das nur eine ganz und gar harmlose, wohl eher religiöse Schwärmerei, sein Clärchen war viel zu grundgütig naiv.

Nein, was ihn eher beunruhigte, das war diese legere Atmosphäre in seinem Haus. Hatte nicht Friedländer ganz ungeniert seine Weste aufgeknöpft? Und erzählte der Arzt nicht einen ziemlich anrüchigen Witz? Und dann noch diese Frau Behrends, die sich in Dinge einmischte, die Frauen nun mal nichts angingen. Das hatten die Sozis nun davon, wenn sie so unbedacht den Frauen das Wahlrecht gegeben hatten!

Und um das Fass zum Überlaufen zu bringen: dieser maßlose Konsum! Dabei war Behrends doch Arzt, er müsste es ja nun wirklich besser wissen. Wilhelm selbst trank immer nur ein Glas Alkohol, und auch beim Essen beschränkte er sich auf eine gemessene Portion. Gut, es war wohl wirklich Zeit, dass neue Zeiten kamen, und wenn erstmal seine Partei am Ruder war, würde man wieder Sitte und Ordnung schaffen, dachte Wilhelm.

Es war nun doch recht spät geworden, fast Mitternacht, als die Gäste sich auf den Nachhauseweg machten. Clärchen erhielt viele

Komplimente und zahlreiche Handküsse. Hüte, Handschuhe und Gehstöcke wurden eilig geholt, bis die ganze Gesellschaft sich noch angeregt unterhaltend die stille Straße entlang ging. „Das war doch ein richtig schöner Abend, meinst du nicht?“, fragte Clärchen ihren Wilhelm.

„Ja, ich habe mich mit Friedländer ganz profitabel unterhalten können, seine Geschäfte laufen gut“, antwortete er. „Und er hat mir versprochen, dass er bei seinen Beziehungen auf jeden Fall unsere Kohlenhandlung empfehlen wird. Aber es wurde schon sehr viel konsumiert heute Abend, Clärchen, das muss in Zukunft anders werden, du bist da einfach zu großzügig. Diese Leichtlebigkeit, das müssen wir ändern. Aber ich will es dir für heute nachsehen.“

Clärchen atmete erleichtert auf. Wenn ihr Wilhelm mild gestimmt war, dann ging es auch ihr gut, fühlte sie sich sicher und ruhig. Zufrieden stiegen beide hinauf in die höher gelegenen Schlafräume. Schnell noch vorbeigeschaut bei Helga und Lotte, die den ganzen Abend ruhig geschlafen hatten und auch jetzt unter ihrer weißen Musselin-Decke friedlich schlummerten. Dann wurde es dunkel in dem alten Haus, das große grüne Eingangstor, die weite hallende Diele lagen in nächtlicher Stille, um die Giebel pfiff der Frühlingswind, und von der St. Blasii- Kirche zitterte ein einziger, fast einsamer Schlag.

Herr, es ist Zeit …

Vier Jahre später, gegen Ende September, war der Herbst schon recht früh gekommen. Dürre Blätter hingen an den Bäumen auf dem nahen Tanzwerder, und auf dem Doktorwerder an der alten Werrabrücke waren die Bäume fast schon kahl. Die Werder sind kleine Halbinseln, der Tanzwerder in der Fulda, der Doktorwerder in der Werra, ehe sie dann gemeinsam in die Weser münden. Heinrich Siebert ging wie so oft mit seinen beiden Enkeltöchtern Helga und Lotte, jetzt fast schon sieben und beinahe fünf Jahre alt, zum Doktorwerder, wo im Frühjahr immer die Maikäferchen für den Schuhkarton gesammelt werden konnten, und jetzt, im Herbst, füllten die schönen braun glänzenden Kastanien die Beutel der Kinder.

„Wisst ihr denn, warum dieses Inselchen Doktorwerder heißt?", fragte er die Kleinen. „Ich erzähle es euch. Hier in Münden ist der berühmte Doktor Eisenbart begraben, das war vor vielen hundert Jahren ein Arzt, der auf seinen Wanderungen die Leute heilte." Und er sang: „Ich bin der Doktor Eisenbart, wiedewiedewitt bumm bumm, kurier die Leut auf meine Art, wiedewiedewitt bumm bumm. Kann machen, dass die Lahmen gehn, und dass die Blinden wieder sehn."

Lotte und Helga lachten laut, wenn Großvater Heinrich mit hüpfender Stimme und in die Hände klatschend sein 'wiedewiedewitt bummbumm' wiederholte. „Dr. Eisenbart ist bei uns in der St. Aegidienkirche begraben, da gehen wir bald mal zusammen hin, Kinder, dann zeige ich euch das Grab. Und das Tanzwerder heißt so, weil da zum Schützenfest immer Rummel ist. Und am Abend, wenn die Kinder im Bett sind, tanzen zum Schützenfest die großen Leute auf diesem Platz."

Dort habe ich auch vor Jahr und Tag mit meiner Charlotte getanzt, dachte Heinrich. Ach wieviel Freude sie wohl an ihren Enkelkindern gehabt hätte! Wie alt wäre sie jetzt, so um die sechzig, wie würde sie wohl heute aussehen? Und Fritzchen: wäre er Vater geworden, würde das Geschäft Siebert nicht ganz anders dastehen als dieser Wilhelm mit seinen Kohlen?

Vielleicht hätte Clärchen dann einen ganz anderen Mann geheiratet, wenn Fritz nicht gefallen und er selbst nicht so krank geworden wäre, einen, der nicht so viel Stärke zeigen musste, die in Wirklichkeit doch einfach nur Härte war. War sie eigentlich glücklich mit ihm? Neulich hatte er eine Auseinandersetzung der beiden gehört. Wilhelm hatte doch tatsächlich darauf bestanden, dass sie Schuhe in einer kleineren Größe kaufte, als sie mit ihren Füßen eigentlich brauchte. Das sehe zu trampelig aus, meinte Wilhelm, er wolle eine Frau mit niedlichen kleinen Füßen. Es ist alles meine Schuld, sinnierte er, ich habe sie zu lange allein gelassen.

„Opa, du wolltest uns doch noch das Schloss zeigen", rief die kleine Helga. Heinrich Siebert fand jetzt viel Zeit für solche Unternehmungen, denn er hatte sich schon vor einigen Jahren ganz aus dem Geschäft zurückgezogen. Mit Wilhelm war es immer wieder zu lautem Streit gekommen, der weder der Familie noch dem Geschäft guttat. Heinrich war besorgt, dass sein Clärchen darunter leiden würde.

Nach einer heftigen Auseinandersetzung mit seinem Schwiegersohn im vergangenen Jahr sprachen sie nicht mehr über Politik. In dem Disput war es um den Briand-Kellogg Pakt gegangen, der im vergangenen Sommer, also im August 1928, vom amerikanischen Außenminister Frank Billings Kellogg und dem französischen Außenminister Aristide Briand unterzeichnet worden war. Dieser Vertrag lehnt den Krieg als politische Lösung grundsätzlich ab.

Es sei einfach zu naiv zu glauben, dass mit diesem Pakt auf einmal Friede und Freude auf Erden herrschen sollte, hatte Wilhelm gesagt. Der Krieg gehöre nun mal zum Menschen und sei aus der Geschichte nicht wegzudenken. Im Daseinskampf habe man einfach oft keine andere Wahl, als kriegerische Mittel einzusetzen. Heinrich empfand das als eine primitive Denkweise. Der Mensch sei doch kein Raubtier und müsse an höhere sittliche Werte glauben. Außerdem, fügte Heinrich hinzu, gehöre doch das deutsche Reich zu den ersten elf Staaten, die den Vertrag sogleich unterzeichnet hatten. Ob Wilhelm denn mit seiner Ablehnung Reichskanzler Müller in den Rücken fallen wolle?

Nun, Wilhelm und Heinrich hatten sich darauf geeinigt, dass der jeweils andere anderer Meinung sein dürfe. Heinrich rechnete das seinem

Schwiegersohn hoch an, denn eigentlich hätte er nicht erwartet, dass Wilhelm diese Toleranz aufbringen würde. Seitdem hatten die beiden im stillen Einverständnis nur über Familienangelegenheiten und Alltagsgeschäfte geredet.

„Stimmt, wir wollten ja noch das Schloss sehen", sagte Heinrich. „Kinder, schaut mal, hier von der Werrabrücke sieht man das Schloss sehr gut", zeigte Heinrich über die Fulda auf ein großes rechtwinkliges Gebäude. „Lebt dort eine Prinzessin?" wollte die kleine Lotte wissen. „Nein, Kinder, da haben früher Herzöge und Fürsten gewohnt, das sind ganz feine Herren und Damen, heute wird dort gearbeitet. So, jetzt gehen wir aber nach Hause, Kinder, Mutti macht euch warmen Kakao."

Über die Lange Straße, entlang der Leihbibliothek an der Ecke zur Marktstraße und am stolzen Rathaus vorbei ging der Weg. An diesem unwirtlichen, grauen Spätnachmittag begegneten ihnen nur wenige Leute, hier und da war das Rattern eines Automobils zu hören. Etwas durchgefroren kam die kleine Gesellschaft in der Mühlenstraße an.

Clärchen stand am Herd und hatte neben Kakao auch schon wärmenden Tee mit Kandiszucker für ihren Vater bereitgestellt. Der bettlägerigen Bertha brachte sie einen Grog, denn diese hatte sich in der so früh und jäh einsetzenden Kälte eine starke Erkältung zugezogen. Dr. Behrends hatte viel frische Luft und eine kräftige Hühnersuppe empfohlen.

In der Dämmerung draußen vor den weiten Fenstern begann es leise zu regnen, die Straßenlaternen warfen einen schwachen Lichtschein in den Raum. Clärchen legte noch einmal Kohlen nach, als Wilhelm, ernst und erschüttert, mit einem Brief in der Hand ins Zimmer kam und sich wortlos neben Heinrich an den Küchentisch setzte. Clärchen warf ihm einen besorgten Blick zu, ihr Wilhelm tat sich immer schwer mit dem Reden. Nach einer Weile sagte er in die Stille hinein: „Sie ist tot." Wilhelms Mutter Hermine, 85, immer noch recht rüstig, war überraschend gestorben. „Im Sterben war sie so tüchtig wie im Leben", fügte Wilhelm traurig hinzu. Sie sei ganz friedlich eingeschlafen und einfach nicht wieder aufgewacht.

Es war schon lange vereinbart worden, dass Tante Ella-Laura, die Patentante der kleinen Lotte, gemeinsam mit ihrem Mann Heiner die

Großgärtnerei übernehmen würde. Tante Minna hatte sich bereit erklärt, in Haus und Hof mitzuhelfen. Man lebte auf großem Fuße dort in Kassel, Hermine Thieß hatte es verstanden, die Gärtnerei zu einem florierenden Unternehmen auszubauen. Die Stadt Kassel gehörte zu den Großkunden ebenso wie das Schlosshotel und die Parkanlagen in Wilhelmshöhe.

So traurig Wilhelm war über den Tod der Mutter, in finanzieller Hinsicht war es ein Glücksfall. Denn die Geschwister Ella-Laura und Minna als die künftigen Betreiber der Großgärtnerei würden ihm und den anderen Geschwistern das Erbe auszahlen. Auch geteilt durch fünf würde da ein hübsches Sümmchen zusammenkommen. Der Hof und die Ställe, die Großgärtnerei in Wolfsanger und dann auch noch die Obstwiesen in Witzenhausen. Das Geld würde ihm über die momentanen Schwierigkeiten hinweghelfen, und er könnte die tausend Reichsmark, die er von Tuchhändler Friedländer geliehen hatte, sofort zurückzahlen.

Das Darlehen von Friedländer war schon eine kulante Geste, so war es ja nicht, aber Wilhelm hatte nur sehr ungern um einen privaten Kredit gefragt. Nicht, dass er die Familie nicht mochte, auch Clärchens Freundin Lena Friedländer war ihm sympathisch, obwohl sie zuweilen mit ihrer Streiterei über Frauenrechte ziemlich anstrengend war. Aber privat Geld leihen, das ging ihm gegen den Strich, und dass Friedländer Jude war, machte die Sache noch komplizierter.

Denn wer hat's Geld, dachte er insgeheim, wie sollten denn auch Friedländers Geschäfte nicht gut laufen, schließlich war er ja doch verbandelt mit dem internationalen Finanzjudentum: Da war ein Cousin in New York, in Buenos Aires eine Tante, und wenn es mal nicht so gut lief, sprangen die Eltern ein, die in London eine Großhandlung hatten. Wie bitte, fragte sich Wilhelm, sollten da die bodenständigen Unternehmen mithalten können?

Wilhelm hatte sich Geld leihen müssen, denn das Kohlengeschäft war entgegen der Annahme von Dr. Behrends gar nicht so gut gelaufen, das aber wollte er nicht an die große Glocke hängen. Er hatte Clärchen auch nicht erzählt, dass er auf das große weite Haus in der Mühlenstraße eine Hypothek hatte aufnehmen müssen, um über die Runden zu kommen. Warum sie damit belasten?

Ob seine Parteizugehörigkeit damit zu tun hatte, darüber mochte Wilhelm nicht nachdenken. Die Kohlenhandlung von SPD-Mitglied Fritz Lange machte gute Geschäfte, so sah es jedenfalls aus. Wilhelm grübelte, dass seine Partei in den vergangenen Jahren viele Mitglieder verloren hatte. Die Reichstagswahlen im vergangenen Jahr waren ein Desaster gewesen, mickrige 2,6 Prozent der Stimmen bekam die NSDAP. Das internationale Finanzjudentum hatte es wohl geschafft, die Leute gegen den Führer aufzubringen, ärgerte sich Wilhelm, sie kontrollieren ja auch die Medien, diese Lügenpresse.

Nun war der Hitlergruß nur noch in den Ortsversammlungen der Partei erlaubt, und das Hakenkreuz durfte auch nicht öffentlich getragen werden. Noch dazu hatten seine Parteigenossen an vielen Orten Auftrittsverbot. Es würde wohl doch nichts werden mit dem versprochenen Endsieg der nationalsozialistischen Idee. Aber ein Einschwenken in den Kurs der Sozis, um wirtschaftlich besser dazustehen, das kam für ihn nicht in Frage. So war das Erbe die Rettung, die zur richtigen Zeit gekommen war.

Am nächsten Tag nahm Wilhelm den Neun-Uhr-Zug nach Kassel. Seit einigen Jahren schon gab es eine Reichsbahn-Verbindung, und das kleine Tal rückte damit etwas näher an die größere Welt. In der Mühlenstraße sorgte sich Clärchen an diesem nebligen Oktobermorgen um Stiefmutter Bertha, die so gar nichts von der kräftigenden Hühnersuppe hatte essen wollen. Sie atmete schwer, wirkte abwesend und fiel immer wieder in tiefen Schlaf. Ob Dr. Behrends noch einmal kommen sollte?

Bertha Wilhelmina war jetzt 73 Jahre alt, vor mehr als 30 Jahren war sie in das große weite Haus in der Mühlenstraße gekommen. Als dritte Frau von Heinrich hatte sie sich der verwaisten Kinder Fritz und Clara angenommen, so gut sie es verstand. Sie war rüstig gewesen und wusste Anzeichen von Altersschwäche durch ihre aufrechte Haltung und ihre penibel gestärkten Röcke zu verbergen. Nun aber, auf dem Krankenbett, wirkte sie zum ersten mal verletzlich und auch ein wenig hinfällig.

„Papa, ich mache mir Sorgen um Mutter“, suchte Clärchen bei Vater Heinrich Rat. „Wir rufen jetzt mal den jungen Doktor Döring“, meinte

Heinrich. Es gebe vielleicht noch neuere Methoden, als sie der gute alte Behrends mit seiner Hühnersuppe befolgte. Als dann der neu hinzugezogene Arzt in der Mühlenstraße eintraf, ein sehr schlanker junger Mann mit blondem Zwirbelbart und etwas düsterer Miene, kam das gewohnte Leben zum Stillstand: Die Kranke brauche absolute Ruhe, befand Döring, sonst werde aus der Bronchitis eine Lungenentzündung, in dem Falle könne er für nichts bürgen. Er schaute ernst zu Boden, breitete die Arme aus und wiederholte: „Dann kann ich für gar nichts bürgen."

Nun liefen alle Familienmitglieder auf Zehenspitzen durch das Haus. Die Kinder, Helga und Lotte, wurden zu Freunden gebracht, denn man konnte sie im Hause nicht ruhig halten. Clärchen beruhigte ihren Vater: „Kommt Zeit, kommt Rat, lieber Papa." Der Schlag der Wanduhr kam zum Stehen, nur ab und zu kamen Freunde und Bekannte, traten stumm in das Krankenzimmer ein und verabschiedeten sich ebenso still, wie sie gekommen waren. Aus Erfurt kam die thüringische Verwandtschaft, Onkel Erwin und Tante Edeltraut, hart arbeitende, grobknochige Menschen. Sie brachten Thüringer Mett und Bohnenkaffee und erzählten von früher, wie Bertha so gut in der Schule war, und wie alle gedacht hatten, dass sie mal Lehrerin werden würde.

In den folgenden zwei Wochen saß Heinrich oft am Krankenbett und hielt die feuchte Hand von Bertha in der seinen. Nein, es konnte doch wohl nicht so kommen, dass er nach Helene und Charlotte zum dritten Mal am Sterbebette seiner Frau saß? Wie schien es so lange her, dass Helene an einer Blutvergiftung so kurz nach der Geburt von seinem geliebten Fritz gestorben war. Und dann auch noch Charlotten! So sehr er sein Clärchen liebte, dass Charlotte bei der Geburt von Clara am Kindbettfieber gestorben war, das machte es mitunter schmerzlich, wenn er sein Kind ansah und in ihrem Gesicht mit den hohen Wangenknochen, dem weißen Teint und den hellgrauen Augen das geliebte Antlitz seiner Charlotte zu sehen meinte.

Nun, er hatte Bertha Wilhelmina nicht so geliebt wie Helene und vor allem schon gar nicht so innig wie Charlotte. Und sie war den Kindern nun wirklich keine liebende Mutter gewesen, aber hätte er das erwarten können? Und doch, und doch, sie war immer da, wenn sie gebraucht wurde, schuf Ordnung im Haushalt und im Geschäft, umsichtig und klug war sie ihm zur Seite gestanden und hatte sich nie darüber beschwert, dass er ihre Nähe so gar nicht suchen mochte. Bertha hatte ihn nicht glücklich gemacht, aber auch nicht traurig oder verzweifelt, sie war ganz einfach immer da gewesen.

Das Leben an seiner Seite war für Bertha sicherlich keine Erfüllung gewesen, dachte Heinrich. Denn er lebte ja mit den Geistern seiner lieben Toten, Vater Friedrich, Helene, Fritz, Charlotte ... und wie allen Geistern haftete ihnen eine eigenartige Kälte an, und wenn er in Gedanken bei ihnen war, dann gehörte er auf geheimnisvolle Art nicht mehr zu den Lebenden. Es sonderte ihn ab und machte ihn einsam. Aber die stille Präsenz von Bertha hatte ihm doch das Gefühl gegeben, an menschlicher Wärme teilzuhaben, das wurde ihm jetzt erst so richtig bewusst.

Bertha Wilhelmina schied friedlich von dieser Welt an einem frischen Morgen Mitte Oktober. Heinrich hatte die ganze Nacht bei ihr gesessen und war eingeschlummert, als Tante Edeltraut in das Krankenzimmer kam und gerade noch hörte, wie Bertha kurz und kampflos seufzte, bevor sie sich mit einem milden Lächeln, wie man es zu Lebzeiten in ihrem Gesicht nie gesehen hatte, in die Ewigkeit verabschiedete. Heinrich schreckte auf und schaute auf Bertha mit einem leisen Kopfschütteln. Wie konnte es sein, dass er dieses stille Leben so wenig geachtet hatte, und erst jetzt zu merken begann, wie viel Kraft diese zähe, duldsame Treue ihm verliehen hatte?

Ach, wenn er doch nur noch einmal in dieses ferne Land Vergangenheit zurückkehren könnte! Es war ein versunkener Kontinent, ein Atlantis, das untergegangen war und nie wieder auftauchen würde. Nun war fast alles, was ihm lieb und teuer war, in dieser verschwundenen Welt. Wie konnte es sein, dass die Menschen, die er so geliebt hatte, zu Gespenstern geworden waren, und wie würde es dermaleinst sein, wenn die Zeit für ihn abgelaufen war? Wie schafften es die Menschen, dass sie Geld und Gut hinterher jagten, wenn in einer nur kurzen Zeitspanne auch sie und all ihr Hab und Gut in das Schattenreich eingehen würden?

Ihm fiel sein Großvater ein, von dem in der Familie erzählt wurde, dass er sich seinen Todeszeitpunkt selber ausgesucht hatte. Er habe sich im Alter von etwa 80 Jahren an einem Nachmittag in den Sessel gesetzt, wusste er von Vater Friedrich, und sich von seinen Lieben mit den Worten: „Es ist genug“ verabschiedet. Natürlich habe man das nicht ernst genommen, aber am frühen Morgen soll man ihn in seinem Sessel gefunden haben. Diese Gedanken beschäftigten Heinrich und er wunderte sich, dass draußen so viel Getümmel herrschte, während es in seiner Seele immer stiller wurde.

Ja, Clärchen hatte jetzt in der Vorbereitung der Begräbnisfeier alle Hände voll zu tun, die Kinder waren zurückgekehrt, und sie war froh, dass Wilhelm wieder da war. Er wirkte trotz des neuerlichen Todesfalles in der Familie entspannt und fast heiter, das fiel Clärchen im Stillen auf, doch sie war so beschäftigt, dass sie nicht länger darüber nachdachte. Viele Gäste waren zu bewirten, denn neben Erwin und Edeltraut aus dem Thüringischen waren noch deren drei Söhne eingetroffen, Herbert, Helmut und Manfred, alles wohlgeratene, hochgewachsene und lebenstüchtige junge Männer. Aus Kassel waren Tante Minna und Tante Laura gekommen, um zur Beerdigung dabei zu sein. Seit die Frauen wählen durften, gingen sie wie selbstverständlich mit zu Begräbnisfeiern.

Bertha Wilhelmina hatte vorgesorgt. Das weiße Totenkleid mit den hellgrünen Bändern lag schon seit Jahr und Tag in der hölzernen Truhe unter ihrem Bett, auf einem fast schon vergilbten Blatt Papier hatte sie in ihrer steilen Handschrift aufgeschrieben, wie sie sich ihre Begräbnisfeier vorstellte. „Ich bete an die Macht der Liebe“, sollte gespielt werden, und sogar die Bibelstelle hatte sie herausgesucht, zu der Pfarrer Groenewold predigen würde: „Nun aber bleiben Glaube, Hoffnung, Liebe, diese drei, aber die Liebe ist die größte unter ihnen.“

Zum Begräbnis kamen zum Erstaunen der Familie und der Verwandtschaft zahlreiche Freunde und Bekannte der Verstorbenen, von denen man in der Mühlenstraße nichts wusste. Bertha musste sich in den vergangenen Jahren doch in aller Stille einen Bekanntenkreis aufgebaut haben, den sie für sich behalten hatte. Das letzte Geleit gaben auch die Familie Behrends, Dr. Döring und natürlich die Friedländers. Es war eine würdige Feier auf dem Bergfriedhof in Neumünden, Bertha hatte ihre letzte Ruhestätte unter einer großen Linde gefunden.

Nach der Beerdigung hatten Clärchen und Wilhelm zu einer kleinen Stärkung in die Mühlenstraße eingeladen. Es mochte so gegen sechs

Uhr sein an diesem windigen regnerischen Oktobertag, als die Beerdigungsgesellschaft in der hallenden Diele mit den großen viereckigen Stein-Fliesen eintraf. Eine Zugehfrau wartete schon mit heißem Punsch und Früchtekuchen. „Ein Konjäckchen wäre jetzt aber auch allerliebst", war die dröhnende Stimme von Dr. Behrends zu hören, und Pastor Groenewold schloss sich ihm in seinem stets etwas amüsierten Tonfall an.

Wo aber war Heinrich? Er hatte während der Trauerfeier keine Träne vergossen, stumm und wie abwesend war er am Grab gestanden. Zuweilen begann er einen Satz, der sich aber im Ungefähren verlor. Er hatte es verstanden, fast unsichtbar zu sein in dem großen Beerdigungsgetümmel. Nun aber hatte ihn Onkel Erwin aus dem Thüringischen in ein Gespräch verstrickt.

Eigentlich wusste keiner in der Familie so genau, wie man miteinander verwandt war, aber der Einfachheit halber wurden alle Verwandten, die noch in mittleren Jahren standen, „Onkel" und „Tante" genannt. Erwin hatte eine florierende Tischlerei in der Nähe von Erfurt und konnte alles, war schief war, wieder gerade rücken. Mit seiner tüchtigen Hände Arbeit hatte er sich eine große Werkstatt eingerichtet und mit dem Ersparten auch noch zwei Häuser erworben, die er aber vermietete, denn die Wohnung über der Werkstatt reichte ihm und seiner sparsamen Edeltraut aus, und die drei Söhne teilten sich ein Dach Kämmerchen.

Die beiden waren wirklich arbeitsame, vortreffliche Leute. Alle Geschenke wurden daraufhin geprüft, ob man sie gegebenenfalls weiter verschenken konnte, das Brot wurde per Schnittchen eingeteilt, und jede Scheibe Käse wurde sorgsam gezählt und kühl gestellt auf der Fensterbank des Schlafzimmers. Obst und Gemüse kamen aus dem eigenen Garten, eingeweckt und im Keller auf reinlichen Regalen aufgereiht, und das Automobil wurde nur am Sonntag zur Feiertagsfahrt aus der Garage geholt.

Edeltraut, eine couragierte Frau von kindhafter Fröhlichkeit, hatte einen großen Handkarren zum Einkaufen, damit lief sie täglich frischen Mutes und forschen Trittes die drei Kilometer zum Bäcker und in den Milchladen. Wurst kam bei ihnen nie auf den Tisch. Ungesund, meinte Edeltraut, zu teuer, sagte Erwin.

Erwin trug für feierliche Anlässe stets dunkelgraue Anzüge, gedeckt, aber nicht schwarz, das fuselte zu sehr, von denen Edeltraut jeweils zwei kaufte, dann konnte man Jacke und Hose je nach Abnutzungsgrad beliebig kombinieren. Heute hatte er zu dem traurigen Anlass eine schwarze Armbinde angelegt, die er von seinem Nachbarn ausgeliehen hatte. „Mein lieber Heinrich, Gott sei mit dir in deiner Trauer“, sagte Erwin in seiner salbungsvollen und stets ein wenig vorwurfsvoll klingenden Art.

Jetzt sei Ablenkung und Ertüchtigung gefragt, es sei doch nicht sinnvoll, sich der Trauer durch Nichtstun so ganz anheimzugeben. „Edeltraut und ich haben vorhin mal auf den Hof geschaut, mein Lieber, da haben Sie ja allerlei aufzuräumen, meine Güte!” Heinrich war bei diesen gutmeinenden Worten einen Schritt zurückgewichen und hatte jetzt seinen Rücken zur Wand. Er schaute Erwin wie aus weiter Ferne aus seinen hellgrauen Augen an, dann richtete er stumm den Blick in sein leeres Punschglas. Er war alt geworden im letzten Jahr, tiefe Schatten hatten sich um Nase und Mund gebildet. Es war, als ob das Gewicht der Jahre auf seinen tief hängenden Schultern lag.

„Heinrich, Sie dürfen sich da nicht so hängen lassen, nehmen Sie Ihren Wilhelm an die Hand und schaffen Sie Ordnung, das wird Sie von der Trauer ablenken.“ Nun hatte Clärchen gesehen, wie verloren ihr Vater vor Erwin stand, und sie gesellte sich zu ihnen. „Clärchen, da müssen Sie aber auch mal hinschauen und mit anpacken, das verkommt ja alles da bei Ihnen im Hinterhof.“

Clärchen lächelte still vor sich hin. Sie kannte ja Erwin und Edeltraut und nahm ihnen ihre Art nicht übel. Und auch Heinrich meinte es gut mit ihnen, das wusste sie. Es waren schon rechtschaffene Christenmenschen, denen eben nun sehr viel daran lag, auch ihren Mitmenschen den Pfad zur Rechtschaffenheit zu weisen. „Papa, komm”, unterbrach Clärchen Erwins Epistel, „lass uns Pfarrer Groenewold für die würdige Gestaltung der Trauerfeier danken.”

Wie im Schlaf hatte Heinrich mit seiner feinen weißen Hand eine Haarlocke aus der Stirn nach hinten geschoben. Er musste träumen! Hatte er das richtig verstanden? Sprachen Erwin und Edeltraut an diesem Tag, wo man Bertha so kalt und einsam unter die Erde gelegt hatte, wirklich über seinen unaufgeräumten Hinterhof? Da kam

Friedländer auf ihn zu und umarmte ihn stumm, und Dr. Behrends legte ihm die Hand auf die Schulter. „Es war doch ein guter Mensch, der jetzt heimgegangen ist“, hörte er die tröstende Stimme von Pfarrer Groenewold an seinem Ohr, „sie ist nicht mehr bei uns, aber ein kleiner Teil von ihr ist noch in allen, die sie gekannt haben.“

Gute Hoffnungen

Um neun Uhr an einem nebligen Novembermorgen des folgenden Jahres saß Wilhelm an dem großen schwarz glänzenden Tisch im Blauen Salon. Vor ihm lag die grüne Schatulle, die Schwiegervater Heinrich ihm zu treuen Händen übergeben hatte. Verstreut auf dem Tisch waren allerlei Papiere: Das Privileg vom Landesherrn, das den Sieberts erlaubt hatte, an der Oberweser zu siedeln, Kreditunterlagen und Hypothekenscheine für die Finanzierung der Immobilien, Versicherungsverträge und auch Heirats- und Geburtsurkunden.

Wilhelm saß eifrig gebeugt über einem Blatt Papier, das er mit seiner scharf gestochenen, schräg nach rechts dahin eilenden Schrift füllte. Ab und zu schaute er auf, um sich gleich wieder über das Schriftstück zu beugen. Im Nebenzimmer war dunkel die beruhigende Stimme von Dr. Behrends zu hören. „Alles wunderbar, meine liebe Clara, es könnte nicht besser sein, wir sollten nur das Fenster ein wenig öffnen. Frische Luft!!" Clärchen richtete sich mit einem besorgten Blick ein wenig auf in ihrem Bett und rieb sich die schweißnasse Stirn. „Keine Sorge, meine Liebe, es ist ein prächtiger kleiner Bursche, Sternzeichen Skorpion, diese Kinder haben immer kräftige Lungen..."

Fürwahr, welche Freude in der Mühlenstraße: Endlich hatte der lang ersehnte Stammhalter das Licht der Welt erblickt. Vater Wilhelm schaute mit hell glänzenden Augen auf und sah aus dem Fenster. Die Tillyschanze war noch in Nebel gehüllt, und auf dem Tanzwerder reckten die Bäume ihre nackten Äste in den Himmel. Wilhelm konzentrierte sich wieder auf das Papier und schrieb: „Heute am 21. November des Jahres 1931, am frühen Morgen, um halb sechs Uhr, wurde meine liebe Frau Clara glücklich von einem Sohn entbunden. Er soll Wilhelm Heinrich heißen."

Etwas Tüchtiges musste aus ihm werden! War das nicht ein gutes Zeichen, dass er an einem Freitag geboren worden war? Freitagskinder waren arbeitsam und erfolgreich. Die Firma würde er eintragen lassen als 'Wilhelm Thieß und Sohn'. Nein, er würde es ihm an nichts mangeln lassen: Eine solide kaufmännische Ausbildung, und wer weiß, ... eine günstige Einheirat ... und ja, gewiss auch eine Rücklage durch das Sparkonto, das er gleich am Montag für ihn einrichten würde ... Oh, und auf die Erziehung müsste er unbedingt ein Auge haben: Seine Frau war doch allzu nachgiebig mit den Mädchen, nicht dass Willi verhätschelt wurde ...

Aber hatte nicht eben Clärchen aus dem Nebenzimmer nach ihm gerufen? Seit immer weniger Knechte und Mägde gebraucht wurden, standen die oberen Räume leer und sollten bald vermietet werden. Die Schlafräume befanden sich nun auf einer Ebene mit dem blauen Salon, das war nicht nur wirtschaftlich, es war auch praktisch. „Ich komme gleich, Clärchen“, antwortete Wilhelm zerstreut, indem er die Unterlagen für die Hypothek in der Schatulle sorgfältig unter anderen Papieren verstaute.

Nicht, dass es seiner Frau in den Sinn käme, in der Schatulle zu kramen, aber sicher war sicher. Er hatte die Hypothek auf das Haus nicht eingelöst, obwohl seine Mittel ihm das erlaubt hätten, aber warum Geld ausgeben, wenn es nicht unbedingt nötig war? Mit den Schulden bei Tuchhändler Friedländer war das eine andere Sache gewesen, das war ja quasi eine Ehrenschuld, dieser Privatkredit hatte sofort beglichen werden müssen.

Wie gut nur, wie famos, dachte Wilhelm, dass es nun endlich doch bergauf ging mit der Firma. Es kamen immer mehr Kunden, die nun der Meinung waren, dass Nazi-Kohlen doch hervorragend brannten. Bei der letzten Wahl vor zwei Monaten war seine Partei die zweitstärkste Kraft im Reich geworden. In nur zwei Jahren! Mehr als sechs Millionen Menschen hatten für die NSDAP gestimmt, das war nach der vorhergehenden Schlappe mit weniger als einer Million Stimmen ein toller Erfolg.

Wilhelm war froh darüber, dass Goebbels jetzt die Zügel in der Hand hatte, denn den Wahlerfolg schrieb er allein dessen Wahlkampagne zu. Da war nichts von Judenhetze, meinte Wilhelm, da ging es um Zusammenhalt, um nationale Erneuerung und gerechte Lebensverhältnisse, wer mochte dagegen sein? Man denke! Sogar ein Mann wie Manon Friedländer konnte der Arbeiterpartei seine Stimme geben.

„Na, mein lieber Wilhelm, vergessen Sie über den Geschäften nicht Ihre liebe Frau“, betrat Dr. Behrends auf leisen Füßen den blauen Salon. „Sie ist jetzt eingeschlafen, aber schauen Sie nach ihr, es war keine ganz so leichte Geburt.“ Behrends war noch ein wenig runder geworden, die Knöpfe seiner Weste spannten über einem stattlichen Bauch, und er schnaufte vernehmlich, wenn er die Treppen hochkam. „Da haben Sie einen Pracht Sohn, meine Gratulation“, sagte der Arzt.

Wilhelm, rank und schlank wie eh und je, schloss die Schatulle, rückte seinen Stuhl nach hinten, nahm seine Zigarre aus dem Mund, schlug ein Bein über das andere und sah Behrends mit einem freudigen Blitzen seiner stahlblauen Augen an: „Ja, mein lieber Behrends, endlich ist unser Stammhalter da.” Er habe schon Zukunftspläne für seinen Erben gemacht, erzählte er weiter, ein Sparkonto eröffnet, und er würde ihm eine ausgezeichnete kaufmännische Ausbildung zukommen lassen. Gewiss würde sein Stammhalter die Kohlenhandlung erfolgreich in die Zukunft führen.

„Sehr löblich”, strahlte Behrends in seiner gutmütigen Art. „Und was haben Sie, mein Lieber, für die Zukunft Ihrer Töchterchen Helga und Lotte geplant?” „Ja, mein verehrter Behrends“, begann Wilhelm, und seine Augen wurden aufmerksam wie immer, wenn es sich um Geschäfte handelte, „was soll ich da sagen? Haben es meine Töchter vielleicht nötig, bei fremden Menschen ihren Lebensunterhalt zu verdienen? Nein, bewahre, das können Sie doch wohl nicht glauben, dass ich das mit ansehen würde! Wir haben eine Firma, und die Mädchen sind hier bestens aufgehoben. Ich muss gestehen, dass ich ein wenig verwundert bin, dass Sie auf solche Gedanken kommen”, fügte er ein wenig streng hinzu.

Dr. Behrends zog die Lippen in den Mund, schaute betreten vor sich hin, und wandte dann tapfer ein: „Mein lieber Wilhelm, die Zeiten ändern sich nunmal, und es gibt heute viele junge Frauen, die eine Ausbildung bekommen. Auch wenn sie sich meistens zwischen Beruf und Ehe entscheiden müssen, ist es ja doch nicht so ganz verkehrt, meine ich, wenn die Frauen eine Wahl haben.“ Wilhelm dachte an die Arztgattin Mina Behrends, und wie sie so ungefragt das Wort führte, wenn sie zu Besuch in der Mühlenstraße war, mein Gott, das war bei der nachlässigen Art von Behrends ja wirklich kein Wunder.

„Ich meine, es gehört sich für einen Mann, dass er sich um seine Frau und um seine Töchter kümmert, wir sind immerhin das starke Geschlecht“, sagte Wilhelm mit strenger Miene, „ich jedenfalls möchte, dass Helga und Lotte unbeschwert aufwachsen. Sie können sich im Haus nützlich machen, oder im Geschäft aushelfen, dann sind sie am besten auf ihr Leben als Ehefrau und Mutter vorbereitet. Aber streiten wir nicht”, fügte er in milderem Ton hinzu, „heute ist ein Freudentag, rauchen Sie eine Zigarre mit mir!” Behrends zögerte, wenn er auch am Essen und Trinken seine Freude hatte, so schien ihm das Rauchen eine nutzlose, gesundheitsschädliche Sache ohne Gegenwert. Außerdem fühlte er sich immer ein wenig unbehaglich mit Wilhelm, er wusste dann oft nicht, was er sagen sollte.

„Lieber Wilhelm, verbindlichsten Dank, vielleicht später, ich muss noch nach Walli Bratsch oben schauen, er hat sich ja vergangene Woche die Hand gebrochen, das will und will nicht heilen. Dann werfe ich noch einen Blick auf Ihren Herrn Schwiegervater, seine Erkältung klingt zwar gut ab, aber in dem Alter muss man vorsichtig sein.”

Heinrich Siebert war jetzt Anfang siebzig, mit seinem welligen, dichten Silberhaar, dem schmalen weißen Gesicht und den fein gezogenen dunklen Augenbrauen war er immer noch eine vornehme Erscheinung. Er hatte sich seit Berthas Tod immer mehr zurückgezogen. Still stieg er in dem hallenden Haus die knarrenden Treppen auf und ab, und seine hellgrauen, ein wenig wässrig gewordenen Augen schienen jene Menschen zu suchen, an denen sein Herz gehangen hatte und noch immer hing. Eine Art schmerzliches Heimweh nach dem Lande der Vergangenheit erfüllte ihn und hielt ihn gefangen.

Zuweilen erinnerte er sich noch mit einem wehen Gefühl an die Beerdigung von Bertha und auch an die wundersame Moralpredigt von Erwin und Edeltraut über Aufräumen und sich Zusammennehmen. Wie wunderbar musste es sein, wenn man in der Arbeit Trost und Heil finden konnte ... Fast beneidete er das wackere Paar ein wenig für diesen schlichten Glauben, den er selbst nicht teilen konnte.

Mit seinen Enkelkindern Helga und Lotte ging Heinrich nur noch an seltenen Nachmittagen zum Doktorwerder oder zum Weserstein auf dem Tanzwerder. Er grübelte nicht mehr, und er hatte sich auch mit den

Versäumnissen seines Lebens versöhnt. Aber diese Versöhnung gab ihm keinen neuen Lebensmut, es war so, als ob er mit allem Irdischen abgeschlossen hätte, als ob er sich bei den Toten eher zu Hause fühlte als bei den Lebenden, und nun still und gefasst, vielleicht sogar mit ein wenig Sehnsucht im Herzen, dem Hinübergleiten in die andere Welt entgegen sah.

Nur wenn die alten Weggefährten Dr. Behrends oder Manon Friedländer zu Besuch kamen, lebte er ein wenig auf. Denn die drei Herren hatten immer gern und leidenschaftlich gestritten, und wenn sie beisammen waren, kamen sie zwar immer wieder auf die gleichen Themen, aber sie gewannen ihrer Diskussion immer wieder neue Aspekte ab. Goethe ist ein Originalgenie, meinte Friedländer, Behrends hielt dagegen, dass Schiller etwas von der wirklichen Welt wusste. War er nicht auch Arzt gewesen, und hatte er sich nicht aus kleinen Verhältnissen hochgearbeitet? Heinrich hielt es mit Voltaire, weder Goethe noch Schiller hätten diese Weltoffenheit und Weitsicht, und schon gar nicht den Witz ihres französischen Dichterkollegen.

Dass sie völlig entgegengesetzter Meinung waren, schien ihnen gar nichts auszumachen, im Gegenteil. Vielleicht, weil sie im Grunde ihres Herzens wohlmeinende Menschen waren, die trotz aller offenkundigen Meinungsverschiedenheiten gleiche Werte teilten: Sie sorgten sich um das Eigene, und sie waren freundlich zu Fremden. Friedländer half mit Geld, Behrends mit ärztlichem Rat, und Heinrich Siebert hatte immer ein Herz für die armen Seelen dieser Welt. Wenn es Heinrich zu viel wurde, schloss er jede Debatte mit „il suffit, mes amis“, es reicht, meine Freunde. Dann prosteten sie sich mit einem leisen Lächeln still zu und sprachen über Haus, Hof und Familie.

Droben in der zweiten Etage, dort, wo die früheren Schlafräume zur Vermietung leer standen, hatte sich Heinrich ein eigenes kleines Zimmer eingerichtet. Behrends schnaufte die dunkle, steile Holztreppe hinauf und fand seinen Freund schlafend. Still setzte er sich an das Bett mit dem mächtigen Mahagoni Rahmen und nahm die matte Hand des Alten in die seine. Die Wanduhr tickte dumpf mit langen Pausen, und von der Straße her war ein ratterndes Motorrad zu hören. Von fern her klangen Kinderstimmen in die abgeschiedene Stille des Krankenzimmers. „Mein lieber Behrends“, war Heinrich mit einem verschmitzten, fast ein wenig jungenhaften Lächeln nun aufgewacht, „da haben Sie sich aber reingeschlichen.“

„Na, mein Lieber, a la bonheur, herzlichen Glückwunsch erstmal, der Willi ist ein prächtiger Knabe“, klopfte Behrends seinem Freund auf die Schulter. „Lieber Gott, ja, ja“, entgegnete Heinrich, „wie hat sich der Wilhelm gefreut, als er heute morgen zu mir kam und mir die frohe Botschaft brachte. Jetzt stehe ich aber auf und schaue nach meinem neuen Enkelkind, mein Guter, und natürlich auch nach Clärchen. Ich darf doch aufstehen“, fügte er mit ängstlicher Stimme hinzu. „Aber ja, lieber Heinrich, Sie springen bald wieder wie ein junges Reh, und denken Sie dran: frische Luft und eine kräftige Hühnersuppe.“

Eine kräftigende Hühnersuppe gab es auch für die junge Mutter. Heinrich fand Clärchen wach, ein wenig ermattet, aber in großer Freude. Nun hatte sie ihrem Wilhelm nach zwei Mädchen den ersehnten Stammhalter geschenkt! Heinrich setzte sich in den bequemen Lehnsessel an Clärchens Bett, nahm ihre schmale Hand und blickte in die Wiege mit dem weißen Musselin-Himmel. „Der Kleine sieht meinem Großvater Roland ähnlich, Clärchen.“ Er lächelte ein wenig schwermütig, schaute mit verschleierten Augen auf einen Punkt in der Ferne und sagte leise und gedehnt: „Wie sich doch alles dreht und vergeht und wiederkehrt.“

Clärchen schüttelte ein wenig verärgert den Kopf: „Papa, lieber Papa, heute freuen wir uns im Hier und Jetzt!“ Meine Güte, wenn er nur mal im bunten Augenblick der Gegenwart leben könnte, diese grauen, stillen Gespenster schlichen sich in alles hinein, ging es ihr durch den Kopf. Sicherlich wäre es schön gewesen, wenn Mutter Charlotte sich an ihrem ersten Enkelsohn hätte erfreuen können, aber sie, Clärchen, war doch da, und auch der kleine leibhaftige Willi in der Wiege neben ihrem Bett! Da war doch nichts vergangen und vergessen!

Am besten war es, wenn Heinrich eine bestimmte Aufgabe hatte, dachte Clärchen. Dann würde er sich gebraucht fühlen und mehr mit den Lebenden zu tun haben als mit den Toten. Konnte er nicht auf die Kinder aufpassen, wenn sie aus der Schule kamen, mit ihnen Hausaufgaben machen? Dann würde sie Willi versorgen und auch im Geschäft mithelfen. Denn der Tod von Bertha hatte im Haus eine Lücke hinterlassen, sie hatte in ihrer stillen Art den Haushalt geführt, stets für

Ordnung gesorgt. Ein Dienstmädchen mochte Wilhelm nicht einstellen, das sei eine unnütze Ausgabe, hatte er mit so großer Bestimmtheit gesagt, dass es dabei blieb.

Wie aber sollte sie das alles schaffen, die drei Kinder, den Haushalt, und dann noch das Geschäft, und zwar nicht nur im Verkauf, sondern auch im Büro? Sicherlich, seit das Telefon im Hause war, musste sie nicht auch noch die Botengänge machen. Aber schon jetzt wurde es ihr oft zuviel, wie sollte es werden, wenn sie sich noch um den Kleinen würde kümmern müssen?

Es wäre doch gut, wenn ihr der Papa etwas abnehmen würde, gleich morgen wollte sie das mit Wilhelm besprechen. Sie holte tief Luft, bettete ihren Kopf weich in das Kissen und schaute ihren Vater liebevoll an: „Wir haben es doch gut, lieber Papa, du bist wieder auf den Beinen, Willi ist gesund, und ich kann morgen schon wieder aufstehen. Und schau mal“, setzte sie sich auf und schaute in die Wiege, „was hat der Kleine für schöne himmelblaue Augen, und die braunen Haare hat er von seinem Papa ...“

Am nächsten Tag schlug Clärchen auf dem Weg in den Blauen Salon Stimmengewirr entgegen. Wer mochte zu Besuch gekommen sein? Das war ihr jetzt so gar nicht recht, eigentlich hatte sie mit Wilhelm allein sprechen wollen. Mit einer entschlossenen Bewegung betrat sie den Raum. Gott sei Lob und Dank, es war Lena Friedländer, die liebste Freundin seit Kindertagen. Wilhelm verstand sich gut mit ihr, und die beiden saßen in vertrautem Gespräch am Tisch. Wilhelm hatte das beste blaugeblümte Geschirr auf den Tisch gestellt, und der Duft von Kaffeebohnen erfüllte den Raum.

Er müsse wieder nach unten ins Geschäft, verabschiedete sich Wilhelm und ließ die Freundinnen allein. Lena Friedländer, ebenso hochgewachsen wie Clärchen, kleidete sich unauffällig, fast ein wenig streng. Ihr blondes Haar war nachlässig hochgesteckt, und verschwand unter einem unauffälligen Hut. Sie war in vielem so ganz anders als Clärchen, wie es ja oft bei Menschen der Fall ist, die sich nahestehen.

Lena war mit dem Einverständnis ihres Vaters Lehrerin geworden und trat energisch für die Sache der Frauen ein. Heiraten war ihr ohnehin verboten, es sei denn, sie würde ihren Beruf aufgeben, aber daran war für sie kein Gedanke. In ihr war eine Sehnsucht nach Weite und Ferne, ein Hunger nach tiefsten und letzten Erfahrungen, und diese ungestillte und vielleicht auch unstillbare Sehnsucht ließ sie zuweilen extrem und ungeduldig in ihren Meinungen und Handlungen werden.

Lena war Clärchen von Herzen zugetan und bewunderte die Freundin für all das, was sie selbst nicht war. Das war auch umgekehrt der Fall: Clärchen sah in Lena das ganz andere Leben, und wenn es ihrer Meinung nach der Freundin auch an Maß und Mitte mangelte, dann fand sie dieses Streben nach Ausgewogenheit, das ihr selbst in die Wiege gelegt worden war, mitunter etwas anstrengend und ermüdend. Was die Freundschaft zusammenhielt, war eine herzliche Zuneigung jenseits aller Wortgefechte und eine Verbundenheit, die sich mit großzügiger Milde über alle Unterschiede hinweg setzte.

„Ja, wie gut, dass du da bist, liebste Lena, das ist doch viel schöner als telefonieren“, begrüßte Clärchen ihre Freundin. Lena war mit guten Gaben für das Neugeborene gekommen: „Oh, wie süß ist dieser kleine Matrosenanzug, allerliebst, ach, und diese kleinen Schühchen, entzückend“, freute sich Clärchen. Lena kam nie mit leeren Händen, wenn sie zu Besuch in die Mühlenstraße kam, und so manches Mal steckte sie der Freundin etwas zu, denn sie wusste, wie knapp Wilhelm das Haushaltsgeld bemaß. Oft brachte sie Kaffee und Kuchen mit, und zuweilen gingen die Freundinnen gemeinsam zur Wirtschaft auf die Tillyschanze, wo es im Herbst immer guten Rehbraten gab. „Das ist schon in Ordnung“, beruhigte Lena ihre Freundin, wenn der Wirt mit der Rechnung kam.

Heute hatten sich die beiden wie stets viel zu erzählen, das Wetter war für November noch schön, die neuen Nachbarn waren zu Besuch gekommen, und die Schneiderin nähte Kleider nach der neuesten Mode: die Taille wieder da, wo sie sein sollte, die Röcke etwas kürzer und vor allem die wunderbaren neuen Pelzkragen ... da müssten sie sich bald für den Winter einkleiden ... und so mochte an diesem Sonnabendnachmittag eine gute Stunde vergangen sein, bis Lena in die einsetzende Dämmerung hinaus schaute und sich verabschieden wollte. „Noch auf ein Wort, meine Liebe“, bat Clärchen. Was sie wohl meinte, ob sie mit Wilhelm darüber beraten sollte, dass ihr Vater einige Aufgaben im Haus übernehmen könnte, um sie zu entlasten?

Lena warf Clärchen einen prüfenden Blick zu. So sehr sie ihrer Freundin von Herzen zugetan war, diese weltliche Unerfahrenheit und Unselbständigkeit, und auch die Langsamkeit in den Geschäften des Alltags, überraschte und irritierte sie immer wieder aufs Neue. Selbst ein Mensch von raschen Entschlüssen, verärgerte sie diese ängstliche Unentschiedenheit der Freundin. Sie zuckte ungeduldig mit den Schultern und bedachte Clärchen mit einem dünnen Lächeln: „Aber, meine liebste Clara, dazu brauchst du doch wohl nicht die Erlaubnis von Wilhelm, das wirst du ja nun sicherlich allein entscheiden können."

Plötzlich verstummte sie, ihr kam der Gedanke, dass Clärchen ja ohne Mutter aufgewachsen war, zu Stiefmutter Bertha war nie eine wärmende Nähe entstanden. Und dass der so sehr geliebte Vater zwar immer um sie gewesen, aber ihr doch innerlich fern geblieben war. Wie viel leichter hatte sie es doch gehabt! Ihre Eltern hatten ihr stets den Rücken gestärkt und ihr erlaubt, eigene Entscheidungen zu treffen. Lena stand auf, erfasste mit den Händen die Armlehnen des Stuhles, ließ sich wieder darauf zurücksinken und tätschelte Clärchen liebevoll den Arm. "Wie du ja immer so schön sagst, liebste Freundin: Kommt Zeit, kommt Rat."

Nach Kassel

Rat kam nach kurzer Zeit von einer ganz unerwarteten Ecke. Clärchen hatte gezögert, sie wusste nicht, wie sie am besten mit Wilhelm darüber sprechen sollte, dass sie nun mit dem Neugeborenen jemanden brauchte, der ihr im Haushalt unter die Arme griff. Am besten wäre es, auf einen günstigen Zeitpunkt zu warten. Doch ein Brief aus Kassel-Wolfsanger nahm ihr jegliche Entscheidung ab. „Nein, lieber Wilhelm, wollen Tante Ella-Laura und Onkel Heiner wirklich unsere Mädchen zu sich nehmen? Ach, du lieber Gott“, seufzte sie traurig, „das ist ja doch schon ziemlich weit weg, da kann man nicht alle Tage hinfahren.“

Lottes Patentante und ihr Mann Heiner führten zusammen mit Tante Minna die Großgärtnerei in Kassel nach dem Tode von Mutter Hermine. Sie hatten keine Kinder, doch sie hatten den herrenlosen Irish Setter Sherry quasi an Kindesstatt angenommen. „Liebes Clärchen, unser lieber Wilhelm, Helga und Lottchen werden es hier so gut haben“, stand in dem Brief: frische Luft statt Kohlenstaub, Gemüse direkt aus eigenem Anbau, die Schule ist auch nah, und jeden Morgen frische Milch direkt von der treuen Kuh Henriette. Kurz: Die Mädchen würden in einer paradiesischen Umgebung aufwachsen.

Aber würden sich Ella-Laura und Heiner auch gut um Helga und Lotte kümmern können? Die beiden Mädchen waren jetzt fünf und sieben Jahre alt, und schließlich hatte die Kasseler Verwandtschaft ja keine eigenen Kinder. Und Heiner mit seiner Topffrisur war schon ein komischer Kauz. Ständig lief er mit Wünschelrute und Pendel umher, und sein Bett blieb nie an einem bestimmten Platz, denn überall witterte er schlafstörende Wasseradern. Erst vor einiger Zeit hatte Ella-Laura davon berichtet, dass er unter dem Bettgestell kleine Klötzchen angebracht hatte. „Nein, und nochmal nein, das geht ja nun wirklich zu weit, ich hab mir jetzt mein eigenes Reich eingerichtet“, hatte sie gesagt.

Und dann die übertriebene Reinlichkeit und die Furcht vor Bakterien: Heiner wusch sich alle naselang die Hände und trug fast den ganzen Tag seine dunkelbraunen Lederhandschuhe. Und das in einer Großgärtnerei, das war doch einfach nur närrisch! Ella Laura rächte sich auf ihre Art: Wenn sie den Tisch deckte, rieb sie hinter seinem Rücken die Teller an ihrem üppigen Hinterteil trocken. „Ach Heiner“, sagte sie dann, „hier stehn die Tüpperchen, da steht der Wacker.“ Sollte bedeuten: Deine übertriebene Ordnungsliebe und dein Reinlichkeitswahn gehen mir auf den Wecker.

Dort sollten ihre beiden Mädchen aufwachsen? Und am Ende würden sie auch noch wie die Kasseläner sprechen! Vielleicht die Fulda als „Fulle“ bezeichnen, und die luftgetrocknete Mettwurst „Ahle Worscht“ nennen! Das war ein gar zu grausiger Gedanke. Welche Welten lagen zwischen Münden in Niedersachsen und dem hessischen Kassel! Es waren Sprachwelten, wie sie zwischen Ostfriesland und Bayern nicht ausgeprägter sein konnten. Du lieber Gott, dachte Clärchen, 20 Kilometer sind vielleicht keine ganz so weite Entfernung, aber bei uns spricht man halt ein richtiges Deutsch ...

„Wilhelm, lieber, oh nein, dann sprechen unsere Kinder ja mal wie die Kasseler Schlacken“, begann Clärchen. „Unsinn“, fiel er ihr ins Wort. „Ich komme ja auch von dort und spreche keinen Dialekt.” „Ja, schon, da hast du recht, das stimmt, aber, naja, Ella-Laura und Heiner“ „... Also, meine liebe Clara, das sind so Flausen und Fisimatenten von dir. Die Hauptsache ist doch, es sind rechtschaffene Leute, die Mädchen sind gut versorgt, und du kannst im Geschäft helfen, im Haushalt fällt dann ja auch nicht mehr so viel an.“

Doch, doch, das stimmte schon, fühlte Clärchen sehr genau. Aber sie verlor sich auf gedanklichen Nebenwegen, es wollte ihr nicht gelingen, ernsthaft über die Trennung von ihren beiden Mädchen nachzudenken. Denn so schmerzhaft der Gedanke auch war, es mischte sich darein doch ganz tief in ihrem Inneren ein Funken Erleichterung, den sie sich jedoch nicht eingestehen wollte.

Wie sehr wollte sie ihren Kindern eine liebevolle, fürsorgliche Mutter sein. So, wie sie es sich selber als Kind gewünscht hätte. Aber je mehr sie sich darum bemühte, desto stärker wurde ihr bewusst, dass sie nichts weitergeben konnte, was sie selbst nicht gehabt hatte. Und immer, wenn sie ihren Kindern am nächsten war, spürte sie den frühen Verlust am stärksten. Dieser innere Zwiespalt bedrängte sie sehr, zumal sie fürchtete, ihre Kinder würden darunter leiden. Dann war es wohl in Gottes Namen am besten, wenn sie nach Kassel gingen, das war ja nicht aus der Welt. Sicherlich, Heiner war schrullig, aber er war auch kinderlieb und herzensgut, und Ella-Laura schmiss in ihrer tüchtigen, humorvollen Art sowohl den Haushalt wie auch die Großgärtnerei.

Und so war es beschlossene Sache: Helga und Lotte kamen in die Großgärtnerei vor den Toren der Stadt Kassel. Heiner, Ella-Laura und Minna würden sich gut um sie kümmern. Weihnachten sollten sie noch zuhause verbringen, und in der ersten Januarwoche des Jahres 1931 brachte Wilhelm seine Töchter an einem kalten klaren Tag zu den Verwandten aufs Land.

Die beiden Mädchen waren sehr unterschiedlich. Helga hatte einen kräftigen Knochenbau, das tiefschwarze Haar und auch den weißen Teint hatte sie von ihrer Mutter geerbt. Bei Lotte war es so, als ob die Natur einen Weichzeichner angewendet hätte. Sie sah ihrer Schwester zwar ähnlich, aber an ihr war alles heller und weicher, das Gesicht schmaler, die Hände zarter.

Diese Weichheit zeigte sich auch in ihrem Wesen. Während Helga auf unliebsame Dinge mit Wut reagierte, sagte man von Lotte, sie habe nah am Wasser gebaut. Beim Spielen hielt die ältere Schwester Helga das Heft in der Hand: Sie malte den Hinkelkasten mit Kreide auf die Straße, und Lotte hüpfte freudig mit, beim Ballspielen stellte Helga die Regeln auf, und Lotte fügte sich.

Sie würden es gut haben dort, tröstete sich Clärchen, und Lotte hatte ja immer noch die ältere Schwester, die ihr zur Seite stehen würde. Sie nahm sich vor, einmal im Monat nach Kassel zu fahren. Jetzt aber war viel zu tun: Es war ein strenger Winter, und wenn die Tagesfrau am Morgen kam, um sich um Willi zu kümmern, begann Clärchens Arbeitstag in der 'alten Waschküche'. Dort, wo früher die Wäsche gewaschen wurde, lagerten jetzt Eierkohlen.

Die Kunden brachten Eimer und Handkarren, bezahlten bar, gegen Ende des Monats kamen sie mit dem kleinen schwarzen Heftchen in der Hand und ließen anschreiben. Am Abend, wenn im Blauen Salon die gelbe Lampe leuchtete, schaute Clärchen die Heftchen durch und notierte die addierten Summen auf großen Zetteln, die sie am Morgen mit in den Kohlenkeller nehmen würde. Manchmal saßen Clärchen und Wilhelm beisammen, schmiedeten Pläne, wann wäre der beste Zeitpunkt, um die Mädchen wieder nach Hause zu holen, sollte Willi den Kindergarten besuchen? Heinrich gesellte sich still zu ihnen, und zuweilen kam Freundin Lena zu Besuch.

So ging es ruhig Tag für Tag, bis im Frühjahr, zur Zeit, als auf dem Tanzwerder die ersten Krokusse blühten und Clärchen gerade ihren 35. Geburtstag gefeiert hatte, Willi Bratsch von oben in der Türe des Blauen Salons stand. Man glaubt es kaum, er brachte doch tatsächlich eine junge Braut ins Haus. Er war jetzt Ende fünfzig, und man hatte selbstverständlich angenommen, dass er auf immer in dem kleinen Verschlag unterm Dach wohnen würde, dass er stets da wäre, wenn irgendwo eine Hand gebraucht war.

Und nun hatte er die junge Luise Henne aus Hermannshagen gefunden. Walli Bratsch sah mit seinen 58 Jahren noch stattlich aus, und die leichte geistige Behinderung schien ihn im Alltag wenig zu beeinträchtigen, aber dennoch, was brachte die junge Frau dazu, ihn zu heiraten? Obgleich sie im Aussehen ihrem Namen gerecht zu werden schien, sie war von hagerer Dürrheit, hatte eine hohe, etwas gackernde Stimme und beim Sprechen neigte sie ihren Kopf stets ein wenig nickend nach vorn, so war sie doch adrett und arbeitsam. Du lieber Gott, wo die Liebe hinfällt, dachten Clärchen und Wilhelm.

Die noch immer dunklen Haare glatt zurückgestrichen, blaue Weste und Drillichhose, Hut in der Hand, fragte Walli Bratsch in feierlichem Tone, ob man ihnen denn nicht vielleicht die leer stehende Wohnung im zweiten Obergeschoss vermieten könne. Dann sprach er beschwörend von den alten Zeiten, wo er mit Schorse unterwegs gewesen war, und wie Heinrich immer so gut für seine Leute gesorgt hatte. Aber ja, natürlich, das ging Clärchen zu Herzen, und auch Wilhelm mochte nicht nein sagen.

Gewiss, man hätte sich noch andere Mieter vorstellen können, aber nun sollten sie in Gottes Namen einziehen. Vielleicht würde bald auch wieder 'ein Tröppchen Kinder' Leben ins Haus bringen, dachte Clärchen. Und

Wilhelm sagte sich im Stillen: Naja, die Mieteinnahmen, wenn sie denn verlässlich bezahlt werden, können ja auch nicht schaden ...

Wie recht er damit behalten sollte! Denn für die kommenden Monate sollten diese Mieteinnahmen zu den wenigen festen Einkünften der Kohlenhandlung Wilhelm Thieß und Sohn gehören. Was war geschehen? Die Geschäfte hatten sich doch nach den schweren Inflationsjahren wieder erholt!

Nun aber war die Bankenkrise gekommen: An einem heißen Vormittag Mitte Juli, man schrieb das Jahr 1931, die Uhr vom St. Blasii-Turm hatte gerade zehn geschlagen, stürmte Wilhelm die Treppe hinauf, riss die Türe auf, blieb einige Minuten wie versteinert im Türrahmen und wankte dann zum gelben Lehnstuhl am Fenster. Mit geschlossenen Augen ließ er sich in das weiche Polster fallen, sein Gesicht war fahl, nur an den Wangen und am Hals bildeten sich rote Flecken.

„Um Himmels willen, Wilhelm", trat Clärchen erschrocken auf ihn zu und hob beschwichtigend ihre Hände. So hatte sie ihren Wilhelm noch nie gesehen, und es ängstigte sie. „Es ist alles aus", brachte er krächzend hervor, „wir sind verloren, alles ist vorbei." Er war nicht imstande, mehr zu sagen, Clärchen setzte sich zu ihm und nahm vorsichtig seine Hand, Heinrich drückte ihm liebevoll den Arm unterhalb der Schulter. „Kaffee", meinte Clärchen, und wirklich, nach einigen kräftigen Schlucken konnte Wilhelm berichten.

Mit langen, zornerfüllten Pausen erzählte er, wie Bankdirektor Lehmann ihm den Kredit verweigert hatte, der so dringend für die Bestellung der nächsten Kohlenlieferung benötigt wurde. Aber Lehmann traf keine Schuld, fügte Wilhelm etwas stiller geworden hinzu, alle Banken waren geschlossen, an weitere Kredite für die Beschaffung von Kohlen sei nun nicht mehr zu denken.

„Das haben wir nun dieser Quatschbude Parlament zu verdanken", schimpfte Wilhelm: „dieser Brüning!" Er machte eine Pause, holte tief Luft und zündete sich dann umständlich eine Zigarre an, zog ein paar Mal daran und fuhr fort: „Da entblödet sich doch unser Reichskanzler, ganz öffentlich zu sagen, dass die Kriegszahlungen unerträglich sind! Natürlich sind sie das, aber in die ganze Welt hinausposaunen, das ist doch der Gipfel der Dummheit! Und das Land kurz vor dem Staatsbankrott! Wer würde da nicht seine Schäfchen ins Trockene bringen und die Konten leer räumen?"

„Wilhelm, das schaffen wir auch noch, wir haben schon so vieles geschafft", sagte Clärchen. Ihre großen blauen Augen strahlten ein schönes helles Licht aus, und sie nahm ihn fest in die Arme. Sonst war er immer so unerschütterlich, und es tat ihr gut, ihn einmal trösten zu können. Wie gut, dachten nun beide, Clärchen und Wilhelm, dass Walli und Luise die Miete pünktlich zahlten, Luise arbeitete als Haushälterin bei einem Fabrikanten und brachte gutes Geld nach Hause, und Walli fand immer irgendwo etwas zu tun, das mit Geld oder auch mit Kartoffeln oder Möhren bezahlt wurde. So hatten sie ihr Auskommen und erwiesen sich als verlässliche Mieter.

Hilfe kam wie stets auch aus Kassel. Schon am nächsten Tag, es war ein Samstag, traf Tante Minna ein. Sie war eine gutmütige, dralle Frau mit hochrotem Kopf, weiten Röcken und festgezurrter Schürze. In ihren breiten Händen trug sie einen großen Korb mit guten Gaben. Eier,Käse, Gemüse, und obendrauf lag ein bunter Blumenstrauß für Clärchen.

Tante Minna strahlte über ihr ganzes breitflächiges Gesicht, denn sie liebte die Mündener Verwandtschaft mit treuem Herzen. Mit großer und fast scheuer Bewunderung hing sie an Heinrich und Clärchen. Wie waren sie doch beide so vornehm, meinte sie, so weiß und fein, und auch in ihrem Wesen so gutherzig und liebenswürdig. Minna erzählte von Helga und Lotte, wie die beiden immer frische Milch bekamen und in der weitläufigen Gartenanlage mit dem Hund Sherry herumtollten. Sie waren gut in der Schule, berichtete sie weiter, auch wenn Lotte ein kränkliches Kind war und öfters zu Hause bleiben musste.

Man saß in der kleinen Stube, die Clärchen neben dem Blauen Salon eingerichtet hatte. Die frühere Schlafkammer war jetzt gemütlich eingerichtet, die hellen Möbel gaben dem Raum eine heitere Leichtigkeit. Heinrich war in dem weißen Korbsessel eingenickt, die Zeitung auf den Knien, Wilhelm hatte am Tisch Platz genommen, zog nervös an seiner Zigarre und zwirbelte krampfhaft an seinem Schnurrbart. Minna berichtete, wie umsichtig Heiner war, und wie die Großgärtnerei dank üppiger Rücklagen gut durch die Krise kommen würde.

Wilhelm hatte der Unterhaltung mit abwesendem Blick zugehört. Nun schob er seinen Stuhl zurück, ging zum Fenster und schaute in den einsetzenden Nebel, der sich langsam über das Tal senkte, über regenglänzende Dachgiebel und auf die stillen engen Straßen.

Man stand gut da in der Gärtnerei, grübelte er, man hatte 'üppige Rücklagen', und das von diesem komischen Heiner mit seiner albernen Wünschelrute! Nein, das war gar zu arg. Hätte nicht er, Wilhelm, die Gärtnerei übernehmen sollen? Denn Kartoffeln, Möhren, Rüben und Zwiebeln brauchten die Leute immer. Da war das mit den Kohlen eine andere Geschichte: Wenn kein Geld da war, ging man eben in die Wälder rund um die Stadt, sammelte Holz in großen Kiepen ...

Mein Gott, ging es Wilhelm durch den Kopf, Gemüse, Käse, Eier, das waren doch Almosen und Brosamen. Wie konnte es nur so weit kommen! Da war ständig vom Sparen die Rede, aber wie sparen, wenn es nichts zum Sparen gab? Eine Notverordnung jagte die andere, und nun war das Land bankrott. Und er, das Unternehmen Wilhelm Thieß und Sohn, war auch bankrott! Seine Familie lebte von der Hand in den Mund! Von den milden Gaben der Kasseler Verwandtschaft!

Wilhelm wusste wohl, dass er keine persönliche Schuld trug, und doch, und doch. Er müsste etwas tun, aber was? Plötzlich schüttelte er fast ungläubig den Kopf: die Partei! Warum war ihm das nicht früher eingefallen? Man würde auf höchster Ebene einen Weg aus diesem ganzen Schlamassel finden, er war ja nicht der einzige, der Tag für Tag zu kämpfen hatte.

In den vergangenen Jahren hatte Wilhelm sich damit begnügt, das Parteibuch zu tragen, von nun aber ging er regelmäßig zu den Ortsversammlungen der NSDAP. Zweimal die Woche traf man sich in Neumünden, im Gasthaus zum Feschen Förster. Man trank und sang, schmiedete Pläne, plante Aktionen, knüpfte Beziehungen, fand potentielle Kunden ... und wenn er spätabends nach Hause kam, ging er zufrieden ins Bett. Clärchen war nur froh, dass es ihm besser ging.

„Wilhelm, das einzige, was mich an der Partei stört, ist die Hetze gegen die Juden, bitte mach da nicht mit“, sagte sie mit flehendem Blick, wenn er zurückkehrte. „Nein, aber nein“, beruhigte er seine Frau, er werde sich nicht an antijüdischen Kampagnen beteiligen, hatte sich nicht bei der letzten Wahl sogar Goebbels dagegen ausgesprochen?

Denn was würde dann mit den Friedländers, mit Lena und ihren Eltern geschehen, sorgte sich Clärchen. „Ach, weißt du, Clärchen", meinte Wilhelm, „diese antijüdische Hetze, das ist nur der Straßenpöbel, in der Führung ist das gar nicht so", sogar Manon Friedländer gebe ihm da recht. „Man muss trennen, meine Liebe, zwischen den Menschen, die bei uns leben und die zu uns gehören, und den dunklen geldgierigen Figuren im Hintergrund, die von Amerika aus die Fäden in der Hand halten."

Das beruhigte Clärchen, und es stärkte sie in ihrer Zuversicht, dass auch Freundin Lena dieser Tage unbesorgt schien. Gehörten nicht die Friedländers ebenso wie die anderen jüdischen Familien, die Cohns, die Krakauers, die Reinhardts, seit Jahr und Tag dazu, und trafen sie sich nicht wie eh und je in der Synagoge in der Hinterstraße? Gut, Agnes Degenhardt, die gegenüber der Synagoge ihr Handarbeitsgeschäft betrieb, war dafür bekannt, dass sie bei jüdischen Kunden auf einmal keine Knöpfe und kein Garn mehr hatte, aber sie war ohnehin eine verschrobene Figur, die sich gern mit Hinz und Kunz anlegte, das musste man ja wohl nicht ernst nehmen.

Einige Monate später, es war die Zeit des Katharinenläutens im November, der kleine Willi war gerade ein Jahr alt geworden, saßen Wilhelm und Clärchen im Blauen Salon über Rechnungen und anderen Schriftstücken. Es konnten nun Rechnungen geschrieben werden, denn die Banken vergaben wieder Kredite, zwar deutlich weniger als vor der Juli-Krise, aber doch soviel, dass die Geschäfte zu Wilhelms Zufriedenheit so langsam in Schwung gekommen waren.

Die Lampe im Erkerfenster warf einen warmen Schein in den Raum, gelegentlich drang ein Geräusch von den engen Straßen und Gassen, doch sonst war nur das Krachen und Knistern des Kaminfeuers zu hören. Clärchen sah von ihrem Zettel auf und räusperte sich. „Wilhelm, ich muss dir was sagen", begann sie zögernd. Wilhelm schob das Papier mit einer ungeduldigen Bewegung von sich und blickte sie fragend an.

Ihr Gesicht war errötet, und sie spielte unsicher mit dem Federstift in ihrer Hand, ihre Augen waren auf den Tisch gerichtet. „Also, mein lieber Mann, ich freue mich! Der Herrgott hat uns wieder ein Kind geschenkt“, sagte Clärchen mit einem schüchternen Lächeln, während sie wie suchend an ihrem Kleid nestelte. „Es wird ein Frühlingskind, im April ist es soweit.“

Wilhelm war plötzlich erglüht, er setzte sich gerade hin und blickte Clärchen mit unergründlicher Miene an. Dann nahm er mit steif gespreizten Fingern einen Schluck von dem Tee, der schon lange kalt geworden war. „Mmh, bist du dir da sicher?“, brachte er mit heiserer Stimme hervor. „Doch, ganz sicher, in der Kiesau ist eine Hebamme eingezogen, die war gestern hier“, antwortete Clärchen mit einem bangen Blick.

„Du lieber Gott, was machen wir dann mit Willi“, sah Wilhelm grübelnd vor sich hin, und die Falten um seinen Mund schienen noch tiefer zu werden. Die Tagesfrau könne ja nun mal nicht ein Kleinkind und dann noch einen Säugling warten. „Die Geschäfte haben sich gerade wieder ein wenig gefangen, wir haben jetzt zum ersten Mal seit September wieder eine Rücklage“, sagte Wilhelm mit ernster Miene.

Er war es leid. In den vergangenen zehn Jahren hatte er sich von Krise zu Krise gehangelt. Erst Inflation, dann Währungsreformen, Weltwirtschaftskrise und Bankenkrise, die Zahl der Arbeitslosen war immer wieder nach oben geschnellt, und auf den Straßen lärmte Rotfront. Und ja, in der Ehe hatte es auch so manche Krise gegeben, die er jetzt nun endlich überwunden geglaubt hatte. Und nun das!

Clärchen aber lächelte beseelt in sich hinein und entgegnete: “Lieber Wilhelm, mach dir keine Sorgen, ich bleibe bis zur Geburt im Geschäft, und das Kind kriegen wir auch noch groß.” Es ist wahr: Weich und zärtlich gestimmt freute sich Clärchen ganz besonders auf dieses Kind. Nun, da die Mädchen in Kassel gut aufgehoben waren, und Stammhalter Willi, der Augapfel seines Vaters, bei der Tagesmutter in besten Händen, hatte sie mit einem Mal das Gefühl, dass dieses Baby in besonderer Weise ihr gehören würde. Sie würde dieses Kind lieben können, dieser Gedanke machte sie zufrieden und half ihr auch in den schweren Zeiten, die vor ihr lagen.

Denn so sehr Clärchen froh und glücklich war, ebenso sehr fürchtete Wilhelm, dass die Geburt dieses Kindes alles durcheinander bringen würde, was gerade im Büro und in der Schlafkammer mit Mühe und Not auf einen guten Weg gebracht worden war. Und schließlich hatte man ja schon mit Willi den ersehnten Stammhalter. Und jetzt dies! Wenn seine Frau ausfallen würde, rechnete Wilhelm schnell im Kopf, konnte er es sich leisten, jemanden einzustellen?

Er zündete sich eine Zigarre an und blätterte im Auftragsbuch. Nein, jemanden einstellen, das würde sich nicht rechnen. dann müsste es mit dem Geschäft wohl wieder einmal bergab gehen. Sollte er vielleicht von den milden Gaben seiner Kasseler Verwandtschaft abhängig werden - und von den mickrigen Mieteinnahmen eines Walli Bratsch und einer Luise Henne? Seinem Schwiegervater Heinrich mochte er schon gar nicht in die Augen schauen. Von der zweiten Hypothek, die er unlängst auf das Haus hatte aufnehmen müssen, würde er Clärchen auch dieses Mal nichts sagen, die Unterlagen hatte er sorgfältig in der grünen Schatulle verstaut. Mein Gott, das waren schließlich auch Dinge, die Frauen nun ein für alle Mal nichts angingen.

Clärchen aber hielt ihr Wort: Tagein, tagaus stand sie im Kohlenkeller, schaufelte mit ihren weißen zarten Händen die schwarzen Kohlen in Körbe, und als das Bücken immer schwieriger wurde, halfen die Kunden. Dann gab sie immer ein wenig Nachlass, aber so, dass Wilhelm es nicht mitbekam.

An Weihnachten, schon am 22. Dezember, kamen die Mädchen mit Heiner, Ella-Laura und Minna aus Kassel, und die ganze Familie war wieder einmal im Blauen Salon beisammen, dort, wo der große Tannenbaum bis an die Decke hinaufragte. Heinrich lächelte zufrieden vor sich hin, er sah mit Freude, dass Clärchen guter Dinge war, und dass sie sich sogar von Wilhelms gelegentlich strengen Worten nicht einschüchtern ließ. Es musste wohl ein besonderes Kind sein, das im Frühjahr auf die Welt kommen würde.

Als die Osterglocken und die Tulpen auf dem Tanzwerder blühten, war es soweit: Auch an diesem Donnerstag, 21. April 1932, einem klaren frischen Tag, stand Clärchen, wie sie versprochen hatte, treu und brav im Kohlenkeller, in der alten Waschküche, gleich neben der Eingangsdiele mit den großen viereckigen Fliesen. Die ersten Kunden würden gegen acht Uhr kommen. Auf einmal zuckte sie erschrocken zusammen. Oh je, was war das? Das Kind sollte doch erst nächste Woche kommen! Du meine Güte, es hatte es wohl eilig. Clärchen sank auf einen Berg von Eierkohlen, als gerade die erste Kundin mit dem Handkarren zur Tür hereinkam.

Schnell den jungen Dr. Behrends rufen! Hanno Behrends hatte die Praxis von seinem Vater übernommen, der sich im vergangenen Jahr zur Ruhe gesetzt hatte. Dann ging alles sehr rasch, Behrends eilte mit seinem Hebammen Köfferchen herbei, den übrigens auch der alte Behrends stets dabei gehabt hatte, und bald schon freute sich Clärchen über den hübschen Knaben mit den dunkelbraunen Haaren. Seine rosig-weiße Haut war wohl hier und da ein bisschen schwarz vom Kohlenstaub, aber doch: Was für ein schönes Kind!

Wilhelm wurde eilig hinzugerufen, schaute sich den Neuankömmling mit schmalen Lippen und hochgezogenen Augenbrauen an und sagte: „Er soll Horst Wilhelm heißen." War das nicht ein wenig obstinat, fragte sich der junge Vater, vielleicht sogar ein frühes, geheimes Zeichen der Widersetzung, dass der Junge einen Tag später kam, als er, Wilhelm, es sich gewünscht hatte? Wenn er nur einen Tag früher geboren worden wäre, am 20. April, dann hätte er zu Adolf Hitlers Geburtstag das Licht der Welt erblickt.

Glänzende Zeiten

Nach der Geburt des kleinen Horst gönnte sich Clärchen eine ganze Woche Pause, dann stand sie wieder im Kohlenkeller. Musste sie nicht Wilhelm davon überzeugen, dass der Neuankömmling keine finanziellen Einbußen für die Firma nach sich ziehen würde? Die Arbeit ging ihr leicht von der Hand, denn sie hatte immer den kleinen Horst dabei in einer tragbaren Wiege. Wie gut, dass er ein so genügsames Kind war! Mit großen stillen Augen lag er in seinem Körbchen, und wenn sie ihn ansah, strahlte er über sein ganzes kleines Gesicht. „Du bist mein Augenstern“, sagte sie dann. Clärchen fühlte sich diesem winzigen neuen Menschenwesen so nahe, wie sie es in ihrem Leben vielleicht nur mit ihrem Vater erlebt hatte.

Selbstverständlich liebte sie ihren Wilhelm, aber es mischte sich in diese Liebe immer ein leiser Schatten von Furcht und Sorge. Oft schien sie ihn zu verärgern, ohne dass sie sich irgendeiner Schuld bewusst war. Wie konnte sie es ihm denn nur recht machen? An die kleineren Schuhe hatte sie sich schon gewöhnt, die Füße schmerzten nicht mehr, und wenn ihm nun mal partout daran lag, dass sie kleine niedliche Schuhe trug, er nannte es „fraulich“, dann sollte es in Gottes Namen so sein.

Wenn es Streit gab, machte sie nächtelang kein Auge zu, deshalb strengte sie sich immer an, keine Unstimmigkeiten aufkommen zu lassen. Aber, das war wohl doch seltsam, je mehr sie um ‘gut Wetter’ bemüht war, desto mehr schien ihn das zu irritieren. Was machte sie falsch? Sie würde mal Lena Friedländer fragen, sie wusste in diesen Dingen immer Rat.

Wilhelm indes konnte sich seine tief sitzenden Gefühle gegen den neugeborenen Sohn nicht erklären, das wiederum lastete er diesem Kind an. Wie konnte es sein, dass er, Wilhelm Thieß und Sohn, Brennstoff Materialien Handlung, angesehener Geschäftsmann und führendes Parteimitglied, Sohn der bekannten Großgärtnerei Thieß in Kassel-Wolfsanger, auf einmal von so unerklärlichen und ärgerlicherweise auch unberechenbaren Empfindungen beunruhigt wurde?

Denn ganz entgegen seinem Vorsatz wollte es ihm nun einmal nicht behagen, dass seine Frau augenscheinlich lieber an der Wiege saß, statt, wie früher, Abende lang am kleinen Fenster auf seine Rückkehr von den Parteiversammlungen zu warten. Ja, nun gut, also, wenn das so war: Hatte er nicht auch Besseres zu tun?, fragte er sich, warum dann überhaupt nach Hause eilen, es ging ja schließlich oft sehr lustig zu im „Feschen Förster".

Man sah auf zu ihm in der Partei, gehörte er doch zu den wenigen Mitgliedern aus den Anfangsjahren der Bewegung. In diesem Jahr würde man ihn besonders brauchen, denn es ging auf die Wahlen im Juli zu, und wenn alles gut ginge, könnte man bald schon eine starke Regierung haben, die endlich mal aufräumen würde mit Kleinkriminellen, Drückebergern und Herumlungerern. Dass es angeblich keine Arbeit gab, meine Güte! Das waren ja nur Ausreden, meinte Wilhelm, denn wer arbeiten wollte, Weltwirtschaftskrise hin oder her, der würde immer auch eine Arbeit finden.

Dass Schwiegervater Heinrich da anderer Meinung war und auch noch den Arbeitslosen was zusteckte, musste er wohl oder übel akzeptieren. Das war doch wohl nicht gut, sollte man das Herumsitzen vielleicht auch noch belohnen? Aber er wollte sich mit dem alten Mann nicht anlegen, und so gingen sie sich möglichst aus dem Weg.

Doch Anfang des folgenden Jahres, 1933, gelang es beiden nicht, den stillschweigend vereinbarten äußeren Frieden aufrecht zu erhalten. Es war Montag, der 30. Januar. Schon am frühen Morgen waren die Leute in kleinen Gruppen aufgeregt beieinander gestanden. Um Mittag, als der Lärm in der Mühlenstraße immer lauter wurde, sah man Wilhelm mit großen Schritten den schmalen, eisglatten Bürgersteig entlang eilen.

Am Fenster des Ladengeschäfts auf der anderen Straßenseite tauchten Gesichter auf. Dann ertönten laute Rufe aus dem Hauseingang. Einen Augenblick später war rasches Fußgetrappel zu hören. Die Tür flog auf, Wilhelm trat mit hochrotem Kopf herein und stieß hervor: „Wir sind am Ruder, Clärchen, Heinrich, wir haben es endlich geschafft. Hitler ist Reichskanzler!"

Heinrich war blaß geworden und es zuckte um seine Mundwinkel. Er hob den Kopf von der Zeitung und schaute Tochter und Schwiegersohn betreten an, dann blickte er zu Boden. Nein, er wollte ihnen diesen Tag nicht verderben. Von der St. Blasii Kirche läuteten die Glocken, und von der Straße waren freudige 'Hurra'-Rufe zu hören. Clärchen stand am Herd und schaute nach dem Sauerbraten, der auf den Mittagstisch kommen sollte. Wie würde es nun kommen, dachte sie und spürte, dass zumindest eine lange Zeit der Ungewissheit vorbei sein würde.

„Dann wollen wir mal hoffen, dass jetzt ruhigere Zeiten kommen", wollte Heinrich sich versöhnlich zeigen. Doch die besonnene Reaktion seines Schwiegervaters brachte Wilhelm auf. „Ruhige Zeiten, sagst du, mein lieber Herr Schwiegervater, ach was, das ist ja wohl sehr untertrieben, mein Lieber, es wird uns glänzend gehen, das wirst du sehen."

Wilhelm schaute aufgeregt aus dem Fenster und sah, wie sich spontan Mitglieder der Partei und einige SA- Leute auf dem Tanzwerder zu einem Festmarsch durch die Stadt versammelten. Ah, für heute Abend war außerdem noch ein Fackelzug geplant, da würde er in der ersten Reihe mitmarschieren. Seine alte feldgraue Uniform machte noch was her, gehörte er doch zu den verehrten alten Kämpfern der Partei. Wilhelm drehte sich um und schaute die beiden mit blitzenden Augen an: „Ja, meine Lieben, darauf könnt ihr euch verlassen, wir gehen glänzenden Zeiten entgegen."

Schwiegervater Heinrich hatte es mit dem Stillhalten versucht, aber nun musste es raus: „Ja, Wilhelm", begann er, „solange jetzt nur nicht der Straßenpöbel das Sagen hat ..." „Aber, nun mal halblang, ich bitte dich, das ist doch nur böswilliges Gerede. Du weißt sehr gut, dass Hitler die Unterstützung aus den höchsten Kreisen hat, ich verstehe nicht, was du immer von Straßenpöbel redest." „Ja, weil das Schläger sind, die Andersdenkende einschüchtern und niederknüppeln", ereiferte sich der alte Herr. Auf seinen blassen Wangen zeigte sich ein hauchzartes Rot, und er saß jetzt sehr aufrecht in seinem Stuhl.

„Mein lieber Schwiegervater, ich möchte dich nicht belehren", entgegnete Wilhelm, „aber denke doch bitte daran: Wenn nicht der Adel, das Militär und die Wirtschaft immer wieder bei Reichspräsident Hindenburg ein gutes Wort eingelegt hätten für einen zukünftigen Reichskanzler Hitler, dann hätten wir den heutigen Freudentag nicht erlebt. Ich sage nur: Franz von Papen, Wilhelm von Preußen, Kurt von Schröder, das sind doch führende Köpfe unseres Landes, was redest du denn da von Straßenpöbel, meine Güte nein, was für ein Quatsch!"

„Meine Lieben", wandte nun Clärchen ein, „auch in aufregenden und glänzenden Zeiten brauchen wir was Gutes auf dem Tisch. Ich habe Sauerbraten gemacht, Wilhelm, den isst du doch so gern, mit viel Essig und Zucker, und bei Schlachter Zachowsky habe ich ein richtig gutes Stück bekommen. Zum Nachtisch gibt es Apfelkompott mit Zimt, und für heut Nachmittag habe ich noch einen Butterkuchen gebacken. Stellt euch vor, der Willi hat mir dabei geholfen."

Clärchen war froh, dass es ihr gelungen war, die beiden Streithähne wenn nicht zu versöhnen, dann doch an einen Tisch zu bringen. Insgeheim gab sie ihrem Vater recht, doch es wäre ihr nie in den Sinn gekommen, diese Meinung laut zu sagen. Und im Grunde war es ja auch gar keine Meinung, die sie nach außen mit Argumenten hätte vertreten können. Es war mehr ein halb bewusstes Gefühl, ein Empfinden, das sich nicht in Worte kleiden ließ.

Aber vielleicht war es ja auch einfach nur Geschmackssache, dachte sie zuweilen, denn sie fand diese braunen Uniformen geschmacklos und hässlich. Sie mochte weder die lauten Marschgesänge noch die Fackelzüge, es wurde ihr dabei nur angst und bange.

Was die wirtschaftliche Lage anging, sollte Wilhelm recht behalten. Der Firma ging es nun wirklich glänzend. Alle Parteimitglieder, und das waren tagtäglich mehr Mitbürger, kauften nun ihren Brennstoff bei Wilhelm Thieß und Sohn. Clärchen konnte die Arbeit allein nicht mehr leisten, und dank der üppigen Einnahmen war es nun auch kein Problem, eine Hilfskraft einzustellen. Da passte es gut, dass Luise Henne ihren Arbeitsplatz bei dem jüdischen Fabrikanten verloren hatte. Friedrich Vatermann war mit der ganzen Familie nach Amerika ausgewandert, und so stand Luise als treue Seele Clärchen und ihrer Familie zur Seite.

Die einzige Sorge, die Wilhelm und Clärchen dieser Tage hatten, war die Frage, wie denn der unerwartete Geldsegen am besten und sinnvollsten ausgegeben oder angelegt werden könnte. Dachte Wilhelm vielleicht daran, die Hypothek auf das Haus einzulösen? Ach nein, ging es ihm durch den Kopf, das Geld sollte doch sinnvoller angelegt werden, jetzt war keine Zeit, alte Schulden zu begleichen, war es nicht viel besser, an die Zukunft zu denken? Und vor allem auch an die Zukunft der Firma Thieß und Sohn?

Stillschweigend eröffnete er noch ein Sparkonto für Stammhalter Willi, der mit seinen zweieinhalb Jahren oft bei Vater Wilhelm auf dem Nebensitz des Automobils saß, wenn Geschäfte zu erledigen waren. Ein weiteres Automobil würde man brauchen, erklärte er, und die Obergeschosse des Hauses müssten dringend renoviert werden. Dann könne man auch höhere Mieten einnehmen, erklärte er seiner Frau.

Und ein richtiges Büro brauchen wir jetzt, meinte Wilhelm, und verfügte, dass der Blaue Salon dafür genutzt werden sollte, gab es denn nicht genügend Platz in den oberen Räumen? So wurde aus dem hellen Wohnraum neben dem großen Schlafzimmer die gute Stube. Clärchen kleidete den kleinen Horst neu ein, legte sich eine private Geldbörse an für Einnahmen, die mit Wilhelm nichts zu tun haben würden ... Sie schickte Pakete nach Kassel und überlegte, ob denn nun nicht bald der Zeitpunkt gekommen war, um Helga und Lotte nach Hause zu holen.

„Lass uns doch erst mal abwarten, bis Lotte wieder richtig gesund ist", meinte Wilhelm, und auch Heinrich nickte zustimmend. Die Siebenjährige war gerade auf dem Weg der Besserung: Sie hatte sich bei der treuen Kuh Henriette mit Rindertuberkulose angesteckt. Frische Milch direkt von der Kuh, das hatte sich so naturnah und natürlich angehört, hatte die Kasseler Verwandtschaft erklärend und entschuldigend geschrieben, wusste man doch nicht, dass viele Kinder sich dadurch den „weißen Tod" holten.

Und nun musste die kleine Lotte, ja, es tat ihnen sehr Leid, jeden Tag mit Tante Ella-Laura in das große Kasseler Krankenhaus fahren, dort wurde sie am Hals punktiert, um die Giftstoffe zu entfernen. Zum Glück hatte man rasch herausgefunden, was die Ursache war. Zwar würde eine größere Narbe zurückbleiben, aber sie würde wieder ganz gesund werden, sagten die Ärzte. „Clärchen, die Kinder können ja dann zu Ostern zusammen mit Heiner, Ella-Laura und Minna zu Besuch kommen", stellte Wilhelm in Aussicht. „Das wird ein glänzendes Fest in diesem Jahr", fügte er mit einem zufriedenen Lächeln hinzu.

So kam es, dass zu Ostern, Mitte April, die Familien Siebert und Thieß wieder einmal miteinander feierten. Am Ostersonntag standen die Kinder aufgeregt an den festlich geschmückten Straßen, die große Schüttenhoff Parade zog durch die engen Straßen der kleinen Stadt. Auf dem Tanzwerder gab es Kettenkarussell, Berg-und-Talbahn und zum ersten Mal auch ein Riesenrad. Wilhelm machte an jeder Schießbude Halt, und bald hatten die Kinder eine Sammlung von Stofftieren in ihren Armen.

Clärchen erhielt einen Strauß Rosen, und Heinrich hatte seine Freude an dem kleinen Reh aus der Schießbude, mehr noch aber freute er sich über Wilhelms zuvorkommende Art. Die vergangenen Jahre waren für Wilhelm sicherlich auch nicht so einfach, ging es Schwiegervater Heinrich durch den Kopf, dass er da manchmal recht ruppig war, sollte man ihm dann doch nachsehen.

Am Ostermontag gab es in der guten Stube ein Festessen. Wilhelm bestand darauf, dass dieses Mal Lammbraten serviert wurde. „Wir können uns das jetzt leisten", hatte er mit hochgezogenen Schultern zu Clärchen gesagt. Clärchen und Luise hatten Samtkuchen gebacken, und die Sahneschicht war in diesem Jahr fast doppelt so hoch wie in den mageren Nachkriegsjahren.

Am Nachmittag öffnete Heinrich die grüne Schatulle und erinnerte an die Anfänge der Familie Siebert. Er sprach von den alten Zeiten der Knechte und Mägde, von den treuen Pferden Schorse und Minchen, er rief ins Gedächtnis, wie Fritz und Charlotte und zuletzt auch Bertha heimgegangen waren. „Aber jetzt, mein lieber Papa, sind wir hier alle so schön beisammen, lass uns froh und dankbar dafür sein", fiel ihm Clärchen mit einem entschuldigenden Lächeln ins Wort, „und lass uns noch einen kleinen Spaziergang zum Doktorwerder machen", fügte sie hinzu, „es blüht alles so wunderbar und vielleicht sehen wir ja auch schon die ersten Maikäferchen." Wusste sie doch, dass sich ihr Vater die Liebe zu den kleinen Krabbeltieren aus Kinderzeiten bewahrt hatte.

Es war einige Wochen nach diesem schönen Osterfest. Ein Samstag, 20. Mai. Das Wetter war wunderbar sonnig und mild, und Heinrich saß unter der großen Eiche am Weserstein. Dort, wo Werra und Fulda zur Weser zusammenfließen, war sein liebster Platz. Von da konnte er rechterhand auf die Weserliedanlage schauen, wenn er sich ein wenig nach links umdrehte, kam die Tillyschanze in den Blick. Früher war er oft die steilen Berge hinauf gegangen, von dort oben hatte man einen wunderbaren Blick auf die Dreiflüssestadt. Auch an diesem Tag war es den ganzen Morgen schön gewesen, nun aber wurde es in den Wäldern ringsum trüb und grau.

Als sich über dem Tal schwarze Wolkenberge zusammenzogen, machte sich Heinrich rasch auf den Nachhauseweg, sicherlich würde es bald ein Gewitter geben. Clärchen hatte mit dem Abendbrot auf ihn gewartet. „Mein liebes Kind", begrüßte Heinrich seine Tochter und schaute sie mit seinen hellgrauen Augen zärtlich an: „Ich habe keinen Hunger, bin nur müde, ich lege mich ein wenig hin."

Das kannte sie nun gar nicht von ihrem Vater, dachte Clärchen besorgt, es wäre doch gut, wenn sie sich mit dem kleinen Horst ein wenig zu ihm ans Bett setzen würde. Sie streichelte sein weißes, ein wenig schütter gewordenes Haar und drückte seine leichte Hand, die wie eine Feder auf der blau geblümten Bettdecke lag.

Draußen war es noch dunkler geworden, schon zuckten um die Tillyschanze herum die ersten Blitze. Heinrich lag still und schmal in seinem breiten schweren Mahagoni Bett, Clärchen lauschte dem Rauschen des Regens und wartete auf das Donnergrollen. Vor Gewitter hatte sie großen Respekt, denn als junges Mädchen hatte sie bei einem Besuch in Berlin einmal erlebt, wie ein Kugelblitz durch das Fenster in einen Raum einschlug und zur weit geöffneten Tür wieder nach draußen fand.

Heinrich hielt seine Augen geschlossen, der weiße Zwirbelbart zitterte ein wenig in der feuchten, milden Abendluft, die zum Fenster hinein strömte, doch sein Atem ging ruhig. Clärchen erzählte vom kleinen Horst, dass er schon so gut laufen könne, und dass er inzwischen ebenso gut spreche wie sein größerer Bruder Willi.

Erschrocken zuckte sie zusammen, als nun der Donner grollte, das Gewitter musste sehr nahe sein. Zur gleichen Zeit sprang die Türe auf, war da jemand? Wie war das nur möglich, dachte Clärchen, die Tür musste von ganz allein aufgesprungen sein. Als sie zum Bett zurückkehrte, sah Vater Heinrich so bleich und starr aus, dass ihr Angst und bange wurde. „Papa, wach auf, wach auf!" rüttelte sie ihn an der Schulter. Aber nein, Heinrich würde in dieser Welt nie wieder aufwachen.

Heinrich Siebert wäre im Folgemonat Juni 75 Jahre alt geworden. Ein stattliches, gesegnetes Alter, meinten Freunde und Bekannte, die dem Verstorbenen das letzte Geleit gaben. „Den Weg gehen wir alle mal", sagten sie dann, und hofften, dass auch sie sich dermaleinst so leicht und unbeschwerlich verabschieden würden. Hat Clärchen das getröstet? Nein, sie freute sich zwar über den Beistand, aber konnte man über den Verlust eines geliebten Menschen so rational urteilen? War das Sterben wie eine Hausaufgabe, die man zu erledigen, abzuhaken hatte, um sich der nächsten Aufgabe widmen zu können? Und ja, welcher Aufgabe dann?

Irgendwo hatte sie mal gehört, dass mit dem Tod eines Menschen auch eine ganze Welt zu Ende geht. Genau so fühlte es sich an. Eine Welt ging unter, und ein Zeitalter ging zu Ende. Das Zeitalter von Pferdetransport und Kaiserreich, von Bediensteten, Knechten und Mägden, und auch von Heinrichs 'Mündener Platt'. Sie kannte jetzt niemanden mehr, der noch 'Heere' und 'Knoken' sagen würde, bei den Jüngeren galt der einheimische Dialekt als unfein und ungebildet.

Zu Ende war auch die ungestörte Zeit des Beieinandersitzens im Blauen Salon, heute klingelte doch schon oft das leidige Telefon, und auf den Straßen lärmten die Automobile. Kurz: Eine Epoche ging zu Ende, in der es stiller gewesen war, und in der die Menschen mehr Zeit füreinander gehabt hatten. Gewiss arbeitete ihr Vater lange Stunden, aber abends hatten sie immer zusammengesessen, wenn er von früher erzählte, oder vom Tagewerk, von den Pferden oder den Nachbarn.

Pfarrer Groenewold würdigte bei der Trauerfeier auf dem Bergfriedhof in Neumünden Heinrichs Beitrag zum gesellschaftlichen Leben der Stadt und lobte ihn als einen beliebten Mündener Bürger und Menschenfreund. Clärchen stand erstarrt am offenen Grab und konnte sich nicht dazu durchringen, Erde auf den Sarg zu werfen. Wilhelm nahm sie bei der

Hand, zusammen gingen sie zu Fuß zurück in das große weite Haus in der Mühlenstraße.

Daheim angekommen, holte Clärchen das Grammophon hervor, das Vater Heinrich vor Jahr und Tag gekauft und dann auf dem Dachboden gelagert hatte. „Wir brauchen keine Musik aus der Konservendose“, hatten Vater und Tochter nach kurzer Zeit beschlossen, sie würden lieber selber singen. Heute aber lauschte Clärchen der Freischütz-Arie aus dem Grammophon, ‘und ob die Wolke sie verhülle’ mit traurigem und bewegtem Herzen. Doch fand sich auch ein wenig Trost in den Zeilen: „Für mich wird auch der Vater sorgen, dem kindlich Herz und Sinn vertraut. Und wär dies auch mein letzter Morgen, rief mich sein Vaterwort als Braut! Sein Auge, ewig rein und klar, nimmt meiner auch mit Liebe wahr.“

Clärchen fand Trost in der tiefen Überzeugung, dass ihr Vater in der ewigen Heimat seinen Frieden gefunden hatte. War es nicht ein Zeichen gewesen, dass gerade in dem kurzen Augenblick, als Heinrich seinen letzten Atemzug getan hatte, die Türe aufgesprungen war? Das konnte doch wohl kein Zufall sein. Was wohl Pfarrer Groenewold dazu sagen würde? „Liebe Frau Thieß”, meinte der Pfarrer, „mit Shakespeare sage ich da: ‘Es gibt mehr Dinge zwischen Himmel und Erde als unsere Schulweisheit sich träumen lässt’.”

Schwere Zeiten

In der Trauerzeit nach Heinrichs Tod sehnte sich Clärchen oft nach dem Beistand der besten Freundin. Lena Friedländer aber war Mitte April nach Hannover zu Verwandten gereist und sollte voraussichtlich erst im Sommer zurückkehren. Warum war sie solange weg, wurde sie nicht in der Schule gebraucht? „Clärchen, mir geht es schlecht“, hatte Lena ihr vor einigen Wochen anvertraut, „ich habe mich auf unbestimmte Zeit beurlauben lassen. Da waren anonyme Zettel in meinem Fach, mit wüsten Schmierereien“, erzählte sie bestürzt. Was nun aber darauf geschrieben stand, das wollte sie sogar ihrer Herzensfreundin nicht sagen.

Lena deutete an, dass es mit dem SA-Aufruf zum Boykott jüdischer Geschäfte vom 1. April zu tun hatte, denn am gleichen Tag wurden bei ihrem Vater, Tuchhändler Manon Friedländer aus der Hinterstraße, die Fensterscheiben eingeschlagen. Eigentlich hätte Agnes Degenhardt, Kurzwarenhandlung von schräg gegenüber, die Täter gesehen haben müssen. Sie aber meinte nur: „Nein, nein, man muss das nicht alles so dramatisieren und der SA in die Schuhe schieben, meine Güte, das war nur ein Dummer-Buben-Streich.“

Ob dann die Buchaktion von Anfang Mai auch ein Dummer-Buben-Streich gewesen war, fragte sich Clärchen. Eine Gruppe Jungen aus der Nachbarschaft in neuen Hitler-Jugend- Uniformen mit den braunen Hemden und den schwarzen kurzen Hosen hatte an die Tür geklopft und nach Herausgabe von ‘undeutschen Büchern’ gefragt. „Mensch, Joachim“, erkannte Clärchen den halbwüchsigen Sohn von Friedchen aus dem Nachbarhaus, „was meinst du denn damit?” Der Nachbarsjunge errötete: „Also, Frau Thieß, das wissen Sie doch, naja, nicht deutsch eben.”

‘Undeutsch’, grübelte Clärchen, was sollte das nur sein, Hedwig Courts-Mahler oder Eugenie Marlitt gehörten doch gewiss nicht dazu? Aber sicher ist sicher, am besten wäre es, die Bücher im Schlafzimmer zu lassen, auf dem Nachttisch waren sie an einem guten Platz. War diese Büchersammlung eine Idee der jungen Leute, oder gab es einen

Aufruf der Partei?, wollte Clärchen von Wilhelm wissen. „Ach, das sind nur die kleinen Hitler von der SA“, meinte er, „wenn die Parteiführung das alles wüsste ...“

Seit dem SA-Aufruf zum Boykott jüdischer Geschäfte gab es in diesem Frühjahr und Sommer 1933 fast jeden Tag irgendwo einen Menschenauflauf, eingeschlagene Fensterscheiben und SA-Trupps vor den Türen der Geschäfte. Es war für Clärchen und auch für Wilhelm ein sehr zweischneidiges Schwert, dass es mit dem Niedergang der jüdischen Händler zu einem steilen Aufschwung der Brennstoffhandlung Wilhelm Thieß und Sohn gekommen war. Denn die jüdische Konkurrenz entfiel ebenso wie der Wettbewerb mit der Firma Lange und Söhne, deren Seniorchef ein stadtbekanntes SPD-Mitglied war.

Wie würde es sein, wenn Freundin Lena zurückkehrte? Wie sollte sie ihr nur in die Augen schauen? Diese Gedanken gingen Clärchen durch den Kopf, hatte die Freundin doch gesagt, im Sommer würde sie wieder in die Heimat zurückzukehren. An einem heißen Sonnabendnachmittag Ende Juli war es soweit. „Mein Gott, da kommt ja Lena“, rief Clärchen vom kleinen Fenster aus. Schnell war sie die Treppen hinunter gesprungen, um ihr entgegenzulaufen. „Da bist du ja“, umarmte sie die Freundin, hielt sie ein wenig auf Armlänge, betrachtete liebevoll ihre Gesichtszüge und sagte: „Oh, ich freue mich so, und du siehst wieder viel besser aus!“

Lena erzählte, dass sie sich in Hannover gut erholt und auch einen netten jungen Mann kennen gelernt hätte. „Etwas Ernstes“, fügte Lena mit belegter Stimme hinzu. „Oh, das ist aber eine schöne Überraschung“, meinte Clärchen, „ich dachte schon, du würdest nie an Heirat denken, Lena.“ „Ach, Clärchen, das dachte ich auch nicht“, entgegnete die Freundin und erzählte, dass es ihr nicht möglich sein würde, in den Schuldienst zurückzukehren: „Ich kann keinen Ariernachweis erbringen, das weißt du doch, und wie soll es dann mit mir weitergehen? Da ist es doch besser, wenn ich nicht allein dastehe.“

Clärchens Augen füllten sich mit Tränen, tief seufzend streckte sie ihr die Hände entgegen und fragte: „Was ist denn mit deinen Eltern?“ Lena sprach von Verwandten in Palästina, und wie der Gedanke schon seit längerer Zeit im Raum stand, dass Manon und Hildi nach Jerusalem auswandern würden. Sie selbst wollte die Heimat nicht verlassen, sie kannte die Verwandten gar nicht und mochte sich nicht vorstellen, in diesem fremden Land ein neues Zuhause finden zu können.

„Liebe Clara, ich werde Rubin Kracauer im September heiraten“, sagte Lena bestimmt, „er ist genauso Jude wie ich, aber weil er im Krieg war, braucht er seine Abstammung nicht nachzuweisen. Wir werden in Hannover ein stilles, zurückgezogenes Leben führen können, da bin ich mir sicher. Hitler hat zugesichert, dass Frontkämpfer, egal was ihre Abstammung ist, unbehelligt bleiben. Du musst meine Brautjungfer sein, liebste Freundin, wir heiraten in der Synagoge.“ Lena verstummte und schaute traurig und gedankenverloren auf die Baumkronen des nahen Tanzwerders. „Geht das denn überhaupt“, fügte sie nach einer Pause mit leiser Stimme hinzu, „erlaubt das denn dein Wilhelm?“

„Auf jeden Fall, Lena“, rief Clärchen, „er ist ja gar nicht damit einverstanden, dass jetzt so gegen die Juden gehetzt wird, er findet das selbst furchtbar.“ „Meine Liebe”, antwortete Lena, „es geht nicht nur um die jüdische Gemeinde, in Hannover habe ich gesehen, dass Zigeuner und Obdachlose, Sozis und Kommunisten genauso verfolgt werden wie wir.“ Clärchen fiel ein, wie vor einigen Wochen, an einem der schönen langen Juniabende, die Zigeuner im Wohnwagen auf dem Tanzwerder von der Schutzpolizei abgeholt worden waren. Was wohl mit ihnen passiert war, und warum traute sich niemand, das herauszufinden?

Die Freundinnen standen am Fenster und schauten über die engen Straßen und Giebel, ein goldener Sonnenglanz lag über dem Tanzwerder mit seinen hellgrünen Birken und Linden und dem rasch dahin strömenden Flussarm der Fulda. Am Ufer hüpfte eine Schar Kinder mit einem Ball, ihre fröhlichen Rufe hallten durch den stillen Sonnabendnachmittag. „Da haben wir auch so oft gespielt, Lena,“ sagte Clärchen, „weißt du noch, wie uns der Ball ins Wasser fiel, und du bis ans Wehr gewatet bist, um ihn zurückzuholen?“ „Ja, ja“, entgegnete Lena mit bewegter Stimme, „das weiß ich noch sehr gut, und werde es auch nie vergessen.“

„Aber erzähl mir doch von den Kleinen“, meinte Lena, „wie geht es Horst und Willi?“ Horstchen war ein Sonnenschein, berichtete Clärchen, aber der kleine Willi war mit seinen fast drei Jahren ein wenig mit dem

Sprechen hinterher. „Lena, ich fürchte, dass Willi anfängt zu stottern“, vertraute sie der Freundin an. Er war ein ängstliches Kind, und Vater Wilhelm wollte aus ihm einen starken, wehrhaften Jungen machen. „Das kann sich verwachsen“, tröstete Lena, „aber du solltest dich schon ein bisschen mehr um ihn kümmern. Ehrlich gesagt, liebste Clara, finde ich es nicht gut, dass du dich so auf Horst konzentrierst und Willi ganz seinem Vater überlässt. Vielleicht ist Wilhelm doch ein wenig zu streng mit dem Kleinen.“

Nur Lena konnte so offen mit ihr sprechen, denn Clärchen wusste, dass die Freundin es gut mit ihr meinte. Bei anderen Menschen konnte sie sich tagelang verletzt und beleidigt fühlen, aber bei Lena dachte sie zuerst immer, ob sie nicht vielleicht recht haben könnte. Wie sie ihr fehlen würde! Aber Hannover war nicht aus der Welt, nur drei Stunden entfernt. „Ich komme dich besuchen, und ich bin ganz bestimmt bei deiner Hochzeit dabei", versprach Clärchen. Sie trat einige Schritte zurück und trocknete ihre Augen, während Lena sich mit schwerem Herzen auf den Nachhauseweg machte.

Eigentlich war das große Haus in der Hinterstraße kein Zuhause mehr, grübelte Lena. Dabei war Vater Manon mit seiner Goethe-Verehrung immer deutschnational gesinnt, und war nicht Bruder Heini schon im ersten Kriegsjahr in Frankreich gefallen? Man hätte sich das so im Traum nicht vorstellen können. Andererseits, dachte bitter die Lehrerin in ihr, es stand ja alles in Hitlers Programmschrift „Mein Kampf“. Man hätte es wissen können, dachte sie, wenn man das Buch nicht nur gelesen, sondern auch ernst genommen hätte.

Nicht wissen konnte man, dass nur zwei Jahre später auch Frontkämpfer das Berufsverbot ereilte. Entgegen allen Versicherungen wurden 1935 alle jüdischen Beamten und Angestellten, die an der Front gewesen waren, vom Arbeitgeber entlassen. Lena schrieb aus Hannover, dass Rubin ganz verzweifelt nach Hause gekommen war. Wären sie doch nur mit den Eltern nach Palästina gegangen! Nun war es zu spät!

Zwar wurden da hauptsächlich Bauern und Handwerker gebraucht, schrieb die Freundin, aber immerhin waren die Eltern dort. „Clärchen, es wird immer schwieriger überhaupt noch irgendwohin auszuwandern", klagte Lena, „wer hat denn jetzt noch das Geld für die

Reichsfluchtsteuer? Wir sind in der Falle, das Geld können wir nicht aufbringen, und ein Visum bekommt man jetzt auch nicht mehr", schloss Lena und erklärte, dass sie als vorübergehende Notlösung bei Verwandten ihres Mannes unterkommen könnten.

Clärchen las diesen Brief eines schönen Abends im Schein der gelben Lampe. Es war ein Freitag, Ende September 1935. Wilhelm rechnete in seinen Auftragsbüchern, die Kinder waren im Bett, es war still im Haus. Die Kirchturmuhr von St. Blasii hatte gerade neunmal geschlagen. „Wilhelm, hör mal, was Lena schreibt," wandte sie sich an ihren Mann, „das ist ja gar zu schrecklich, was können wir tun, um ihr zu helfen?"

„Oh, Clärchen, das tut mir sehr Leid", seufzte Wilhelm und zog gedankenverloren an seiner Zigarre. Nach einer Weile sagte er: „Ich glaube nicht, dass wir da was machen können, meine Liebe. Wir haben zwar das Geld, aber wir würden in Teufels Küche kommen, wenn wir da Hilfe leisten. Ich bin nur froh, dass du zur Hochzeit fahren konntest", fügte er hinzu, „aber bitte denk daran, was ich dir schon einige Male gesagt habe: Das darf niemand wissen, und vor allen Dingen niemand aus der Partei. Ich bin zwar ein alter Kämpfer, aber es könnte uns allen wirklich schaden, wenn das rauskäme."

Clärchen nickte traurig und faltete den Brief sorgfältig zusammen. Sie würde Wilhelm bitten, ihn in der grünen Schatulle aufzubewahren, und vielleicht war es ihr ja möglich, der Freundin einen Antwortbrief zu schreiben. Sie kannte den Postboten, es war Georg Großschmidt aus der Adolf-Hitler-Straße, die vor garnicht langer Zeit noch „Lange Straße" geheißen hatte. Konnte sie mit seiner Verschwiegenheit rechnen? Vielleicht würde sie ihm ja etwas zustecken müssen, das würde man sehen.

Wer weiß, vielleicht würde es ihr sogar gelingen, so stikum, heimlich still und leise, nach Hannover zu fahren und sich mit ihrer Freundin zu treffen. Lena war ihr immer auch eine Art Mutter gewesen, dachte Clärchen. „Für Lena und ihre Familie wird es bestimmt bald besser aussehen", nahm Wilhelm das Gespräch wieder auf. Hatte die Regierung doch erst vor ein paar Monaten versichert, dass es keine Nacht-und-Nebel-Aktionen geben würde, mit der Lösung der Judenfrage wolle man Recht und Gesetz befolgen. Naja, dass nun die Regel aufgehoben worden war, dass Frontkämpfer keinen Abstammungsnachweis bringen mussten: Welcher Politiker war nicht gezwungen, auch mal ein Wahlversprechen zu brechen? Das kam nach Wilhelms Meinung schließlich in allen Regierungen vor.

Und Adolf Hitler hatte Anfang des Jahres, als im Saarland über die Zugehörigkeit zum deutschen Reich abgestimmt wurde, von dem tiefen Bedürfnis der Deutschen nach Frieden gesprochen. Das war doch glaubwürdig, davon war Wilhelm aufrichtig überzeugt. Denn schließlich waren diesen Worten Taten gefolgt: Hitler hatte es geschafft, sich mit allen europäischen Mächten zu versöhnen, auch die Russen waren auf Hitlers Seite. Und als Zeichen der Aussöhnung des deutschen Volkes mit der Welt sollten nun gar im nächsten Jahr die Olympischen Spiele in Berlin stattfinden. „Stell dir mal vor, meine Liebe", sagte Wilhelm, „wir werden die Spiele sogar am Volksempfänger miterleben können."

Das gute Stück in seinem braunen Holzkasten mit der runden Stoffscheibe hatte einen Ehrenplatz auf dem schwarz glänzenden Buffet, direkt unter der großen schweren Wanduhr, die Vater Heinrich zu Lebzeiten jeden Abend aufgezogen hatte. Clärchen war das tönende Radiogerät immer noch ein bisschen unheimlich. „Wilhelm, tut mir Leid, das geht doch mit dem Teufel zu, ich kann nun mal nicht verstehen, wie ein Sänger, der schon im vorigen Jahr gestorben ist, jetzt noch im Radio zu hören sein kann." Sie schüttelte den Kopf, schaute ihren Mann aus großen Augen an und musste dann selber ein bisschen lächeln. Lena hatte ihr das ja schon mal erklärt, und zu dem Zeitpunkt hatte sie es auch verstanden, aber es wollte einfach nicht in ihrem Kopf bleiben.

Die Partei hatte viel für die Volksbildung getan, das musste man anerkennen, dachte Clärchen. Radiogeräte, Schulungsabende mit den verschiedensten Themen und für die Kinder der Bund Deutscher Mädchen oder die Hitlerjugend. Zwar weigerte sich die zwölfjährige Helga, willensstark und starrköpfig wie sie war, zu den BDM-Veranstaltungen zu gehen, aber nur, weil sie sich ständig mit der Gruppenleiterin stritt. Hatte sie selbst nicht auch gute Ideen, meinte Helga, und wieso sollte die Leiterin immer sagen, was zu tun war, da müssten wohl doch die Gruppenmitglieder mitreden dürfen.

Lotte aber, im Wesen so ganz das Gegenteil ihrer älteren Schwester, liebte die Heimatabende mit Gitarrenklang und Gesang, sie genoss die Wanderungen im nahen Kaufunger Wald und die stillen Bastelnachmittage in der dunklen Jahreszeit. Es wurde ihr dann immer ganz heimelig warm ums Herz, und sie fühlte sich in der Gemeinschaft geborgen. Clärchen fürchtete im stillen, dass Helga in ihrer spöttischen Art der jüngeren Schwester die ganze Sache verleiden würde.

Wirklich, nach Jahr und Tag waren die Mädchen aus Kassel im vergangenen Jahr wieder nach Hause gekommen. Kurz zuvor war ein Brief in einer krickeligen Kinderhandschrift in der Mühlenstraße eingetroffen. Darin schrieb die kleine Lotte: „Lieber Papa, hol mich doch." Clärchen musste weinen, und Vater Wilhelm meinte, es gebe ja jetzt nun auch wirklich keinen Grund mehr, die Kinder bei den Verwandten auf dem Land zu lassen.

So nahm er an einem frostigen Morgen im Februar 1934 den Zug nach Kassel und brachte die Kinder mit ihren großen Koffern und Körben voller guter Gaben aus der Gärtnerei wieder in die Mühlenstraße. Onkel Heiner und Tante Ella-Laura versicherten, dass es ihnen gut gegangen war, dass aber das Heimweh immer stärker geworden sei.

„Du, da fällt mir ein", nahm Clärchen das Gespräch wieder auf, „hast du dir das mit der Schule überlegt?" Sie hatte das Kinn in die Hand gestützt und betrachtete Wilhelm von der Seite. Ein erstes Silbergrau durchzog sein dunkles Haar an den Schläfen, die sonst so scharfen Mundwinkel schienen heute Abend im gelben Licht der Lampe weicher und milder. Die Lehrerin wollte wissen, wie es denn nun mit weiterführenden Schulen aussehen würde. Beide seien begabt, und sie empfehle, die Kinder von der Volksschule aufs Lyzeum zu schicken. „Was sollen wir auf die Anfrage der Lehrerin wegen Helga und Lotte antworten?"

„Also, ich weiß nicht", antwortete Wilhelm gedehnt. „Weiterführende Schule - wozu, frage ich mich? Das wird ihnen nur Flausen in den Kopf setzen, und du kennst meine Meinung: Frauen sollten es nicht so schwer haben im Leben. Du weißt, dass meine Mutter Hermine ganz allein mit sieben Kindern und der großen Gärtnerei dastand, als mein Vater im Krieg geblieben ist. Ja, sie hat es auch gut gemacht, aber sowas möchte ich doch nun wirklich meinen Töchtern ersparen. Solange es geht, will ich sie beschützen und dafür sorgen, dass nicht so viel Verantwortung auf ihren Schultern lastet."

Er setzte sich gerade hin, blätterte in seinen Auftragsbüchern, atmete auf und sah seine Frau beschwörend an: „Hinter uns liegen harte Jahre, Clärchen, tagtäglich hatten wir zu kämpfen, dass genug Essen auf dem Tisch war und die Rechnungen bezahlt werden konnten. Jetzt geht es uns gut, und unsere Kinder können es auch gut haben."

Wilhelm schüttelte den Kopf, stand auf und sah aus dem Fenster hinaus in den Schein der Straßenlampen. In dem großen Fachwerkhaus der Familie Weber gegenüber brannte noch Licht. Hinter den Fensterscheiben bewegten sich Schatten, die sich weich gegen den dunklen Abendhimmel abhoben. „Schau mal", sagte Wilhelm, „unser Nachbar gegenüber, der Werner Weber, er wollte auf Teufel komm raus seinen Sohn aufs Gymnasium schicken. Wie oft habe ich mitbekommen, wie er den Lehrern was zusteckte, sie nahmen immer eine pralle Tüte Lebensmittel, Speck und Schokolade mit nach Hause, wenn sie bei ihm einkauften."

Wilhelm schüttelte den Kopf und legte seine Hand auf Clärchens Arm. „Und was, meine Liebe, ist daraus geworden? Aber ja, der junge Herr Rainfried hat das Abitur durch die ‚Spenden' seiner Eltern geschafft, er hat in Göttingen studiert, aber es war alles zuviel für ihn, diese ganzen hohen Erwartungen, das Hinauskommen Müssen aus den kleinen Verhältnissen. Du kannst dich ja noch dran erinnern, wie schlimm das war, zuletzt war der Druck so groß, dass er seinem Leben ein Ende gesetzt hat."

Wilhelm zog mit finsteren Brauen die Schultern hoch, drehte sich um, setzte sich wieder neben seine Frau, blickte ihr ernst in die Augen und sagte: „Liebes Clärchen, du kannst dir das vielleicht gar nicht so gut vorstellen. Zu deiner Zeit gingen alle Mädchen bis zum Alter von vierzehn Jahren auf die höhere Töchterschule. Heute ist die Aufspaltung in Volksschule, Mittelschule und Lyzeum oder Gymnasium eine klare Sache. Volksschule für Händler und Handwerker, Mittelschule für Angestellte und die Oberschule für Akademiker. Wenn wir die Mädchen aufs Lyzeum gehen lassen, werden ihre Klassenkameradinnen Töchter von Akademikern sein, und sie werden unsere Kinder spüren lassen, dass sie aus einem einfachen Elternhaus kommen."

Er holte tief Luft, zündete sich bedächtig eine Zigarre an und fuhr fort: „Ich sehe das ja schon bei unseren Versammlungen. Wenn ein studiertes Parteimitglied spricht, hören alle andächtig zu. Nicht etwa, weil er so Bedeutendes zu sagen hat, sondern ganz einfach, weil die studierten Menschen der Meinung sind, dass alles, was sie sagen, von Bedeutung ist. Und man glaubt es kaum, aber die Leute denken das nach einer Weile auch. Nein, nein, meine Liebe, ich sage Schuster, bleib bei deinen Leisten! Und die Mädchen bleiben auf der Volksschule und wenn sie vierzehn sind, können sie bei uns im Geschäft arbeiten."

„Schön, dann machen wir das so", stimmte Clärchen zu. „Ich weiß wohl wirklich nicht so genau, was sich da alles geändert hat. Und mit Rainfried hast du ja eigentlich schon ganz recht. Die Eltern wollten hoch hinaus, aber der Junge kam dabei unter die Räder. Natürlich tun mir Gustchen und Werner Weber trotzdem Leid, sie werden bis zum Ende ihrer Tage nicht mehr froh werden. Früher haben sie oft an Sommerabenden aus dem Fenster geschaut, heute huschen sie so schnell wie möglich vorbei, wenn man sie mal auf der Straße sieht. Das ganze Glück hing an dem einen Kind, und nun stehen sie mit ihrem Lebensmittelladen ganz alleine da."

Es war über den Gesprächen recht spät geworden an diesem Freitagabend. Bald würde die Uhr elf schlagen. Morgens klingelte der Wecker immer um sechs, Clärchen war dann meistens schon wach und genoss die Zeit, die nur ihr ganz allein gehörte. Als erstes schaute sie dann nach den Kleinen, Willi und Horst. Seitdem Lena ihr ins Gewissen geredet hatte, nahm sie sich mehr Zeit für den vierjährigen Stammhalter Willi.

Vielleicht würde es ihm ja helfen, das Stottern abzulegen. Womöglich sollte man aber doch nochmal mit dem Kinderarzt reden, der hatte vor Monaten nur gesagt: „Das gibt sich mit der Zeit ..." Dann Feuermachen, der Kohleherd würde noch warm sein, abends vor dem Zubettgehen wickelte sie Briketts in feuchtes Zeitungspapier, dann war am Morgen noch Glut. Oft dachte sie dann an einen Spruch von Stiefmutter Bertha:

„Beklage nie den Morgen, der Müh und Arbeit gibt, es ist so schön zu sorgen, für Menschen, die man liebt.“

„Komm Wilhelm, lass uns zu Bett gehen“, sagte Clärchen mit müder Stimme. „Gott weiß, es war ein langer Tag. Ach, wenn ich an Lena denke, kommen mir schon wieder die Tränen. Aber der liebe Gott wird uns alle nicht im Stich lassen, und wir werden bestimmt eine Möglichkeit finden, ihr zu helfen.”

Eintopfsonntage

Es war einige Monate danach, an einem Sonntag im Winter des Jahres 1936. Die Familie Thieß saß um den großen Tisch in der guten Stube. Man wartete auf Walli Bratsch, Luise Henne und ihre drei Kinder. Seit die Partei vor Jahr und Tag den Eintopfsonntag eingeführt hatte, saß die Hausgemeinschaft an diesem wöchentlichen Ruhetag immer zusammen. Walli kam dann mit seiner Mundharmonika und blies zum Vergnügen der Kinder den „lieben Augustin“ oder „Mein Hut, der hat drei Ecken“ bis alle am Tisch mitsangen. Nicht jede Note stimmte, aber das machte niemandem was aus.

Luise brachte einen Apfelkuchen mit, der gelang ihr am besten, und die Kleinen von Walli und Bratsch spielten gern Versteck mit den vier Thieß-Kindern. Es war immer eine lautlärmende, fröhliche Runde. Wilhelm und Clärchen dachten, dass Walli und Luise zwar sehr schlichte Gemüter, aber doch herzensgute Menschen waren, und immerhin lebte man unter einem Dach.

Heute sollte es Linseneintopf geben, Clärchens Spezialität. Das Geheimnis: viel Zucker, viel Essig, und, wenn es ging, viel Speck. Am Nachmittag, zur Kaffee-und-Kuchenzeit, kamen dann die Jungs von der Hitlerjugend mit ihren Sammelbüchsen und die Familien spendeten den Betrag, den sie an der bescheidenen Mahlzeit gespart hatten. Der Erlös ging an das Winterhilfswerk. Mehr als eine Million Spendenhelfer waren an den Eintopfsonntagen unterwegs, und bald würden die Spendeneinnahmen den Etat für die staatliche Fürsorge übertreffen.

Eintopfsonntage und Winterhilfswerk sollten den vielen armen Menschen helfen, die nach dem Ende des ersten Weltkriegs Heimat, Gesundheit oder Arbeit verloren hatten, oft auch alles zusammen. Die Menge der Bettler auf den Straßen war besorgniserregend, aber es waren vor allem die Obdachlosen, die den Städten in den strengen Wintern Kopfzerbrechen bereiteten. Von November bis März konnte man auf der Werra und der Fulda Schlittschuh fahren, sogar die rascher dahin fließende Weser war an ihrem Ursprung eisglatt. So war es schon vorgekommen, dass Obdachlose erfroren waren. Im letzten Winter hatte man sogar eine junge Frau gefunden, die am Fuße des Wesersteins auf dem Tanzwerder Schutz gesucht, aber die eisigen Nachttemperaturen nicht überlebt hatte.

Wie sollte denn das Land dastehen, wenn Gäste aus aller Welt zu den Olympischen Spielen kommen würden? Das gab doch ein sehr schlechtes Bild ab von dem neuen Deutschland. Man konnte ja nicht alle Armen in Schutzhaft nehmen, um sie von den Straßen zu bringen. Da war nun Solidarität gefragt: Nach dem Willen der Regierung sollte die Spendensammlung das Zusammengehörigkeitsgefühl der Volksgemeinschaft stärken und den Staat von Sozialausgaben entlasten. Wilhelm rechnete es seinem Führer hoch an, dass er mit gutem Beispiel voranging und sich sonntäglich mit seinem Stab zu einem Teller Eintopf Suppe zusammensetzte, selbst der genuss liebende Göring wurde abgelichtet, wenn er den Suppenlöffel zur Hand nahm.

„Mein Gott, wo bleiben die denn nur“, trommelte Wilhelm unruhig mit seinen Fingern auf den Tisch. Um ein Uhr sollte gegessen werden, jetzt hatte die Uhr schon längst viertel nach eins geläutet. „Luise und die Kinder habe ich oben schon gehört“, sagte Clärchen, „vielleicht sollten wir doch mal nachfragen.“

Aber da war auf der steilen Holztreppe schon ein lautes Holpern und Stolpern zu hören, das immer näher kam. Jetzt klopfte es nur ganz kurz an der Tür, schon stand Luise Henne im Raum, hinter ihr drängten sich die Kleinen an ihre weiße Kittelschürze. Mit hochrotem Kopf, der beim Sprechen heute noch stärker als sonst nach vorn nickte, stieß sie hervor: „Sie haben meinen Walli! Clärchen, was soll ich nur tun“, schluchzte sie und brachte kein weiteres Wort heraus.

Wilhelm sagte streng: „Meine Gute, jetzt aber mal raus mit der Sprache. Wir können ja nichts tun, wenn wir nicht wissen, was los ist. Hatte er einen Unfall?“ „Nein nein“, schüttelte Luise den Kopf, „die Schutzpolizei hat ihn.“ „Aber, aber, wieso denn?“, fragte Clärchen aufgeregt, und schob Luise schnell auf einen Stuhl. Sie sah so aus, als ob sie jeden Moment zusammensacken würde.

„Du lieber Gott, das alles nur, weil er ein so gutmütiger Mensch ist“, sagte Luise, von vielen Seufzern unterbrochen. Wilhelms stahlblaue

Augen blitzten verärgert auf, und der strenge Zug um seinen Mund grub sich ein wenig tiefer in seine Gesichtszüge. „Zum Donnerwetter nochmal, Frau", erhob er seine Stimme, „jetzt wollen wir aber wissen, was es damit auf sich hat."

Was es damit auf sich hatte, erzählte Luise Henne nun einigermaßen zusammenhängend. Auf dem Rückweg vom Frühschoppen war Walli einige Häuser weiter auf Nachbarsfrauen gestoßen, die Zeter und Mordio schrien. Jeder in der Straße kannte die Mütter, die mit ihren behinderten Kindern immer nach Einbruch der Dunkelheit spazieren gingen. Der größere Junge trug einen hellen Trenchcoat, der kleinere hatte nie laufen gelernt und wurde in einem großen Kinderwagen geschoben. Man bewunderte die Frauen für die treue Liebe, die sie diesen unglücklichen Geschöpfen entgegen brachten.

„Ja, und was denn nun, warum Zeter und Mordio", fragte Clärchen ungeduldig. Also, die Schutzpolizei wollte die beiden Kinder in ein Heim bringen. „In die Obhut des Staates", zitierte Luise mit zitternder Stimme. Dass sie es dort so viel besser haben würden, und dass die Mütter nun endlich auch ihre Zeit anders nutzen konnten. Das wollten ihnen die Polizisten klar machen, aber das durchdringende Schreien der Frauen lockte die halbe Nachbarschaft herbei. „Ja, und was hat Walli damit zu tun", fragte Wilhelm streng.

Er hatte sich vor die Frauen gestellt und den Polizisten gesagt, dass die behinderten Kinder bei ihren Müttern sehr gut aufgehoben seien, und dass er selbst, und auch andere Nachbarn, das bezeugen konnten. „Na, dann wollen wir mal ihre Papiere sehen", forderten die Schutzpolizisten. „Um Himmels Willen Walli, wie konntest du das nur machen", brachte Luise Henne hervor.

Im Ausweis befand sich ja ein Vermerk, dass Walli eine leichte geistige Behinderung hatte. Das war nun aber schon lange her, der Unfall lag Jahrzehnte zurück, noch zu Vater Heinrichs Zeiten, und Walli hatte seither so gute Fortschritte gemacht, dass nur diejenigen etwas merkten, die davon wussten. Er sprach und reagierte etwas langsamer als andere, aber das hätte auch eine Eigenheit sein können.

„Also, meine liebe Luise, keine Aufregung, da kann gar nichts passieren," beruhigte Wilhelm die aufgelöste Hausgenossin. „Die Heimunterbringung bei körperlicher oder geistiger Behinderung ist nur eine Empfehlung, niemand wird dazu gezwungen. Im Fall unserer Nachbarsfrauen mit den behinderten Kindern ist das einfach eine Schutzmaßnahme der Behörden. Wenn die Mütter Widerspruch einlegen, können die Kinder wieder nach Hause kommen. Und warten wir's nur ab, Walli kommt in ein paar Stunden nach Hause, dafür lege ich meine Hand ins Feuer. Er hat ja Rückhalt in der Familie und wir hier im Haus können auch für ihn bürgen. Los, jetzt setzen wir uns mal an den Tisch und essen Clärchens Linsensuppe, die Kleinen haben jetzt schon lange genug gewartet."

Wilhelm sollte recht behalten: Kaum war das Mittagessen beendet, stand Walli schon in der Tür. Er sah etwas mitgenommen aus, drehte seine Kappe ungelenk in der Hand und suchte mit den Augen nach einem Stuhl. Luise sprang auf und umarmte ihn, Clärchen stellte einen Teller dampfende Suppe vor ihn auf den Tisch, die Kinder standen um seinen Stuhl.

Nach und nach berichtete Walli, wie er mit den Behörden geregelt habe, dass er wieder nach Hause gehen dürfe. Ja, es stimmte, die Unterbringung war eine Empfehlung, nur in Ausnahmefällen, wenn die Familie es nicht schaffen konnte, griffen die Behörden ein. Dass es drei Jahre später anders aussehen würde, und dass Behinderte dann zwangseingewiesen werden sollten, nein, das konnte man sich nicht vorstellen.

Erleichtert saß nun die kleine Hausgemeinschaft am Mittagstisch. Gewiss würden die behinderten Kinder wieder nach Hause kommen. „Das wird sich in einigen Tagen regeln", sagte Wilhelm zuversichtlich, und er sollte recht behalten. Mit dem Schreck davon gekommen, sprach man von den vielen Greuelmärchen, die jetzt im Umlauf waren. Die Juden sollten in speziellen Lagern gehalten, der ganze Besitz abgenommen werden? Wer konnte das schon glauben? In Münden und den umliegenden Orten wohnten noch viele jüdische Mitbürger, und jene, die ins Ausland gegangen waren, hatten ihren Besitz mitnehmen können. „Es wird alles nicht so heiß gegessen, wie es gekocht wird", sagte Clärchen.

Am besten wäre es doch, wenn sie Lena besuchen könnte, ging es ihr durch den Kopf, dann würde sie es aus erster Hand wissen. Wie aber sollte das gehen? Wilhelm dürfte davon nichts wissen, das würde ihn nur in Verlegenheit, in Bedrängnis bringen, das war unnötig. Seit das Geschäft so gut lief, hatte sie ein hübsches Sümmchen zusammengespart, das würde gut und gern für die Reise reichen, und sie könnte der Freundin auch noch was zustecken. Ob sie mit Walli reden sollte, der fuhr doch häufiger nach Hannover, um Kohlen abzuholen? Aber nein, das musste sie alleine hinbekommen.

Und wirklich, als der Sommer gekommen war, bot sich eine Gelegenheit: Die Kasseler Verwandtschaft hatte darauf bestanden, die Kinder für einige Wochen aufs Land zu holen. Frische Luft und frisches Gemüse, und man würde die Kleinen ein bisschen verwöhnen können, schrieb Tante Ella-Laura. Sogar Onkel Heiner hatte einige Zeilen hinzugefügt, wie sehr er sich darauf freute, mit den Kindern auf Schatzsuche zu gehen. Clärchen erzählte Wilhelm, dass sie in Göttingen eine alte Lehrerin besuchen wolle. Es könnte spät werden, denn die alte Dame hätte viel zu erzählen.

So stahl sich Clärchen an einem hellen Sonntagmorgen aus dem Haus. Luise würde sich heute um den Eintopf kümmern, und Wilhelm konnte mal einen Tag lang alle fünf gerade sein lassen, das würde ihm guttun. Sie ging die Mühlenstraße hinauf, vom Marktplatz zur Bahnhofstraße, voller Bangen stellte sie sich vor, wie am Schalter jemand Bekanntes ihr Reiseziel überhören würde. „Wie's der Teufel will"... Clärchen löste eine Fahrkarte dritter Klasse, da würde sie niemand kennen.

Die Holzsitze waren schon sehr unbequem, aber das merkte sie heute gar nicht. Es war das erste Mal, dass sie in ihrem Leben etwas ganz auf eigene Faust entschieden und ausgeführt hatte. Überhaupt das erste Mal allein auf Reisen! Das war einerseits ein gutes Gefühl, aber das schlechte Gewissen nagte schon an ihr. Irgendwann würde sie Wilhelm ihr Abenteuer beichten. Er würde es schon verstehen. Sie hatte mit Lena vereinbart, dass sie sich um zwölf Uhr im Café Kröpcke in der Nähe des Bahnhofs treffen würden. Wie es Lena wohl ergangen war? Die wenigen Briefe, die der Briefträger ihr heimlich zusteckte, ängstlich gehütet, hatten nicht sehr viel ausgesagt. Jetzt würde sie endlich mehr erfahren.

Die Freundin wartete schon an einem Fensterplatz des Cafés, als Clärchen atemlos eintraf, der Zug hatte zehn Minuten Verspätung. Sie fielen sich um den Hals, schauten einander lange und prüfend an, und Clärchen war erleichtert, dass Lena guter Dinge zu sein schien. „Wie bin ich froh, dich zu sehen“, strahlte Clärchen über das ganze Gesicht. „Wie ist es dir ergangen, du hast ja nicht so viel geschrieben, erzähl!“

Lena berichtete, wie gut es ihr ging im Zusammenleben mit Rubin, dass sie eine liebevolle Beziehung hatten, und wie sehr sie die gemeinsamen Stunden genießen konnten. Natürlich fehlte die Arbeit, aber ihr Mann machte sich in der Tabakhandlung des Onkels nützlich, er durfte zwar nur an Juden verkaufen, aber in der Großstadt war das schon möglich. Sie selbst gebe jüdischen Kindern Nachhilfeunterricht, das sei eine schöne Aufgabe.

Sie habe nicht viel geschrieben, sagte Lena, aus Sorge, dass es für Clärchen oder Wilhelm schwierig sein würde. Man wusste ja nie, wer sonst noch mitlas ... „Und wollt ihr denn nun hier in Hannover bleiben, oder habt ihr schon an Ausreise gedacht“, wollte Clärchen wissen. Schnell zog sie ein Bündel Scheine aus der Manteltasche und drückte sie der Freundin in die Hand. „Nimm das bitte, Lena, du hast mir so oft geholfen, ich bin froh, wenn ich etwas zurückgeben kann.“ Lena nickte anerkennend und sagte: „Du, wir haben schon überlegt, wo wir hinkönnen, Rubin schaut gerade, für welches Land wir vielleicht kein Visum brauchen, wir haben gehört, dass es zum Beispiel in Shanghai möglich sein soll.“

„Aber wie ist es denn jetzt für dich mit so vielen Menschen auf engem Raum, in der Wohnung deiner Verwandten? Wohnt jetzt nicht auch wieder Rubins Schwester mit euch zusammen?“ „Ach, Clärchen“, lächelte Lena, „du kennst ja bestimmt die Geschichte vom Mann, der zum Rabbi ging und sich über seine häusliche Situation beschwerte.“ „Nein, kenne ich nicht“, antwortete Clärchen, „worum ging es da?“

„Also, ein Mann fragt seinen Rabbi um Rat: Seine Familie, Frau, vier Kinder, Schwiegermutter, und dann auch noch ein Hund, das gehe ihm doch gewaltig auf die Nerven, was da zu machen sei. Gut, sagt der Rabbi, was du brauchst, ist eine Katze. Zwei Wochen später kommt der Mann zurück und beschwert sich. Das habe nun so gar nicht geholfen, im Gegenteil. Der Rabbi denkt angestrengt nach und sagt: Mein Lieber, ich weiß es jetzt, ihr müsst euch ein paar Hühner anschaffen.

Gesagt, getan. Eine Woche später kommt der Mann wutentbrannt auf den Rabbi zugelaufen und schreit ihn an. Das sei doch wohl eine dumme Idee gewesen, jetzt müsse er sich auch noch das Gegacker anhören. Der Rabbi entgegnet: Oh, das tut mir Leid, seid mir nicht böse, aber schafft euch eine Gans an, dann ist euer Problem gelöst."

Clärchen schmunzelte, Lena konnte wirklich wunderbar witzige Geschichten erzählen. „Und wie geht die Geschichte aus?", wollte sie wissen. „Nun, nach einem Monat treffen die beiden sich wieder. Der Mann strahlt über das ganze Gesicht und fällt dem Rabbi um den Hals. Dann hat die Gans also geholfen, fragt der Rabbi erstaunt. Aber nein ich habe selbst eine wunderbare Lösung gefunden, sagt der Familienvater. Zuerst habe ich die Gans weggegeben, dann die Hühner, und zum Schluss die Katze. Seitdem geht es uns so richtig gut. Kein Entengeschnatter, kein Hühnergegacker, und kein ständiges Katzen Miauen. Es ist wie der Himmel auf Erden."

Die Freundinnen brachen in schallendes Gelächter aus, sie lachten, bis Tränen aus den Augen kullerten. „Das hat mir so gefehlt", wischte sich Clärchen die Augen, „ich kann mit niemandem so gut lachen wie mit dir." Bei Kaffee und Butterkuchen tauschten sie Erinnerungen aus, erzählten von früheren Freunden und Nachbarn. Lenas Eltern ging es gut in Palästina, wenn nur das Heimweh nicht wäre. Clärchen erzählte von den Kindern und der Hausgemeinschaft, von Luise und Walli, und wie sie im vergangenen Winter mit dem Schreck davon gekommen waren, als Walli aufs Revier der Schutzpolizei musste.

„Ich werde schauen, dass ich es im Herbst nochmal nach Hannover schaffe", versprach Clärchen zum Abschied. Sie umarmten sich innig, vor dem Café trennten sich ihre Wege. Nach einigen Schritten drehten sie sich wieder zueinander um und winkten sich ein letztes Mal zu. Obgleich Clärchen traurig war, dass sie ihre Freundin nur heimlich sehen konnte, war sie auf dem Weg zum Bahnhof heiterer Stimmung. Lena hatte so einen wunderbaren Sinn für Humor, und auf einmal schien die Welt gar nicht mehr so beklemmend, es fühlte sich so an, als wenn alles gut werden würde.

In dieser heiteren Stimmung traf Clärchen am Abend in der Mühlenstraße ein. Erleichtert seufzte sie auf. Alles war glatt gegangen, und niemand hatte mitbekommen, dass sie nicht nach Göttingen, sondern nach Hannover gefahren war. Schön, dass auch Wilhelm guter Laune war, er hatte sie vermisst. Nein, von der alten Lehrerin gebe es nicht viel zu berichten, meinte Clärchen. Luises Erbsensuppe habe gut geschmeckt, erzählte Wilhelm, und dass er morgen nach einem neuen Arbeiter suchen würde. „Die Aufträge stapeln sich“, fügte er mit einigem Stolz hinzu. Clärchen dachte an das dicke Geldbündel, das sie Lena zugesteckt hatte und meinte: „Gott sei Lob und Dank, dass wir uns das jetzt leisten können.”

Alles wird gut!?

... hatte Clärchen gedacht, als sie vom Treffen mit Lena in Hannover zurückgekommen war. Sicherlich würde die Freundin bald wieder in die Schule zurückkehren können, nein, dieser Wahnsinn konnte ja wohl nicht ewig so weitergehen. Alles würde auch gut werden in der Familie: Wilhelm war stolz, die Brennstoffhandlung Wilhelm Thieß und Sohn stand gut da. Stammhalter Willi war ein ernster Schüler, der mit gestochen scharfer Schrift seine Hausaufgaben machte. Leider hatte er das Stottern nicht ganz überwunden, aber Gott sei Dank gab es kleine Fortschritte.

Horstchen mit den Sternenaugen und dem verschmitzten Lächeln flog die Zuneigung der Menschen wie von Zauberhand zu. Helga hatte einen scharfen Verstand, eine ebenso scharfe Zunge und träumte davon, Architektin zu werden. Die zarte Lotte mit ihrem welligen Haar und den wasserblauen Augen war gerade von schwerer Erkrankung genesen. Rasch hintereinander hatte sie Diphtherie und dann Scharlach bekommen. Glücklicherweise und wer weiß, womöglich auch dank der Ratschläge des jungen Dr. Behrends, hatte sie alles gut überstanden.

Auch von Draußen aus der großen Welt kamen in diesem Jahr 1938 beruhigende Nachrichten. War doch lange Zeit hinter vorgehaltener Hand die Rede davon gewesen, dass es bald Krieg geben würde. Warum? Hitler hatte ein Stück der Tschechoslowakei dem deutschen Reich einverleibt, die Frage war, würden die europäischen Mächte die Annektion der Sudeten einfach so hinnehmen?

„Ach was“, sagte Wilhelm, „du wirst sehen, Clärchen, keiner will einen neuen Krieg.“ Er sollte recht behalten: Anfang Oktober unterzeichneten England, Frankreich und Italien ein Abkommen, das die Abtretung der tschechischen Gebiete an Deutschland anerkannte. Der englische Außenminister Chamberlain hatte gesagt, dass die Tschechoslowakei ja ein kleines weit entferntes Land sei, über das man wenig wüsste. Mit dem Slogan „Frieden für unsere Zeit“ wurde er nun als Retter Europas gefeiert.

Im November erscholl wie in jedem Jahr abends punkt neun das Katharinenläuten. Eine Viertelstunde lang läuteten die Glocken, und während dieser Zeit herrschte Narrenfreiheit auf den engen Straßen der kleinen Stadt. Bei jedem Glockenschlag vom St. Blasii-Turm musste Clärchen daran denken, wie Vater Heinrich vor so langer Zeit in die Stadt eingezogen war und wie er von den Bräuchen, die mit dem Katharinenläuten einhergingen, unangenehm überrascht worden war.

Damals war der Spitzname „Schasske Siebert" in Umlauf gekommen. Es war Vater Heinrich dann gelungen, ein angesehener Mündener Bürger zu werden, aber das frühe Erlebnis hatte er nie verwunden und Clärchen hatte sich im Laufe der Jahre die Erinnerung ihres Vaters zu eigen gemacht. Bei dem abendlichen „Schrubben" ging es unter dem Schlachtruf „hie hebbet se ne, hie schrubbet se ne", immer noch hoch her, aber es war völlig undenkbar, dass man sich im Hause Thieß daran beteiligen würde.

Auch an diesem Mittwoch, dem neunten November, war in der Mühlenstraße der Lärm der schrubbenden Menge zu hören. Clärchen stand am kleinen Fenster und sah in die Dunkelheit hinaus, die hier und da durch den Schein einer Fackel erhellt wurde. Es war nasskalt, die Straßen glänzten im Laternenlicht, dunkle Gestalten duckten sich an den hohen, engen Häusern entlang.

Dort auf dem Marktplatz vor dem Rathaus war das Kreischen von Frauen und das Johlen der jungen Leute zu hören. Doch an diesem Abend mischten sich andere Laute darein. Klang das nicht wie zerschepperndes Glas, wie zerbrechendes Kristall? Da, ein paar Häuser weiter wurden Fensterscheiben eingeschlagen, eine aufgebrachte Menge lärmte wild durcheinander.

Was war da los? Auf der anderen Straßenseite, Richtung Fulda, war nun ein Schrei zu hören, der Clärchen das Blut in den Adern stocken ließ. Das Fenster auf der anderen Seite gab den Blick frei auf die Schlagd. Eine grölende Menge zerrte einen jungen Mann, fast noch ein Kind, in Richtung des Flusses. Der Junge schrie um Hilfe und wehrte sich aus Leibeskräften. Clärchen zog es schmerzhaft das Herz zusammen. Sie hatte Angst um den jungen Mann, und sie fürchtete sich vor dem nächsten Tag – was würden die Menschen in ihrem Schuldgefühl noch alles anrichten?

Der Anblick war gar zu schrecklich, und Clärchen fühlte sich wie gelähmt. Konnte sie denn nach unten gehen, die wütenden Männer besänftigen und dem Jungen helfen? Nein, daran war nun so gar nicht zu denken. Da war es ihr so, als ob jedes Empfinden wie von selbst ausgeschaltet war. Sie erinnerte sich daran, wie Wilhelm vor Jahr und Tag ein Reh überfahren hatte. Das Bild des verwundeten Tiers hatte sich tief in ihr Gedächtnis eingeprägt, ohne aber den Weg ins Herz gefunden zu haben.

Ähnlich erging es ihr, wenn sie schlecht träumte: Da lief sie einem Mann mit einem Messer davon, eine gähnende Kluft tat sich vor ihren Füßen auf oder sie entdeckte bei einer edlen Abendgesellschaft, dass sie vergessen hatte sich anzukleiden. Kurz vor der Katastrophe hörte sie dann eine leise Stimme in ihrem Kopf: Das ist so furchtbar, das muss ein Traum sein, wach auf, wach auf!

Diese leise Stimme meldete sich auch bei dem Anblick des jungen Mannes, der um sein Leben kämpfte. Nein, sie musste sich da im Dunkel der Nacht etwas zusammengereimt haben. Das war sicherlich nur einer der groben Scherze, wie sie beim „Schrubben“ so üblich waren. Man war womöglich einfach nur in der Hitze des Gefechts etwas zu weit gegangen.

Ein Rufen brach in ihre Gedanken ein. Das kam von unten aus der Diele. Konnte das Horstchen sein? Tatsächlich! Es stellte sich heraus, dass Horst im Kohlenkeller neben der großen Eingangsdiele seinem Vater beim Einschaufeln geholfen hatte, ins Spielen geraten war und nun im Dunkeln den Weg nicht in die oberen Räume fand. Wo aber war Wilhelm, er wollte doch den Kleinen zu Bett bringen und im Büro an seinen Büchern arbeiten?

Vielleicht hatte die Partei eine Sondersitzung. Wie Wilhelm ihr gestern erzählt hatte, war am Vortag ein Attentat gegen den deutschen Botschafter in Paris, Ernst vom Rath, verübt worden. Der Täter soll ein jüdischer Junge aus Polen sein, hatte Wilhelm hinzugefügt. Womöglich gab es im „Feschen Förster“ eine Versammlung der Parteimitglieder.

Viele Abende verbrachte Wilhelm in letzter Zeit im Parteilokal, Frauen durften von Zeit zu Zeit auch dabei sein, aber Clärchen blieb lieber daheim bei Helga und Lotte, Horstchen und Willi.

„Na, da würde ich aber ein Auge auf Wilhelm haben“, hatte Friedchen von nebenan schon einige Male gesagt. Clärchen erwiderte nichts und dachte im stillen: Und wenn auch, so sind halt die Männer, das wären doch sowieso nur Bettgeschichten. Undenkbar, Gott bewahre, nein, niemals! würde ihr Wilhelm Haus und Geschäft verlassen.

Das sagte sie sich an diesem Abend auch, schaute nach den Kindern und ging dann einigermaßen ruhig zu Bett. An Schlaf aber war nicht zu denken. Das große alte Haus lag in tiefem Schweigen, auch der Wind hatte sich gelegt. Es musste gegen drei Uhr sein, als Clärchen das Knarren des hohen grünen Eingangstores hörte. Den Rock über dem Arm tastete sich Wilhelm in das dunkle Zimmer.

„Mein Gott, wo warst du denn solange, ich habe mir solche Sorgen gemacht, du warst auf einmal weg, und Horstchen hast du auch da unten im Keller ganz allein gelassen.“ Clärchen ärgerte sich über sich selbst. Nun hatte sie entgegen aller guten Vorsätze doch in dem vorwurfsvollen Ton gesprochen, der immer einen Streit auslöste. Denn Wilhelm antwortete in diesen Fällen nicht mehr auf ihre Vorwürfe, so berechtigt sie auch waren. Er nannte sie dann „Xanthippe“, und überhaupt könne man ihr nie etwas recht machen.

Zu Clärchens Erleichterung jedoch war Wilhelm versöhnlich und leutselig gestimmt. „Das ging alles so blitzschnell“, erklärte er. Als am frühen Abend bekannt geworden war, dass der deutsche Botschafter vom Rath seinen Verletzungen erlegen war, hatte man rasch eine Not Versammlung aller Mitglieder einberufen. Die Partei habe befürchtet, dass es zu Ausschreitungen gegen Juden kommen würde, und darüber beraten, wie man sich in einem solchen Fall verhalten solle. Offizielle Vergeltungsaktionen der Partei waren nicht geplant. „Aber wenn der Volkszorn sich in patriotischer Weise Luft machen will, dann wird es keine Bestrafungen geben“, schloss Wilhelm seinen Bericht.

Er stützte sich am Bett ab, ging zum Fenster und schaute über die nass glänzenden Giebel hinweg in den feinen Regen. Nach einer kurzen

Pause hob er die Schultern, drehte sich entschlossen um, fand den dunklen Umriss seiner Frau und brachte wütend hervor: „Clärchen, das ist doch wohl sonnenklar, wir können ja nicht den Mord an einem deutschen Botschafter durch einen hergelaufenen jüdischen Lümmel so mir nichts dir nichts hinnehmen."

Clärchen dachte, ah, das erklärt dann wohl auch den wüsten Umgang mit dem jungen Mann, das war sicherlich eine Racheaktion. Ob sie Wilhelm davon erzählen sollte? Nein, sie würde sich morgen selbst danach erkundigen, für heute war es der Sorgen genug. „Morgen geht es weiter Wilhelm", sagte sie, „lass uns schlafen, bald wird es schon hell."

In den nächsten Tagen und Wochen wurde viel über die Ereignisse dieser Novembernacht geredet. Aber nur hinter vorgehaltener Hand, denn wer öffentlich von Ausschreitungen berichtete, stand im Verdacht, Feindpropaganda zu verbreiten. „Sei vorsichtig, trau schau wem", flüsterte Clärchen Luise Henne von oben zu, wenn sie mit immer neuen Geschichten von Gräueltaten gegen Juden kam. „Du willst doch nicht hinter Gittern landen, denk an die Kinder und an Walli." Wilhelm hatte ihr gesagt, dass sich Luise unter dem „Heimtückegesetz" mit ihrem Gerede strafbar machte und gewiss verhaftet werden würde, wenn die Behörden davon erfuhren.

So kam es, dass sich eine Art Nebel in den Köpfen der Menschen ausbreitete. Es war schwer zu erfahren, was nun wirklich passiert war. Was ließ sich fassen, wer wusste überhaupt etwas, und wem konnte man glauben? In dieser Vernebelung war es Clärchen auch nicht möglich herauszufinden, was denn nun mit dem jungen Mann passiert war, der am Mittwochabend so herzzerreißend geschrien hatte. Wilhelm meinte, in ihrer Ängstlichkeit müsse sie da eine eher harmlose Situation als eine echte Notsituation aufgefasst haben. Und er sagte es so bestimmt, dass Clärchen auch fest daran glaubte.

Es war kurz vor Weihnachten, als Briefträger Georg Großschmidt aus der Adolf-Hitler-Straße ihr eines morgens einen Brief von Lena zusteckte. Clärchen hatte dafür gesorgt, dass Großschmidt seine Kohlen von der Brennstoffhandlung Wilhelm Thieß und Sohn zu einem besonderen Freundschaftspreis erhielt. Wilhelm war das bei Durchsicht der Rechnungen zwar aufgefallen, aber er hatte aus einer großmütigen Laune heraus ein Auge zugedrückt.

Post von Lena! Sie schrieb sehr selten, um ihre Freundin nicht in Gefahr zu bringen. Es musste etwas Besonderes sein! Im Büro würde sie in Ruhe lesen können. Clärchen setzte sich in den Korbstuhl vor dem Schreibtisch, gefasst auf schlimme Nachrichten öffnete sie zögerlich den Umschlag. „Wir müssen weg“, begann der Brief, die krickelige Schrift war schlecht zu entziffern, Lena musste in Eile geschrieben haben.

Sie berichtete, dass sie so bald wie möglich mit dem Dampfer „Scharnhorst“ von Bremerhaven aus nach Shanghai auswandern würden. Dorthin konnte man noch ohne Visum. Sonst ginge es ihnen gut, und sie seien beide gesund und unversehrt. Der dringende Grund für die Ausreise sei die hohe Entschädigungsforderung des deutschen Staates.

Clärchen ließ den Brief sinken, schaute in das dunstige Licht des frühen Morgens und grübelte, was für eine Entschädigung das wohl sein könnte? Seltsam! Lena schrieb weiter, es habe etwas mit den Ausschreitungen um den 9. November herum zu tun: „Alle Juden werden für die Schäden der Reichskristallnacht haftbar gemacht.”

Die Forderung des Staates gegen sie und ihren Mann belaufe sich auf mehrere tausend Reichsmark: „Ach Gott Clärchen, das Geld können wir nie und nimmer aufbringen, und was soll dann aus uns werden?“ Lena schloss mit der bangen Frage, ob es ihnen wohl vergönnt sei, sich noch einmal zu sehen.

Die Reichskristallnacht! So nannte man wohl nun diesen 9. November, schoss es Clärchen durch den Kopf. Aber wie konnte es sein, dass die Juden für die Schäden haften mussten? Sie waren doch die Leidtragenden! Es war bestimmt nicht gut, Wilhelm danach zu fragen, spürte Clärchen, das würde ihn nur wieder in Verlegenheit bringen.

In den vergangenen Tagen hatte er im Gespräch mit Kunden und Nachbarn zunehmend irritiert versucht, die Parteilinie zu verteidigen. Und mehr als einmal hatte er zu seinem eigenen Ärger und Verdruss keine Antworten. Schroff meinte er dann nur: „Man muss einer Sache auch treu sein, wenn es mal nicht nach den eigenen Vorstellungen geht.“

Aber vielleicht würde er doch erlauben, dass Lena zum Abschied in die Mühlenstraße kam?

Clärchen seufzte leise und schaute sich traurig im Büro um. An den Wänden war noch die blaue Tapete aus Vater Heinrichs Zeiten, die vor Jahr und Tag dem Raum den Namen „der blaue Salon“ gegeben hatte. Die Hirten und Schäfchen waren etwas verblichen, und die luftigen Wölkchen zeigten hier und da kleine gelbe Flecken. An einigen Stellen war die Tapete abgerissen, darunter war noch die alte Wandbekleidung aus der Zeit des Vorbesitzers zu sehen.

Wie viele schöne Stunden hatte sie hier zu Vater Heinrichs Lebzeiten verbracht! Zusammen mit Lena und ihren Eltern, die nun so weit weg in Palästina lebten, gemeinsam mit dem alten Dr. Behrends, der schon vor Jahr und Tag auf dem Bergfriedhof in Neumünden seine letzte Ruhestätte gefunden hatte ... Du meine Güte, jetzt habe ich aber genug geträumt, dachte Clärchen und gab sich einen Ruck. Zurück zum Alltag, sie konnte Luise nicht so lange allein lassen, und gar bald würden die Kinder hungrig aus der Schule kommen. Kommt Zeit kommt Rat. Der liebe Gott wird es möglich machen, dass Lena und ich uns noch einmal sehen können.

Wer weiß, ob der liebe Gott damit zu tun hatte, aber tatsächlich war es den Freundinnen vergönnt, Auge in Auge Abschied nehmen zu können. Es stellte sich heraus, dass Lena Ende des Jahres nach Münden kommen würde, um den Kaufvertrag für das Haus ihrer Eltern in der Hinterstraße zu unterzeichnen. „Ich muss das Haus für 3000 Reichsmark an den Staat verkaufen“, hatte Lena berichtet.

Davon würde sie aber leider nichts haben, das Geld landete auf einem Sperrkonto, das dann vom Reich beschlagnahmt wurde. Die Freundin hatte auch eine Erklärung für diese seltsam undurchsichtige Vorgehensweise: „Der neue Eigentümer kann dann immer sagen, es wäre alles mit rechten Dingen zugegangen, und er hätte das Haus legal erworben.”

So sollte Lena am letzten Tag des Jahres in die alte Heimat kommen. Am Morgen des 31. Januar saßen Clärchen und Wilhelm im Büro und besprachen das Wiedersehen mit der alten Freundin. „Aber ja, sie kann hierher zu uns kommen“, hatte Wilhelm gesagt. Denn schließlich wüsste auch die Partei, in welchem Zusammenhang der Besuch stattfinden würde. „Mit dem Verkauf des Hauses an den Staat können die Juden auch mal was zurückgeben“, erklärte Wilhelm jetzt mit erhobener Stimme, lange genug wären sie ja Nutznießer eines Systems gewesen, das sie zu Reichtum und Ansehen gebracht hätte.

Clärchen richtete sich im Sessel auf, ihre Wangen waren hochrot geworden. Sie legte die Hand an den Kopf und schaute verletzt und verärgert vor sich hin. Es war auf einmal sehr still, kein Laut drang von der Straße in das Büro, die Kinder waren noch im Bett, und Luise würde erst in einer Stunde in den Verkauf kommen.

Wilhelm stand am Fenster, die Hände locker in den Hosentaschen schaute er in den heller werdenden Tag. Er räusperte sich umständlich und wandte sich seiner Frau zu. „Clärchen“, begann er mit bewegter Stimme, „du kannst mir nichts vormachen, ich weiß, was du denkst. Aber ich rede nicht so, weil ich neidisch bin, nein, niemals im Leben, das habe ich überhaupt nicht nötig.”

Er drehte sich um, lehnte sich mit verschränkten Armen auf das Fensterbrett und warf seiner Frau einen entrüsteten Blick zu. „Clärchen, selbst dir dürfte doch aufgefallen, dass die Juden das Geld haben, nicht nur hier, sondern überall in der Welt. Und vergiss nicht: Dass es uns jetzt gut geht, das ist doch einzig und allein der Politik der NSDAP zu verdanken.”

Clärchen sah ihrem Mann mit wilder Entschlossenheit direkt ins Gesicht. „Ach nein, mein Lieber, das ist doch reine Ablenkung, es geht in Wirklichkeit um dich und deine Missgunst. Du meinst vielleicht sogar, dass ich es nicht merke, wie du Heiner, Ella-Laura und Minna die Gärtnerei missgönnst.“ Mit tonloser Stimme fügte sie hinzu: „Mein Gott, wie kann man nur so sein, und den Menschen jegliche Freude neiden.“

Wilhelm blitzte sie mit seinen stahlblauen Augen an, sein Gesicht war in tiefe Falten gelegt. Mit einer ruckartigen Bewegung baute er sich drohend vor ihr auf: „Halt den Mund, Clärchen, ich warne dich“, presste er hervor. „Jetzt lass mich mal reden“, antwortete Clärchen, ohne sich einschüchtern zu lassen, „immer höre ich zu, jetzt bin ich auch mal an der Reihe! Erstens geht es hier nicht um 'die Juden', sondern um langjährige Familienfreunde, die über Jahre hinweg für uns alle da waren, und zweitens, was die Kasseler Verwandtschaft angeht, ich bin ich ja nicht dumm im Kopf."

Sie stand auf, öffnete die Tür um die ersten Kunden hören zu können und nahm den Faden wieder auf: „Ständig sprichst du in einem abfälligen Ton über Heiner mit seiner Wünschelrute, und dass die dümmsten Bauern die größten Kartoffeln ernten. Mein Gott, Wilhelm, du gönnst noch nicht mal so einem armen Schlucker wie Walli sein kleines Glück! Ich sehe doch, wie du ihn abkanzelst, und wie du dich darüber lustig machst, dass er so an seiner Luise hängt. Nein, mein Lieber, das ist einfach nur lächerlich, du tust immer so, als ob alle anderen es viel besser haben, immer und ewig spielst du den Zukurzgekommenen."

Clärchen holte tief Luft, sie konnte ein kleines, bitteres Lächeln nicht unterdrücken. Ein Seitenblick zeigte ihr, dass Wilhelm ganz bleich geworden war. Tiefe Schatten bildeten sich in den scharfen Mundwinkeln, seine Augen blickten streng und unbewegt zur Decke empor. Warum nur machte er sich mit seiner Missgunst immer so klein, ging es Clärchen durch den Kopf. Nein, dieser ständige Neid, das war einfach zuviel.

„Und was ist mit Horstchen?", sagte sie in aufgebrachtem Ton, „du könntest dich einfach mal darüber freuen, dass unser Sohn so ein Sonnenschein ist, stattdessen findest du dauernd etwas an ihm auszusetzen, und dem armen Willi hast du mit deiner Affenliebe und deinen übermäßigen Erwartungen so viel Angst gemacht, dass er jedes mal zusammenzuckt, wenn du ihn ansprichst."

Wilhelm neigte sich nach vorn, als wenn die Anschuldigungen schwer auf ihm lasteten. Die Muskeln an den Schläfen arbeiteten, dann brach es aus ihm heraus: „Genug jetzt. Was willst du mir noch alles vorwerfen, wer hat denn hier die ganze Verantwortung, frage ich dich. Hast du dich jemals darum gekümmert, was hier am Haus und im Geschäft zu tun ist? Das hängt doch alles allein an mir." Ach nein, sonst sagte er immer, das gehe Frauen nichts an, und auf einmal warf er ihr vor, dass sie sich angeblich nicht kümmerte. Clärchen lächelte hilflos. Was sollte man da sagen?

„Du hast gut reden“, begann Wilhelm wieder mit schneidender Stimme. „Du bist ja mit einem Silberlöffel im Mund geboren, du hast keine Ahnung wie das ist, wenn man jeden Tag aufs Neue ums Überleben kämpfen muss.“ Was sagte er da? „Ach herrje, mein Lieber, bist du vielleicht in der Gosse geboren? Deine Eltern waren Großgrundbesitzer, euch hat es doch an nichts gefehlt!“ Auf Wilhelms Stirn waren zwei bläuliche Adern angeschwollen. Mit der einen Hand tastete er nach den Knöpfen seiner Weste, mit der anderen Hand suchte er nach seinem Zigarettenetui auf dem Schreibtisch.

Seine Hände zitterten, als er sich die Zigarette anzündete. Nach einer Pause sagte er in einlenkendem Ton: „Clärchen, das war nicht immer so. Als mein Vater gefallen war, stand meine Mutter erstmal alleine da, und es hat lange gedauert, bis sie alles im Griff hatte. Ha, du weißt ja gar nicht wie das ist, wenn man Tag für Tag nicht weiß, ob man genug zu essen haben wird. Das hast du ja nicht erlebt, du kannst da gar nicht mitreden, bei dir zu Hause war Geld nie ein Thema. Ich bin in der Trauerzeit groß geworden, auf einmal war mein Vater nicht mehr da, und ich habe doch mitbekommen, wie wir kurz vor dem Bankrott standen.“

„Ja, aber das ist lange her, und seitdem ist es dir doch gut gegangen, lass doch einfach mal das Vergangene vergangen sein“, entgegnete Clärchen. „Heute musst du nicht mehr um das tägliche Brot bangen, sei doch zufrieden und froh, mit dem, was wir hier aufgebaut haben, und gönn doch auch mal anderen was!“ Wilhelm räusperte sich trocken, wie es bei ihm zur Gewohnheit geworden war. „Du darfst dich nicht dauernd mit anderen vergleichen“, nahm Clärchen das Gespräch wieder auf, „denn dann wirst du entweder überheblich oder neidisch.

Was die Juden angeht, da musst du wegen Lenas Vater dein Licht nicht unter den Scheffel stellen. Er hat eine florierende Tuchhandlung aufgebaut, und unsere Firma steht doch heute glänzend da. Ihr seid doch ebenbürtig, da musst du nicht von Reichtum und Ansehen der Juden reden, als hätten sie sich alles ergaunert, und du wärst ein armer ausgebeuteter Schlucker.

Und immerhin sitzen wir hier gemütlich in unserem angestammten Haus, während die Friedländers im fernen und fremden Palästina leben müssen.“ Clärchen legte Wilhelm die Hand auf den Arm: „Komm,

Wilhelm, lass uns doch heute Nachmittag mit Lena ein letztes Mal zusammensitzen, du mochtest sie doch immer gern."

Nein, nein, das sei ihm nicht möglich, sagte Wilhelm indem er aufstand und im Stehen seine Zigarette im Aschenbecher ausdrückte. Er habe noch viel zu tun, später müsse er noch nach Göttingen zu einer Versammlung des „Reichsbanner" fahren. Es sei bestimmt sowieso besser, wenn die Freundinnen allein beisammen wären. Er möge sie aber grüßen und ihr alles Gute wünschen.

„Pass aber heute im Geschäft nur auf, dass Luise nichts durcheinander bringt, wenn die Leute ihre Bestellungen abholen. Nicht, dass sie da wieder Kunden verärgert", drehte er sich im Gehen auf dem Absatz noch einmal um. Manchmal war die Gute wirklich etwas schusselig, dachte Clärchen. Oft verwechselte sie Steinkohle und Braunkohle, nur bei Eierkohlen und Briketts war sie sich ihrer Sache sicher. „Ach, Wilhelm, jaja", antwortete Clärchen, „das kannst du ruhig meine Sorge sein lassen, ich kümmere mich schon drum."

Schweren Herzens machte sie sich an die Arbeit im Kohlenkeller, bediente Kunden, schrieb ins schwarze Büchlein, stellte das Mittagessen für die Kinder auf den Tisch während sie nur an die Begegnung mit Lena denken konnte. Wie würde sie es schaffen, grübelte Clärchen, der altvertrauten Freundin Lebewohl zu sagen? Nun galt es Abschied nehmen von einem lieben Menschen, den sie sehr wahrscheinlich nie wiedersehen würde. Wie konnte sie Lena nur sagen, wie viel sie ihr verdankte? Dass sie so oft ihren Rat gefragt und dann auch befolgt hatte, wenn sie selber so unschlüssig und unsicher gewesen war.

Und dann die vielen Erinnerungen! Lena hatte ja ihr Hochzeitskleid genäht, sie waren immer gemeinsam in den Wäldern unterwegs gewesen, hatten Eicheln und Kastanien gesammelt, im Sommer Heidelbeeren und Brombeeren in großen Eimern nach Hause gebracht. Mit der Freundin teilte sie auch Erinnerungen an den geliebten Vater Heinrich, das gemeinsame Gedenken wäre dann auch verloren. Und mehr: Lena hatte sich immer auch für die Familie interessiert und war den Kindern eine liebevolle Ersatz-Tante.

All das sollte nun zu Ende sein. Die Freundin würde im weit entfernten Shanghai leben, in einer anderen Welt. Wenn Briefe überhaupt möglich wären, dann konnte es Wochen dauern, bis eine Nachricht eintraf. „Mein liebes Clärchen“, erklang es nun vom Hauseingang her, „wo bist du?“ Das war Lenas Stimme! Clärchen eilte die großen Steinfliesen entlang und flog der Freundin um den Hals: „Lena, wie schön, dich zu sehen, und wie elegant du aussiehst!“

„Aber meine liebe Clara, ich werde doch nicht in Schutt und Asche gehen, nur weil man mir das Leben schwer macht“, lachte die Freundin. Sie trug schwarze Lackschuhe, ein dunkelgraues Kostüm mit silberfarbenem Pelzbesatz, ihr aschblondes Haar wurde von einem roten Cloche-Hut bedeckt. Clärchen wusste, das war Lenas Art, den Kopf oben zu behalten. In schwierigen Zeiten sah Lena immer betont elegant aus, während sie normalerweise eher nachlässig gekleidet war.

„Komm, ich habe Kaffee gekocht“, nahm Clärchen Lena bei der Hand. Sie gingen in die kleine Wohnstube mit den weißen Korbmöbeln, das gute blaue Porzellan stand schon auf dem Tisch. „Und schau mal Lena, von Bäcker Gutting habe ich deinen Lieblingskuchen gekauft, Apfelkuchen vom Blech.”

„Ach Clärchen, ich weiß gar nicht, was ich sagen soll“, seufzte Lena, „es ist ja alles so traurig, aber im Augenblick bin ich einfach nur froh, noch einmal hier bei dir sein zu können.“ „Du, mir geht es genauso, übrigens, Wilhelm lässt herzlich grüßen, er muss einige Aufträge erledigen und kann nicht dabei sein.“

„Natürlich nicht“, konnte Lena ein kleines Lächeln nicht unterdrücken, „aber ja verstehe ich das.“ „Was heisst schon verstehen, also ich kann das nicht“, schüttelte Clärchen dem Kopf. „Aber erzähl mir doch mal, was ihr geplant habt, und wo ihr wohnen werdet.“ „Also, du weißt, dass wir von Bremerhaven aus mit der Scharnhorst nach Shanghai fahren, da sind wir etwa drei Wochen unterwegs. Wir können außer Bargeld alles mitnehmen, was wir an Eigentum haben, aber ich bin mir nicht sicher, ob die japanischen Besetzer von Schanghai alles beschlagnahmen oder ob wir es behalten dürfen.“ „Und gibt es da einen besonderen Wohnbezirk für Juden, oder lebt ihr mit anderen Chinesen oder Japanern“, wollte Clärchen wissen.

„Im Stadtbezirk Hongkou leben etwa 20.000 Juden, die meisten aus dem deutschen Reich“, erklärte Lena. „Stell dir vor, Clärchen, es soll dort auch Synagogen und Schulen, Theater und Konzerte geben“, fügte Lena mit hochgezogenen Augenbrauen hinzu. So ganz konnte sie diesen Schilderungen nicht glauben, zumal auch von anderer Seite von menschenunwürdigen Behausungen berichtet worden war. Nach den Novemberpogromen war eine große Zahl von jüdischen Flüchtlingen nach Shanghai geflohen. Das war ja zu der Zeit noch ohne Visum möglich, und man erzählte sich, dass nicht selten zehn Leute in einem Zimmer hausen mussten.

Das aber wollte Lena der Freundin zum Abschied nicht sagen, warum ihr nutzlos das Herz schwer machen? Und so sprachen sie über alte Zeiten, über Nachbarn, die verstorben oder weggezogen waren, sie lachten über altvertraute Marotten von Verwandten, wie der Wünschelruten-Heiner mit seiner blonden Topffrisur, die im übrigen jetzt schon ziemlich grau aussah, und sie lachten noch einmal über die Geschichte vom Rabbi, die Lena bei ihrem letzten Treffen in Hannover erzählt hatte.

Kurz nach fünf musste Lena gehen. „Komm, Clärchen, nicht weinen“, nahm sie die Freundin fest in die Arme, „pass gut auf dich und die Kinder auf, und lass dir nicht alles von Wilhelm gefallen. Wenn der Herrgott es will, sehen wir uns wieder, ich werde an dich denken, und wenn es irgend geht, schreibe ich dir.“ Clärchen seufzte leise, nein, sie wollte der Freundin den Abschied nicht noch schwerer machen mit ihren Tränen. Sie hatte so viel auf dem Herzen, was aber konnte sie sagen, dass sich nicht zu steif oder zu sentimental anhören würde? Nach einer langen Pause brachte sie mit zitternder Stimme hervor: „Ja, Lena, das ist wahr, so Gott will, werden wir uns wiedersehen.“

In der Sommerfrische

In den Sommerferien des folgenden Jahres zog Clärchen mit den Kindern hinaus aufs Land, zur Kasseler Verwandtschaft. Nun, da die Geschäfte der Brennstoffhandlung Wilhelm Thieß und Sohn glänzend liefen, konnte man es sich leisten, jemanden einzustellen, der vorübergehend Clärchens Aufgaben übernehmen würde. Das war eine adrette junge Frau aus der Nachbarschaft, Marta Fleck, die von Zeit zu Zeit schon ausgeholfen hatte.

Es lebte sich gut dort in der weitläufigen Gärtnerei in Kassel-Wolfsanger. Das Wohngebäude war komfortabel eingerichtet, daneben gab es weitläufige Nebengebäude, einen riesigen Obstgarten, Blumenwiesen und Gemüsebeete, die sich bis an die Fulda erstreckten. „Ha, wir leben auf großem Fuß", sagte Tante Ella-Laura mit einem Augenzwinkern. Sie wusste, wie oft Bruder Wilhelm Vergleiche zog zwischen seiner Brennstoffhandlung und der Großgärtnerei der Geschwister, und sie wusste auch, dass er sich dabei immer zu kurz gekommen fühlte.

Nein, aber nein, Clärchen müsse nicht in der Küche mithelfen, das Personal würde das gar nicht so gern sehen. Sie solle sich doch einfach mal ausruhen, die frische Luft, die liebliche Landschaft und das Beisammensein genießen. So wachte Clärchen morgens in einem hübschen Schlafstübchen auf. Das weiche Federbett mit seiner blaugeblümten Damastdecke verführte zum Liegenbleiben. Clärchen schaute sich um: Die Wände waren mit einer hellen Stoff Tapete bezogen, darauf rankten sich Rosenblüten und Anemonen, durch die Tür zum Garten strömte die würzige Morgenluft, und durch das ganze Haus zog sich der Duft von Kaffee und Schokolade.

Tatsächlich gab es im Haus der Großgärtnerei Thieß schon zum Frühstück Schokoladenkuchen und den besten Bohnenkaffee. Tante Ella-Laura hatte den großen Tisch auf der Terrasse gedeckt, die Jungen spielten mit dem Irish Setter Sherry auf der nahen Wiese, Helga und Lotte pflückten Dahlien und die ersten Sonnenblumen für den Mittagstisch. „Nun lass es dir mal so richtig gut gehen, mein liebes Clärchen", sagte Ella-Laura. „Zuhause bist du ja schon in aller

Herrgottsfrühe auf den Beinen, lass dich ein bisschen verwöhnen, wir freuen uns, dass ihr hier seid." Mit einem traurigen Unterton fügte sie hinzu: „Ach, es war so schön, die beiden Mädchen hierzuhaben, Kinder bringen ja doch Leben ins Haus."

„Ja, das ist wahr", antwortete Clärchen, „aber es ist auch mal wunderbar, ein wenig mehr Ruhe zu haben. Hier können Horst und Willi so schön spielen, und sogar Helga und Lotte scheinen sich gut zu vertragen. Ach, meine liebe Ella-Laura, was mir am meisten gut tut, sind Sonne und Licht." Mit einem glücklichen Lächeln lehnte sie sich in dem weißen Liegestuhl zurück und schloss ihre Augen. „Sogar wenn ich die Augen zu habe, ist es hier heller als in unserem Kohlenkeller. Jetzt merke ich erst so richtig, wie dunkel und rußig es dort ist. Den ganzen Tag stehe ich in einem schwarzen Berg voller Kohlen, und hier ... heller Sonnenschein, grüne Wiesen .. bunte Blumen. Einfach herrlich!"

„Clärchen, heute Abend bekommen wir Besuch, und ich glaube, du kennst ihn. Alfred Gutenberg, er hat doch früher mal in Münden gewohnt, ich meine, ganz in eurer Nachbarschaft", sagte Ella-Laura, während sie den Kaffee einschenkte. „Er hat einen Gemüsegroßhandel in Kassel, und kommt uns öfter besuchen." Ach nein, Alfred! Wie lange war das her! Gleich nach ihrer Hochzeit war er weggezogen, und so ab und zu hatte sie schon mal an den sanften jungen Mann gedacht, der ihr vor Jahr und Tag den Hof gemacht hatte. Sich gewundert, was wohl aus ihm geworden war.

Und nun würde sie ihn hier wiedersehen! Ob er wohl geheiratet hatte? „Nein, er hat wohl nicht die Richtige gefunden. Dabei ist er so ein einfühlsamer, feiner Mensch", antwortete Ella-Laura auf ihre Frage. Er gehörte zu den liebsten Kunden der Großgärtnerei, und alle hatten ihn in ihr Herz geschlossen. Sogar der etwas menschenscheue Heiner wusste Gutes über ihn zu sagen. Es war noch heller Tag, als Alfred gegen sieben Uhr eintraf. Er hatte einen dicken Strauß Rosen für die Gastgeberin, für Sherry hatte er Hundeplätzchen mitgebracht, das Buch unter seinem Arm war für Heiner. Nein, er hatte nicht geahnt, dass er das Clärchen aus der Mühlenstraße an diesem Abend nach so langer Zeit wieder sehen würde. Es müssten so zwanzig Jahre her sein.

Ella-Laura hatte ihm nichts davon gesagt. Wie schön sie noch immer war. Wie alt war sie wohl jetzt? Anfang 40 ganz bestimmt. Was sollte er nur sagen? Sein Kopf war merkwürdig leer, und gegen seinen Willen wurde er über und über Rot.

Clärchen sprang auf und umarmte ihn stürmisch. Ihm wurde warm ums Herz, genau das Natürliche hatte er ja immer so an ihr gemocht, und die Jahre hatten sie nur wenig geändert. „Mein lieber Alfred, ich habe mich schon so manches Mal gefragt, wo du wohl steckst, und was du so machst. Es ist so schön, dich wieder zu sehen.“ Alfred fing an zu lachen, als ob eine Last von ihm abgefallen war. Ihre unbefangene Herzlichkeit war eine Wohltat. „Ja, liebes Clärchen, ich habe auch an dich gedacht, ich habe gehört, dass du mit Wilhelm vier Kinder hast, und auch, dass dein Vater – Gott hab ihn selig – vor einiger Zeit gestorben ist. Man sagt, dass eure Brennstoffhandlung gut läuft, das freut mich für euch.“

„Deshalb kann ich auch hier jetzt auch mal die Sommerfrische genießen“, entgegnete Clärchen mit einem strahlendem Lächeln. „Aber setz dich doch Alfred, Ella-Laura, Heiner und Minna kommen gleich. Natürlich stört es mich nicht, wenn du rauchst, daran bin ich schon von Wilhelm gewöhnt. Aber was hat dich denn nach Kassel verschlagen?“, fügte sie hinzu. Alfred berichtete, dass ein älterer Freund gewillt gewesen war, den Großhandel abzugeben, und dass er, Alfred, sich schon immer für das Unternehmen interessiert habe. Sein Studium der Chemie aufzugeben, das sei ihm nicht schwer gefallen.

Clärchen erinnerte sich nun daran, dass es auch dieses Studium gewesen war, das sie zögern ließ, auf Alfreds Werbung einzugehen. Vater Heinrich hatte jemanden gebraucht, der im Geschäft mit anpacken und die Firma womöglich weiterführen könnte. Und nun hatte der Jugendfreund doch diesen Weg eingeschlagen, ging es ihr durch den Kopf. Wie sich manchmal alles so fügte!

„Wie kommt es, dass du so selten in Kassel bist, Clärchen, das ist ja bestimmt eine Ewigkeit her, sonst wären wir uns sicherlich schon früher begegnet“, wollte Alfred wissen. „Ach, weißt du, da ist immer was anderes, und du kannst dich ja bestimmt an meine Freundin Lena Friedländer erinnern, sie ist jetzt in Shanghai, das hat mich alles ziemlich mitgenommen.“ „Ihr seid bestimmt schon halb verhungert“, unterbrach

Minna das Gespräch. Ihr breites gutmütiges Gesicht strahlte, als sie das Essen auf den Tisch stellte. „Nun lasst es euch schmecken, ihr Lieben“, schaute sie in die Runde, „so jung kommen wir nicht wieder zusammen.“

„Das ist für euch bestimmt so wie in den alten Zeiten in der Mühlenstraße“, setzten sich Ella-Laura und Heiner dazu. Heiner schob sein weißblondes Haar aus dem Gesicht und blinzelte behaglich in die Abendsonne. „Was für ein herrliches Fleckchen Erde, meine Lieben, und ich kann garantieren, dass in diesem Teil des Gartens keine störenden Wasseradern sind“, sagte er mit einem kleinen Lächeln. Heimlich tauschten Ella-Laura und Clärchen Blicke aus, jaja, das war wieder so seine Marotte, dachten beide.

Sie sprachen über das wunderbare Sommerwetter, die gute Ernte, staunten über die vielen Automobile, die jetzt auf den Straßen fuhren, nahmen noch ein wenig von der Limonade und dem Witzenhausener Samtkuchen ... Man saß lange beieinander, es war wohl schon gegen zehn Uhr, über den Wiesen war es langsam dunkel geworden, und ein frischer Wind fuhr durch die Baumkronen, als Alfred sich verabschiedete. Mit einer etwas linkischen Verbeugung sagte er zu Clärchen: „Ich wollte morgen nach Kassel, und ich würde mich sehr freuen, wenn du mitkämst, wir könnten dann ein wenig im Park Wilhelmshöhe spazieren gehen, hättest du Lust dazu?“

„Das Angebot musst du unbedingt annehmen, meine Liebe, wir kümmern uns gerne um die Kinder“ platzte Ella-Laura heraus und stieß Heiner fast unmerklich in die Seite. Nicht, dass sie Clärchen auf Abwege führen wollten, aber beide kannten Wilhelms strenge, in jeder Hinsicht sparsame Art sehr gut und meinten, ein wenig einfühlsame und fürsorgliche Gesellschaft würde Clärchen gut tun. Und so war es ausgemachte Sache.

Am nächsten Morgen wachte Clärchen mit einem freudigen Vorgefühl auf: Ein Tag ganz ohne Arbeit und Verpflichtung lag vor ihr. Sie setzte sich empor, schaute auf den schmalen Streifen Tageslicht, der durch die geschlossenen Fensterläden hindurch ins Zimmer fiel, und dachte an den gestrigen Abend. Die Mühlenstraße mit ihrem dunklen Kohlenkeller und den vielen Sorgen schien sehr weit weg. Hier würde sie nun für eine kleine Weile jeden Tag im Hellen und im Freien sein.

Die Kasseler Verwandtschaft meinte es wirklich gut mit ihr. Minna, diese treue Seele, umsorgte sie rührend, auf Ella-Lauras tüchtige Art war Verlass, und ihr trockener Humor machte alles leichter und heiterer. Über den schrulligen Waldschrat Heiner amüsierte man sich auf eine liebevolle Art, er war manchmal auch gar zu drollig.

Und mit Alfred war sofort eine Vertrautheit da gewesen, als wenn die zwanzig Jahre gar nicht zählten. Was war das wohl für ein Buch, das er Heiner so stickum zugesteckt hatte? Da müsste sie ihn heute mal fragen. Und komisch, wie war sie damals nur darauf gekommen, dass es ihm an Männlichkeit mangelte? Mmh, aber vielleicht, wer weiß, in zwanzig Jahren entwickeln sich die Menschen ja auch ...

Draußen bellte Sherry, es war ein Kommen und Gehen vor der Terrassentür. „Jetzt aber aus den Federn", sagte sich Clärchen, Alfred würde sie gleich nach dem Frühstück abholen. Der Himmel klarte sich auf, es würde wieder ein schöner Tag werden. Lächelnd und vergnügt nahm sie das himmelblaue Kleid aus dem Schrank, Vater Heinrich hatte immer gesagt, das ist deine Farbe, mein Kind. Dazu den weißen Strohhut mit den blauen Bändern, die weißen Strümpfe lagen schon bereit.

Punkt elf Uhr traf Alfred ein. Er strahlte über sein ganzes Gesicht, das wieder rot angelaufen war, was seine Sommersprossen jedes Mal dunkler aussehen ließ. Das ist mir schon sehr sympathisch, dachte Clärchen, wie viele Menschen werden in dem Alter noch rot?

„Na, bist du mit dem Stinkmobil da?" fragte Heiner. Er mochte keine Autos und fuhr stets mit dem Fahrrad. Einem Damenfahrrad, denn er meinte, die Stange bei den Herrenrädern sei ungesund und könne alle möglichen Schäden nach sich ziehen. Ella-Laura und Minna lachten laut auf: „Du bist und bleibst nun einmal ein Ewiggestriger, setz dich doch einfach mal zu Alfred in seinen neuen Volkswagen, das wird dir bestimmt gefallen." „Oh nein, das könnt ihr mir nicht antun, da kriegt man zuviel Zugluft ab und der Lärm ist Gift für die Ohren", schmunzelte Heiner in seiner gutmütigen Art. Zuweilen fand er sich selber ein wenig verschroben und stimmte dann in das Gelächter seiner Familie ein.

Clärchen und Alfred gingen durch den Schlosspark Wilhelmshöhe, spazierten durch die weiten Kieswege der Alleen, sahen rechterhand den kleinen Musiktempel der Kuranlage, entdeckten unter hohen Fichten verborgen eine Konditorei. Die Kurgäste würden erst später eintreffen, es schien, als ob sie den Park für sich hätten. Sie kamen an einen sonnendurchfluteten Hain. Zwischen grünem Klee und rotem Klatschmohn standen gelbe Butterblumen, in der heißen Mittagssonne summten und flirrten blaue Fliegen über der Wiese.

„Oh, Alfred, das riecht so würzig nach Kraut und Klee“, sagte Clärchen, „lass uns ein wenig hier sitzen.“ Alfred zog ein großes Taschentuch aus seiner Weste und legte es für Clärchen auf das Gras. „Ach, übrigens, das wollte ich dich noch fragen, was war denn das für ein Buch, das du gestern Heiner mitgebracht hast, was liest du denn so?“

„Mmh, also, du weißt ja bestimmt, dass es heute Bücher gibt, die verboten sind, nicht wahr?“ „Ach du meinst diesen ganzen Unsinn mit der undeutschen Literatur, das ist doch einfach nur lächerlich“, erregte sich Clärchen, „kein Mensch kann mir sagen, was das bedeutet und warum diese Bücher weniger deutsch sein sollten als andere.“ Sie rupfte an einigen Butterblumen, schaute ihm prüfend in die Augen und fügte hinzu: „Du kannst mir ruhig sagen, um was es da ging, und du kannst auch sicher sein, dass es unter uns bleibt.“

Alfred lächelte, wie vertraut sie ihm schien! „Gut, ich sag es dir. Das Buch, das ich Heiner gegeben habe, steht auf dieser Liste der verbotenen Bücher. Es heißt ‚Im Westen nichts Neues’ und zeigt, wie sinnlos, grausam und stumpfsinnig der Krieg war. Warum das Buch undeutsch sein soll? Für mich würde das bedeuten, dass die Deutschen den Krieg verherrlichen sollen, meinst du nicht?“

Clärchen erinnerte sich daran, wie Heinrich und Wilhelm vor Jahr und Tag einen Streit genau um diese Frage geführt hatten. Damals war es um einen Völkervertrag gegangen, der den Krieg als politisches Mittel ablehnte. Wilhelm befand, das sei pure Naivität, was Vater Heinrich sehr empört hatte. „Du, ich muss sagen, Alfred, dass ich da nicht so bewandert bin, Wilhelm kennt sich da besser aus.“

„Aber überleg doch mal, unser Reichskanzler hat alle Bücher verbieten lassen, die den Krieg in einem schlechten Licht zeigen, und die Werke von Sozialisten und Juden sowieso. Aber ich kann dir versichern, dass ich im Schützengraben in Frankreich in den letzten Kriegswochen noch Schlimmeres erlebt habe, als in diesen Büchern zu lesen ist. Glaub mir, Clärchen, dass ich heil zurückgekommen bin, erscheint mir heute noch wie ein Wunder."

„Ja, doch, Alfred, ich kann mich noch gut daran erinnern, aber ich war so todtraurig damals über den Tod von Fritzchen, dass ich keinen Kopf für irgendwas anderes hatte." „Ja, der liebe Fritz, du weißt, dass wir gut miteinander ausgekommen sind, wie dein Vater hatte er einfach Herzensbildung", entgegnete Alfred. Er setzte sich aufrecht hin, schaute gedankenverloren auf einen Punkt in der Ferne und sagte grübelnd:

„Weißt du, was mich in letzter Zeit wirklich bedrückt ist die Furcht vor einem neuen Krieg. Die da oben verherrlichen doch alles Militärische, und wozu brauchen wir ein so großes Heer?" Clärchen schüttelte den Kopf. „Ach nein, mein Lieber, das kann ich mir nun so ganz und gar nicht vorstellen. Wir haben doch einen Friedensvertrag nach dem anderen abgeschlossen, schon vor Jahren mit Polen, und wie mir Wilhelm gesagt hat, dieser Tage auch mit Russland. Ehrlich gesagt, Alfred", lächelte sie ihn herzlich an, „habe ich mich mit Politik nicht so arg beschäftigt, dazu habe ich einfach zuviel um die Ohren, aber dass wir einen Pakt mit diesen Ländern geschlossen haben, uns gegenseitig nicht anzugreifen, das habe sogar ich in meinem Kohlenkeller mitbekommen."

„Du weißt sehr viel mehr, als du denkst, Clärchen, viele Leute haben da gar keine Ahnung. Aber hoffen wir, dass du recht hast, meine Liebe, Verträge lassen sich nun mal brechen. Lass uns ein wenig weitergehen zur Orangerie, dann können wir dort noch einmal Halt machen." Die beiden gingen über den hell flimmernden Hain in die schattenlose Allee, der Weg ging bergauf und allmählich rückte in der Ferne das Schloss Wilhelmshöhe in den Blick.

„Clärchen, eigentlich hat hier alles angefangen", nahm Alfred das Gespräch in einem bewegten, eifrigen Ton wieder auf. „Was auf Gottes guter Erde meinst du damit", gab Clärchen etwas belustigt zurück. „Nun, unser Kaiser Wilhelm war ja immer hier auf seinem Schloss in der

Sommerfrische, und du weißt vielleicht auch, dass er in Kassel auf das Friedrichsgymnasium gegangen ist."

„Doch doch, das hat mein Vater mir erzählt, aber was hat das jetzt mit dem Anfang von allem zu tun?", wollte Clärchen wissen. „Also, in dieser Zeit wurde dem Kaiser seine Vorliebe für das Heer und für den Kriegsdienst anerzogen, man kann eher sagen eingebläut. Es war ein gnadenloser militärischer Drill, von morgens fünf, in aller Herrgottsfrühe, bis spät in die Nacht. Und da er ja einen verkrüppelten Arm hatte, ist ihm das alles sehr schwer gefallen, er muss ständig Schmerzen gehabt haben beim Schießen oder beim Reiten.

Wie ich es sehe, Clärchen, hat der Kaiser–wie auch unser Reichskanzler –aus der Not eine Tugend gemacht. Man kann sagen was man will, aber beide waren nicht zu Soldaten geboren, davon bin ich überzeugt. Hitler war ein etwas teigig aussehender Gelegenheitsarbeiter, der sich durch ungeheure Selbstdisziplin zum Demagogen und Politiker aufgeschwungen hat." Clärchen schaute Alfred von der Seite an und sah, wie ernst es ihm war. „Beide, denke ich, haben eine als quälend empfundene Schwäche in eine aggressive, auftrumpfende Stärke umgemünzt.

Ich bin im übrigen der Meinung, dass Hitler dem Kaiser nacheifert, sie schreiben sich ja auch. Und wenn du manche Aussprüche vom Kaiser hörst, könnten sie geradewegs von unserer Regierung sein. Kaiser Wilhelm meinte, die Presse, die Juden und die Mücken seien eine Pest, von der sich die Menschheit so oder so befreien müsse. Meinst du nicht, dass sich das nach Hitler oder Goebbels anhört?"

Alfred war ein unterhaltender, anregender Begleiter. Clärchen wusste manchmal nicht so genau, worauf er hinaus wollte, aber sie genoss es, dass er so ernst und aufrichtig mit ihr sprach, obwohl seine Meinungen etwas Ungewöhnliches und Bestürzendes hatten. Es freute sie, dass er ihr so offen und vertrauensvoll seine Anschauungen mitteilte. Sicherlich konnte er nicht mit vielen Menschen so reden. Sie setzten den ansteigenden Weg fort und erreichten das Eingangstor der Orangerie. Es war fast feierlich still hier oben, nur ein paar Vögel schwatzten, und von sehr weit weg drang das gedämpfte Rauschen von Straßenbahnen und

Automobilen. „Clärchen, wir haben uns jetzt aber Kaffee und Kuchen verdient, oder möchtest du lieber was Kaltes?“, fragte Alfred.

„Ja, doch, bei der Hitze trinke ich gerne Brause”, antwortete Clärchen. Unter schattigen Bäumen fanden sie einen Tisch mit Blick in das weite Tal. Alfred nahm die Karte zur Hand, schaute Clärchen fürsorglich an und meinte: „Du, wenn ich dir raten darf, bestell lieber eine Limonade statt Brause, da sind dann keine künstlichen Zusätze enthalten. Noch besser wäre Apfelsaft verdünnt mit Wasser, da ist alles Natur.“ Verlegen lächelnd zog er die Schultern hoch und breitete seine Arme aus: „Wie du siehst, den Chemiker gibt es noch, das ist einfach ein Berufsrisiko bei mir.“

Sie lachten beide aus vollem Herzen und sahen einander in stillschweigendem Einverständnis an. Alfred erzählte, dass er sich schon immer dafür interessiert hatte, wie die Stoffe in der Natur beschaffen sind, wie sie sich in unterschiedlichen Zuständen verhalten, und auf welche Weise sie untereinander wirken und sich gegenseitig beeinflussen. Chemie sei kein abgehobenes und abstraktes Fach, denn er habe beobachtet, dass es bei den Menschen vergleichbare Vorgänge gebe. Oft würde man sich von jemandem angezogen fühlen, der einem Mangel im eigenen Wesen entspreche. Leider leider führe es dann auch dazu, dass Menschen, die eigentlich miteinander harmonieren, nicht zusammenfänden.

Nach einer nachdenklichen Stille fügte Alfred hinzu: „Es ist leichter, das zu akzeptieren, wenn man diese Tatsache als ein Naturgesetz ansieht, Clärchen, findest du nicht auch?“ Er nahm ihre schmale Hand und schaute ihr Verständnis suchend in die Augen. „Ach, Alfred, was du für Ideen hast, du hast studiert, das merkt man. Ich höre dir sehr gern zu, und lerne Dinge, von denen ich keine Ahnung hatte. Aber schau mal, da kommen die Musiker und spielen gleich zum Tanztee. Wir sollten zurückfahren, ich möchte nicht alles Minna und Ella-Laura überlassen, sie machen schon genug für mich.“

Auf dem Rückweg bot Alfred Clärchen seinen Arm an. Der Weg war steinig und abschüssig, und sie hakte sich gern bei ihm ein. Auf natürliche und selbstverständliche Weise gingen sie im gleichen Schritt. Wenn ich nur mit Wilhelm mehr Zeit hätte, und wir uns nicht Tag und

Nacht um das Geschäft und die Familie sorgen müssten, ging es Clärchen durch den Kopf, dann könnten wir ganz bestimmt auch so schöne Nachmittage miteinander verbringen. Es war so heiter, unbeschwert und sorglos mit Alfred, aber lieber wäre es ihr gewesen, wenn Wilhelm so fürsorglich und vertraulich an ihrer Seite gegangen wäre.

Stahlhelm-Trauung

Es ist Ende Oktober des Jahres 1940, ein frischer Herbsttag mit Nebelschwaden, hier und da gibt die Sonne den Blick auf das Tanzwerder und die Tillyschanze frei. Als Wilhelm gegen Mittag in die Wohnstube kommt, findet er sein Clärchen, die Brille auf der Nase, und Tochter Helga am Tische über einen Brief gebeugt. „Wilhelm", blickt Clärchen besorgt auf, lächelt schnell und sagt: „Es ist wirklich eine freudige Nachricht! Stell dir vor, Gustav Weise möchte Helga heiraten und bittet uns um Erlaubnis."

Wilhelm stutzt einen Augenblick, dann lacht er gekünstelt. Seine Augen blitzen, während er mit einer raschen Bewegung das Papier in die Hand nahm. Im Stehen las er die Zeilen, indem er die Enden seines Schnurrbarts unwirsch in den Fingern drehte. Tatsächlich, es war ein Heiratsantrag, und Gustav erklärte, dass er nicht auf Heimaturlaub kommen könne, dass er aber einen Antrag auf Ferntrauung gestellt habe.

„So so, eine Ferntrauung" wiederholte Wilhelm ein einem beißenden Ton. Sein Körper zitterte vor Unwillen, er war blass, und die Äderchen an seinen Schläfen traten deutlich hervor. Die strengen Mundwinkel nach unten gezogen, schüttelte er den Kopf und schaute mit zornig zugekniffenen Augen am Gesicht der Tochter vorbei auf das Fenster, hinter dem sich lautlos ein zarter Regenschleier nieder bewegte.

„Aha, ich verstehe," fuhr er fort, indem er die Hände ausbreitete, die Handflächen nach oben, „man hat alles arrangiert, und nun haben die Herrschaften die Güte, auch mich zu informieren. Ha", lachte er ungehalten auf und blickte in Richtung seiner Frau, „du hast doch sicher davon gewusst, Clärchen, aber nein, Gott bewahre, nicht, dass es etwa wichtig wäre, zuerst mal mit mir als dem Oberhaupt der Familie zu reden."

Clärchen sah Wilhelm beschwörend an. „Mein Lieber, gewusst habe ich es nicht, aber geahnt schon. Du kannst dich doch noch daran erinnern, dass Helga im Sommer nicht mit nach Kassel wollte, das hat mich damals stutzig gemacht, weil sie dort ja immer wieder gern zu Besuch war. Ich hatte da meine Vermutung, Gustav arbeitet ja schon seit fast zwei Jahren bei uns, und man konnte schon sehen, dass die beiden sich gut verstehen. Aber ich bin der Sache nicht weiter nachgegangen. Du meine Güte, das ist dann doch wohl der Lauf der Welt, meinst du nicht?" „Aber das ist doch nicht normal", antwortete Wilhelm aufgebracht, „der Mann könnte doch glatt ihr Vater sein, das sind doch Kindereien und Hirngespinste." „Aber nein, Wilhelm, du übertreibst maßlos", wandte Clärchen ein, „das sind nur vierzehn Jahre Unterschied."

Wilhelm schritt im Zimmer auf und ab, holte tief Luft, zuckte einige Male mit den Schultern und blieb dann mit gerunzelter Stirn vor Mutter und Tochter stehen. In bedrohlich leisem Ton sagte er zu Helga: „Deswegen also warst du so oft im Verkauf, ich habe mich schon gewundert, dass du so arbeitsam bist. Das wäre ja auch zu schön gewesen." Er beugte sich näher an das Gesicht seiner Tochter und presste schrill und wütend hervor: „Ihr habt mich schamlos hintergangen, du und Gustav, ich habe ihm vertraut, und das ist nun der Dank dafür."

Clärchen sah bewegt zu ihm auf, in ihren hellgrauen Augen schimmerten Tränen. „Aber Wilhelm, was sagst du denn da, das ist doch wirklich kein Komplott gegen dich! Was hast du denn gegen Gustav einzuwenden, sonst hast du ihn doch immer in den höchsten Tönen gelobt. Er ist zuverlässig, arbeitsam, kommt aus einer ehrbaren Familie, ich verstehe dich nicht." Sie konnte sich eines kleinen bitteren Lächelns nicht erwehren als sie nach einer kurzen Pause hinzu fügte: „Ach, mein Lieber, gönne ihnen doch ihr Glück!"

Wilhelms blasses Gesicht hatte sich während Clärchens Worten verfärbt. Einen Augenblick traten die Muskeln an seinen Schläfen noch stärker hervor, denn er biss die Zähne zusammen. Seine Hand beschrieb eine flüchtige Bewegung über den Tisch, dann brachte er hervor: „Nein, nein, und nochmal nein, und wenn ihr euch auf den Kopf stellt, solange ich hier das Sagen habe, werde ich nie und nimmer meinen Segen dazu geben."

Helga sprang auf, mit hochrotem Gesicht lief sie aus dem Raum. Im Türrahmen blieb sie stehen, drehte sich rasch auf dem Absatz um, stemmte die Arme in die Hüften und blickte ihrem Vater furchtlos in die Augen. Helga in ihrer unerschrockenen Art schien es fast zu genießen, ihrem Vater die Stirn bieten zu können. Schon als Kind hatte sie sich nichts gefallen lassen und war um eine Antwort nie verlegen. Im feierlichen Ton, beinahe ein wenig von oben herab, erklärte sie nun: „Herrgottnochmal, mein lieber Herr Papa, auch wenn DU dich auf den Kopf stellst, ich werde meinen Gustav heiraten, egal, wer hier das Sagen hat. Es ist MEIN Leben." Dann warf sie den Kopf in den Nacken und schloss mit einer festen, würdevollen Bewegung die Tür hinter sich zu.

Es wurde bedrückend still im Raum. Clärchen wandte hastig den Oberkörper zum Fenster, mit dem Taschentuch wischte sie den Beschlag von der Scheibe. Ihre Lippen zitterten, auf ihrem Gesicht lag ein Misch-Ausdruck von Kummer und Verdruss. „Clärchen, jetzt hör mir mal gut zu", begann Wilhelm in belehrendem Ton, „Helga ist erst siebzehn, Gustav schon 31, den Altersunterschied finde ich nicht gut. Außerdem ist er in Frankreich an der Front, was für eine Ehe kann denn das sein? Wir wollen doch beide, dass es ihr gut geht, und wer weiß wie lange der Krieg noch dauert, sie will doch nicht als junges Mädchen schon Kriegerwitwe werden."

Er holte tief Luft und seine Augen schauten nachdenklich auf einen Punkt in der Ferne. „Meine Güte, Clärchen," fuhr er fort, „denk doch nur mal dran, wie es war, als dein Bruder Fritz fiel, da bist du doch lange Zeit nicht drüber hinweg gekommen, von deinem Vater, Gott hab ihn selig, ganz zu schweigen - wollen wir das für Helga?" „Du musst nicht immer gleich das Schlimmste denken, und wir sollten den beiden nicht im Weg stehen, du weißt, dass Helga als Minderjährige unsere Erlaubnis braucht. Ach Wilhelm", fügte sie gedehnt hinzu, „es kommt im Leben doch immer, wie es kommen muss."

Verärgert antwortete Wilhelm: „Ja, damit machst du es dir aber sehr leicht." Er setzte sich und schenkte sich mechanisch eine Tasse Kaffee ein. Dann beugte er sich vor und sah Clärchen eindringlich in die Augen. „Du findest also nicht, dass wir hier eine besondere Verantwortung tragen?" Clärchen betrachtete Wilhelm stumm und mit nachdenklichem Blinzeln. „Na, ich weiß nicht, ob man die Zukunft überhaupt in den Händen haben kann, Wilhelm. Meiner Meinung nach gibt es da noch höhere Mächte." „So kann man es auch sehen, Clärchen, wenn man sich Mühe sparen will. Ich jedenfalls werde die Zügel nicht aus der Hand geben, darauf kannst du dich verlassen." Er sprang auf, trat einen raschen Schritt rückwärts vom Tisch und sagte mit entschlossener Stimme: „Genug, ich will jetzt nichts mehr davon hören. Ich habe mein letztes Wort gesprochen.“

In dieser Nacht konnte Clärchen kaum Schlaf finden, so wie es immer nach Auseinandersetzungen der Fall war. Allein lag sie in dem schweren Ehebett, auf ihrer Seite, der Türe zu, damit sie nachts rascher nach den Kindern schauen konnte. Wilhelm war im „Feschen Förster“ und würde wie so oft in letzter Zeit wohl erst in den frühen Morgenstunden heimkehren. Hatte er womöglich mit einer Frau im „Feschen Förster“ angebändelt und kam deswegen immer so spät nach Hause? Wie alle Männer war Wilhelm nicht unempfänglich gegenüber weiblichen Reizen, dachte Clärchen. Hatte sie nicht gerade vor Kurzem gesehen, wie Wilhelm der Aushilfe Martha schöne Augen machte?

Nein nein, beruhigte sie sich, Schöne-Augen-Machen ist was anderes als ein ganzes gemeinsames Leben. Das Geschäft, die Kinder, nein, das würde Wilhelm nicht wegwerfen. Und habe ich nicht immer treu an seiner Seite gestanden? Im vergangenen Jahr hatte sie sogar auf eine Leistenoperation verzichtet, die der junge Doktor Behrends ihr angeraten hatte. „Ich will keine operierte Frau“, das war Wilhelms Meinung gewesen, und sie hatte sich, wie immer, gefügt. Die Schmerzen hatten nach einer Weile nachgelassen, nur war sie durch den Leistenbruch wohl doch ein wenig runder geworden.

Es schien gespenstisch still im Haus. Nur die Fensterläden klapperten im Wind, und der Regen prasselte in Böen an die Scheiben. Das sind Nachtgedanken und Hirngespinste, sagte sich Clärchen. Wichtiger war nun die Frage, was mit Helga und Gustav geschehen sollte. Nichts gegen Wilhelm und sein Verantwortungsgefühl, er meint es sicherlich gut und will das Beste für sein Kind. Aber wer weiß schon, was das Beste ist?

Sie lächelte in sich hinein, wenn sie an Helgas herrisch-hochmütigen Stolz dachte. Helga war so richtig zur Türe hinaus gerauscht und hatte dadurch die Oberhand behalten. Ob Wilhelm das bewusst war? Sie würde ihr Schicksal in die Hand nehmen, da brauchte sie sich keine Sorgen machen. Wenn nur die arme Lotte sich auch so behaupten könnte! Wann immer es für sie schwierig wurde, versanken ihre Worte in einer wahren Flut von Tränen.

Wenn nun aber Gustav nicht zurückkommen sollte, dachte sie, dann waren sie doch miteinander verbunden, so wie beide sich das wünschten. Aber jetzt machte sie es ja schon wie Wilhelm! Der Krieg würde bestimmt bald zu Ende sein. Andererseits, das hatte man 1914 auch gedacht. Nein, sie hätte es wahrlich nicht für möglich gehalten, dass so rasch nach dem wunderbaren Sommer in Kassel der Krieg ausgebrochen war. Sie erinnerte sich an das Telegramm aus der Mühlenstraße, das so jäh die wunderbare Zeit der Sommerfrische beenden sollte.

Alfred hatte mit seiner Befürchtung recht gehabt! Ach, wie schön und leicht war es mit ihm gewesen. Was hätte er wohl gesagt, was mit Helga und Gustav geschehen sollte? Aber das spielt jetzt nun wirklich keine Rolle, das ist reine Spinnerei, ich muss irgendwie einen Weg finden. Sie würde noch einmal mit Wilhelm sprechen, oder besser noch, Helga musste ihn zum Einlenken bewegen. Die beiden waren sich ja sehr ähnlich, und das konnte manchmal von Vorteil sein, wenn man es richtig einfädelte. Kommt Zeit, kommt Rat, dachte Clärchen, es wird sich alles fügen.

Wie überrascht sie aber war, dass Wilhelm am nächsten Morgen still und in sich gekehrt am Tisch saß! Er war spät heimgekommen, sie musste dann doch eingeschlafen sein und hatte ihn nicht gehört. Clärchen war darauf gefasst gewesen, dass Wilhelm weiterhin von unbeugsamer Strenge sein würde, nun auf einmal schien er so mild und nachdenklich. So kenne ich ihn gar nicht, grübelte Clärchen. Was das wohl zu bedeuten hatte?

Nunja, er war in letzter Zeit öfter verstimmt, ganz besonders wenn die Rede vom Krieg war. Man wusste, dass einige Parteigenossen Söhne an der Front hatten, andere Parteimitglieder selbst darüber nachdachten, sich freiwillig zu melden, um dem Vaterland zu dienen. Clärchen meinte gehört zu haben, dass man hinter vorgehaltener Hand über Wilhelm redete.

Die Leute tuschelten, dass Wilhelm Thieß stets in seiner feldgrauen Uniform umherstolzierte und markige Reden schwang, ohne jemals auf dem Schlachtfeld gedient zu haben. Sicher, das Kohlengeschäft war kriegswichtig, aber das tüchtige Clärchen und die jungen Töchter hätten die Geschäfte doch bestimmt übernehmen können ... Clärchen hatte immer gedacht, lass die Leute reden, aber womöglich litt Wilhelm doch mehr unter dem Geraune, als er sich anmerken ließ.

Er hielt den Kopf gesenkt und schaute auf seine Hand, die schlaff auf der Tischkante ruhte. Schräg gegenüber, an der Breitseite des Tisches, mit dem Rücken zum Fenster, saß Helga, stolz und aufrecht, ihre weiße Haut über den hohen Wangenknochen schien fast durchsichtig, die ersten Sonnenstrahlen fielen schimmernd auf ihr tiefschwarzes Haar. Sie schien ruhig und entschlossen, nur ihre Mundwinkel waren ein wenig nach unten gezogen. Unter den Augenlidern warf sie ihrem Vater aufmüpfige und fragende Blicke zu.

So herrschte am Frühstückstisch beklommenes Schweigen, bis Wilhelm aufschaute und abrupt ankündigte: „Laubacher kommt nachher zum Kaffee." Man solle das gute Geschirr nehmen und den besten Bohnenkaffee servieren, fügte er mit tonloser Stimme hinzu. Er selber würde ihn in Empfang nehmen, wenn es an der Türe läutete. Aber beide sollten bei dem Gespräch dabei sein.

Mutter und Tochter tauschten verblüffte, erwartungsvolle Blicke aus. In den vergangenen Jahren war es still geworden im Hause Thieß. An den Oster Montagen durften höchstens die Mieter Walli und Luise mit ihren Kindern zu Besuch kommen. Wilhelm hatte es nicht gern, wenn Nachbarn, Freunde oder Bekannte eingeladen wurden, so wie es zu Zeiten von Vater Heinrich gewesen war. „Wir sind uns selbst genug", sagte Wilhelm immer. Und jetzt auf einmal hatte er jemanden eingeladen?

Und dieser Besucher war nicht irgendjemand. Der gebürtige Tiroler Hermann Laubacher, stellvertretender Gauleiter in Südniedersachsen, war unter dem Spitznamen „Trolli" bekannt. Aber weder der herzige Spitzname noch der gemüthafte österreichische Dialekt konnten über seine schonungslose Gründlichkeit hinwegtäuschen, mit der er jeden Widerstand zu bezwingen wusste. Man erzählte sich, dass er alle

Blockleiter persönlich kannte und sich regelmäßig von etwaigen Abweichlern und Defätisten berichten ließ.

Klein von Wuchs, dünn von Gestalt, prägten seine scharf zackigen Geheimratsecken die hageren Gesichtszüge. Mit schnarrender Stimme schwärmte er in seinen Reden, die im Volksempfänger zu hören waren, von Deutschlands Größe und Unbezwingbarkeit. Dabei ließ er sich gern und lange über die Abstammung der arischen Rasse vom untergegangenen Kontinent Atlantis aus …

Laubacher hatte leichten Herzens sein Studium der Philosophie in Freiburg aufgegeben, um in der norddeutschen Provinz für die gerechte Sache zu kämpfen. Böse Zungen behaupteten, dass er es bei keiner geregelten Beschäftigung ausgehalten hatte, aber versah er nicht sein Amt mit Eifer und peinlichstem Pflichtbewusstsein?

Um elf Uhr, die Glocken von St. Blasii waren gerade verstummt, klingelte es an dem großen grünen Eingangstor. Wilhelm eilte in die Diele, Clärchen und Helga saßen atemlos still im Wohnzimmer und lauschten gebannt, wie der Hausherr seinen Gast mit angestrengter Höflichkeit willkommen hieß. Er erklärte ihm gleich am Eingang die Geschichte des Hauses: Ehrbarer Handel und angestammtes Handwerk seien seit Generationen in dem altehrwürdigen Fachwerkhaus betrieben worden, und nun sorge er, Wilhelm, mit der Brennstoffhandlung Wilhelm Thieß und Sohn auf seine Weise für die Zukunft des deutschen Volkes.

„Na, da übertreiben Sie mal nicht, mein lieber Herr Thieß, hier geht es ja nun erstmal um die Versorgung der Mündener Bevölkerung mit Kohlen und nicht gleich um das Schicksal des ganzen Volkes", war die spöttisch klingende Stimme von Laubacher zu vernehmen. Clärchen hatte Laubacher schon auf Bildern gesehen, und einmal war er zu einem Schützenfest auf dem Tanzwerder gekommen, um die Eröffnungsrede zu halten. Eigentlich sieht er von nahem noch kleiner und vertrockneter aus, dachte Clärchen, als der Gauleiter ins Zimmer trat.

„Verehrte Damen", beugte sich Laubacher vor, indem er die Hacken zusammenschlug und dann mit ausgestreckten Armen auf die Hausherrin zuging. Clärchen zuckte fast unmerklich zurück. Seine schnarrende Stimme, das kalte Lächeln und die zackig gezogenen

Geheimratsecken in dem hageren Gesicht, das alles machte ihr Angst und Bange, und sie spürte, wie ihr eine Gänsehaut den Rücken runterlief. Oh, das durfte der Gast aber nicht merken, das konnte sie sich nicht erlauben.

Lächelnd nahm Clärchen nun seine ausgestreckten Hände. Ihre angeborene Herzenswärme und Liebenswürdigkeit kamen ihr in solchen Situationen entgegen. „Seien Sie uns herzlich willkommen“, sagte Clärchen, und meinte, das überzeugend gesagt zu haben. „Bitte, nehmen Sie doch Platz, wir freuen uns, dass Sie sich die Zeit genommen haben, uns einen Besuch abzustatten.“

Laubacher schien sich zu entspannen, er lockerte seine Haltung, stützte sich auf der Armlehne des Stuhls ab und richtete das Wort an Helga auf der anderen Seite des Tisches. „Nun, meine junge Dame, was hören wir denn da? Ihr Herr Verlobter hat mir geschrieben, also, von unserer Seite aus steht einer Ferntrauung nun gar nichts im Wege.“ Ein auftrumpfendes Lächeln ließ nun seine kleinen gelben Zähne sichtbar werden und er fügte voller Stolz hinzu: „Na, meine Liebe, da staunen Sie wohl nicht schlecht, wie?”

Helga schaute verwundert, räusperte sich und begann: „Ja, Herr Laubacher, das ist ja schön, aber wieso”...Er fiel ihr eilig ins Wort: „Tja, verehrtes Fräulein Thieß, Sie wollen wissen, aus welchem Anlass ich nun hier zu Ihnen gekommen bin?” Er machte eine kleine Pause und schaute sich um, wie um sich zu vergewissern, dass er auch die volle Aufmerksamkeit aller Anwesenden habe.

Solcherart beruhigt stellte er sich in Positur, indem er den Rücken durchdrückte, den Kopf schief legte und beide Hände mit den Innenflächen nach oben ausstreckte. Dann nahm er den Faden wieder auf: „Also, ich bin hier um höchst persönlich – er sagte ‘hökst perrsönlich’– Anteil zu nehmen, an Ihrer bevorstehenden Vermählung.“

Er blickte in Richtung Wilhelm und fuhr fort: „Unsere Heeresleitung hat unmissverständlich dazu aufgefordert, unseren tapferen Soldaten an der Front jegliche moralische Unterstützung zukommen zu lassen. Und was könnte moralischer sein als die Treue einer guten Frau im heiligen Bund der Ehe?“

Die Heeresleitung wusste sehr wohl, dass sich viele Deutsche trotz aller Blitzsiege kriegsmüde zeigten, war doch der erste Weltkrieg noch in lebhafter Erinnerung. Nun sollten wieder so viele junge Männer ihr Leben lassen, die Zivilbevölkerung leiden, Kinder ohne Vater aufwachsen? Da musste alles getan werden, um die Soldaten und ihre Familien zu unterstützen, meinte das Oberkommando der Wehrmacht. Ferntrauungen und später auch „Leichentrauungen", von bereits verstorbenen Soldaten mit Frauen, denen sie die Ehe versprochen hatten, sollten der Kriegsmüdigkeit entgegenwirken. Gauleiter waren angehalten, diesen Familien jedwede Unterstützung zukommen zu lassen.

„Mein lieber Herr Laubacher", sagte Clärchen, „nun setzen Sie sich doch bitte, und erzählen uns in Ruhe, wie es dazu kommt, dass Sie sich persönlich in eine Herzensangelegenheit unserer Familie einschalten." Sie warf Wilhelm, der stumm in einem Winkel des Raumes saß, einen beschwörenden Blick zu – er konnte ja wohl auch mal etwas sagen – und fügte hinzu: „Wir alle wissen, was Sie hier leisten und wie viele Aufgaben Sie haben, und wir fühlen uns durch Ihren Besuch sehr geehrt."

Laubacher zog den Stuhl heran und lehnte sich steif und affektiert zurück. „Meine liebe Frau Thieß, Ihr Herr Gatte hat Ihnen wohl noch nicht berichtet, dass Ihr Schwiegersohn in spe sich durch besondere Verdienste vor dem Feind ausgezeichnet hat, und dass die Heeresführung ihm deswegen die Tapferkeitsmedaille zuerkennen wird. Diese Nachricht erreichte mich vor einer Woche, und am gleichen Tag traf dann ein Brief Ihres Herrn Verlobten ein, liebes Fräulein Helga, in dem Feldwebel Gustav Weise mich um die Unterstützung bei seinen Heiratsplänen bat, wohlwissend, dass die Braut noch nicht volljährig ist."

Er schaute wieder mit einem sprechenden Blick auf Wilhelm und begann: „Ich weiß ja, dass es für Väter nicht immer leicht ist, den Töchtern den Segen zu geben." Seine schnarrende Stimme nahm einen betulichen Ton an, als er in eine unbestimmte Ferne blickend fortfuhr: „Wir Väter wollen, solange es nur irgend geht, unsere Töchter beschützen, aber die heilige Pflicht verlangt von uns, dass wir an das Große Ganze denken. Kurz und gut: Es gibt ein neues Gesetz, das jetzt, wo wir reden, verabschiedet wird. Dieses Personenstandsgesetz erleichtert Soldaten an der Front die Eheschließung. Und wenn es eilt, kann auf alle Papiere verzichtet werden, eine einfache schriftliche Erklärung, wie sie mir von Feldwebel Weise vorliegt, reicht vollkommen aus." Er holte tief Luft und schaute erwartungsvoll in die Tischrunde.

„Lieber Herr Laubacher, das sind wirklich gute Nachrichten, aber darf ich Ihnen jetzt erstmal einen Kaffee anbieten, und bitte nehmen sie von dem Butterkuchen", sagte Clärchen nach einem Moment der Stille. Helga hatte aufmerksam zugehört, jetzt zuckten ihre Mundwinkel, und ihre dunkelblauen Augen glänzten amüsiert, als sie den Gauleiter fragte: „Und wie bitte findet dann die Heirat selbst statt?"

„Liebes Fräulein Helga" antwortete Laubacher, indem er mit gespreizten Fingern die Kaffeetasse in die Hand nahm: „Sie gehen mit zwei Trauzeugen zum Standesamt, bei der Zeremonie liegt an der Stelle, die sonst der Bräutigam einnehmen würde, ein Stahlhelm." Helga fand den Gedanken komisch und unterdrückte ein heiteres Glucksen, auch Clärchen lächelte bei der Vorstellung, mit einem Stahlhelm verheiratet zu werden.

„Selbstverständlich brauchen Sie die Genehmigung des Oberkommandos der Wehrmacht, und wenn Sie gestatten", verbeugte er sich vor Wilhelm und Clärchen, „werde ich das in die Hand nehmen." Es verging wohl eine Minute angespannten Schweigens bis Wilhelm mit tonloser Stimme sagte: „Herzlichen Dank, selbstverständlich müssen wir die tapferen Kämpfer an der Front moralisch unterstützen, ich freue mich, dass wir mit der Eheschließung von Gustav und Helga einen Beitrag dazu leisten und dem Vaterland dienen können."

So kam es, dass Helga in der zweiten Novemberwoche im Standesamt der Stadt getraut wurde. Als Trauzeugen waren Tante Ella-Laura und Onkel Heiner aus Kassel gekommen. Tante Minna war auch dabei und strahlte über ihr ganzes breitflächiges Gesicht. Wie gern war sie doch bei Clärchen! „Sie ist so vornehm und so fein", sagte sie immer. Nicht ganz so fein und vornehm war indes die Hochzeitsfeier von Helga und Gustav. „Wir sind einfache Leute und machen nicht viel Aufhebens", hatte Wilhelm gesagt, und dabei mit aufmerksamen Augen und gekräuselter Stirn die Rechnungen durchgesehen, die im Zuge der Hochzeit ins Haus geflattert waren.

Von Gustavs Familie waren die verwitwete Mutter Elise und eine ältliche Tante namens Gertrud Marie gekommen. Elise Weise war eine große korpulente Frau mit fest geschnürter Taille und einem hochroten Gesicht. Als eine geborene Schmidt hatte sie sehr vorteilhaft in die Großbäckerei Weise eingeheiratet und achtete nun streng auf Rang und Stand. Ihrem säuerlichen Gesichtsausdruck nach war Helgas neue Schwiegermutter mit der Wahl der Eheleute ebensowenig einverstanden wie Helgas Vater Wilhelm.

Eine Kohlenhandlung, meinte sie, das war doch ein recht schmutziges Geschäft, da stand eine Großbäckerei doch ganz anders da! Und wieso bitteschön war das junge Ding Helga dann so hochmütig und stolz? Dazu gab es ja nun wirklich keinen Grund ...

So saßen die beiden, Elise und Wilhelm, bei dem Hochzeitsessen in der guten Stube mit einem langen Gesicht stumm nebeneinander. Beider Gesichtsausdruck sagte: Wir wissen, was sich gehört, und wir müssen jetzt, wo es sich nicht mehr ändern lässt, gute Miene zum bösen Spiel machen. Wir geben uns geschlagen, aber die anderen sollten vielleicht doch ein klein wenig spüren, dass hier ein furchtbarer Fehler gemacht wird ...

Das konsequente Schweigen von Elise und Wilhelm konnte jedoch die heitere Stimmung der Tischgesellschaft nicht trüben. Clärchen war glücklich, dass sich ohne ihr Zutun die Dinge zum Guten gewendet hatten. Wie wunderbar sich doch alles fügte! Helga strahlte zufrieden und gemeinsam mit Lotte lachte sie aus vollem Hals über den seltsamen Ablauf dieser „Stahlhelmtrauung“. Willi und Horst machten sich lustig über den Standesbeamten, der mit seiner hohen, kieksenden Stimme so salbungsvoll auf den einsam aufgestellten Helm eingeredet hatte. Der zehnjährige Willi konnte gut Stimmen nachmachen, daran hinderte ihn auch das gelegentliche Stottern nicht. „Unserre Ährre heißt Trreue, mein lieber Härr Stahlhelm“, flüsterte er der kichernden Helga ins Ohr.

Onkel Heiner mit der ergrauten Topffrisur lobte die schwingungsfreie Atmosphäre in der Mühlenstraße, hatte er doch nach einer verstohlen durchgeführten Untersuchung keine störenden Wasseradern feststellen können. Clärchen und Tante Ella-Laura warfen sich amüsierte Blicke zu, Tante Minna in ihrer gutmütigen Art stimmte in ihr Lachen ein.

Walli und Luise waren mit einem schlichten Gemüt gesegnet, so dass ihnen die feineren Stimmungsschwankungen der Hochzeitsgesellschaft entgingen. Sie strahlten und freuten sich für die Braut Helga, die sie von klein auf kannten. Luise hatte ihren Apfelkuchen mitgebracht, und Walli würde Mundharmonika spielen, wenn man es so wollte. Clärchen jedoch meinte, das sei für die Eintopfsonntage passender, für eine Hochzeitsgesellschaft eher nicht.

Sieben Monate nach dieser Hochzeitsfeier, nein, es hatte niemanden überrascht, auch Wilhelm nicht, wurde Helga glückliche Mutter eines Sohnes. Auf Wunsch des Vaters nannte man ihn Hans-Peter nach Gustavs großem Bruder in Amerika. Der kleine Hans-Peter, bald wurde er „Hans" oder "Hansi" gerufen, sollte nicht in der Mühlenstraße, sondern in dem weitläufigen Hause von Oma Elise in Neumünden aufwachsen, dort war viel Platz für Mutter und Kind. So zog die achtzehnjährige Helga im Juli des Jahres 1941 zu Schwiegermutter Elise.

Vater Wilhelm rang sich beim Abschiednehmen zu einem Segenswunsch durch: „Viel Glück, Helga, und möge Gott mit deiner neuen Familie sein", gab er seiner Tochter mit auf den Weg in ein neues Leben.

Zweiter Teil

Zeitenwende

Wilhelm Thieß war zu dieser Zeit im tiefsten Herzen mit seinem ganzen Leben nicht einverstanden. Die Brennstoffhandlung hatte seit Beginn des Krieges zwar viele Aufträge erhalten, aber das bewundernde Aufblicken der Kunden war einer seltsamen allgemeinen Niedergeschlagenheit und einer inneren Distanz ihm gegenüber gewichen. Auch der weit verbreitete Jubel über die Blitzsiege konnte daran nichts ändern. Es war, als ob die Menschen trotz aller Siegesbotschaften insgeheim auf den Niedergang und sogar vielleicht auf den Untergang gefasst waren. Und wenn dieser Untergang kommen sollte, dann würde er, Wilhelm, als alter Kämpfer in der ersten Reihe stehen.

Oder war das nur die Sinnestäuschung seiner angespannten Nerven? Der Alltag, meinte er, wurde immer anstrengender. Die Kunden beschwerten sich über die Lebensmittelrationierungen, Brot und Fleisch wurden immer knapper bemessen. Die Mütter sammelten Wildgemüse von den Wiesen für die dünne Mehlsuppe oder sie waren auf der Suche nach Stoffresten um verschlissene Kleidungsstücke zu flicken.

Viele Frauen kamen jetzt erst spät in den Laden, weil sie tagsüber Dienst in den Waffenfabriken leisten mussten. Dafür erhielten sie zwar ein kleines Gehalt, um die 50 Pfennig pro Stunde, aber es ärgerte sie, dass Männer für die gleiche Arbeit 80 Pfennig Stundenlohn bekamen.

Es machte Wilhelm nervös, wenn die Kunden meinten, ihren Kummer in der Kohlenhandlung Thieß abladen zu können. Ausgerechnet bei einem führenden Parteimitglied! Daran war gewiss sein Clärchen schuld, hatte sie nicht immer ein offenes Ohr für die Sorgen der Leute? „Das ist nun einmal nicht unsere Aufgabe“, hatte er ihr schon so oft gesagt, aber das war wohl in den Wind gesprochen.

Die Frauen weinten sich bei Clärchen über ihre Männer oder Söhne an der Front aus, und seit Einführung des Pflichtjahres für Mädchen ab 14

Jahren vermissten sie auch ihre Töchter, die in den verschiedensten Winkeln des Landes ihren „Ehrendienst“ für das Vaterland absolvieren mussten. Sie klagten darüber, dass sie nun sowohl als Mütter wie auch als Arbeiterinnen in der Kriegswirtschaft gefordert waren.

„Erst sollten wir nur am Herd stehen und jetzt auf einmal will man uns am Fließband sehen“, sagten die Frauen. Sogar das Mutterkreuz als Auszeichnung für Mütter mit vier und mehr Kindern stellten sie infrage. Was brachte das alles, wenn doch die Söhne in den Krieg ziehen und für das Vaterland sterben sollten! Zum Teufel auch, sein Clärchen hätte sich so ein Gerede gar nicht anhören dürfen, dachte Wilhelm zornig. Das war doch die reinste Untergrabung der Kriegsmoral, also Defätismus und Wehrkraftzersetzung, und darauf stand die Todesstrafe!

Du lieber Gott, Clärchen würde ihn und die ganze Familie mit ihrer unbedachten Gutmütigkeit noch an den Galgen bringen. Ach, sie war doch genau so sentimental und weich, wie Schwiegervater Heinrich gewesen war. Überhaupt kein Sinn für politische Zusammenhänge. War es da ein Wunder, wenn es bei den lauten Parteiversammlungen auf einmal ganz still wurde, wenn er sich dazu gesellte? Man redete über ihn und seine Familie, dessen war er sich sicher.

Und es war doch wohl schließlich auch als ein Mangel an Respekt zu deuten, dass sich Laubacher als der stellvertretende Gauleiter so mir nichts dir nichts in die Sache mit Helga eingemischt hatte, ohne mit ihm vorher darüber geredet zu haben. Was sollte das? Galt er vielleicht schon als unsicherer Kandidat? Bei der Erinnerung an diese demütigenden Ereignisse fühlte er plötzlich, wie ihm das Blut zu Kopfe stieg. Er sah sich im Wohnzimmer mit dem stellvertretenden Gauleiter Laubacher, wie der so die Zügel in die Hand genommen und ihn als Vater und Oberhaupt der Familie bloß gestellt hatte.

Und sein Clärchen mit ihrer gleichbleibenden Liebenswürdigkeit – wie machte sie das nur? Weit davon entfernt ihn zu freuen, reizte ihn dieses In-sich-Ruhen, und wie hatte er sich geärgert, dass sie Laubacher nicht in die Schranken gewiesen hatte und für ihn, Wilhelm, Partei ergriffen hatte! Aber nein, sie stand auf Helgas Seite und ihr war die freche Einmischung von Laubacher sogar noch entgegen gekommen!

Oder lag das Misstrauen der Parteifreunde womöglich daran, dass er versuchte, die sechzehnjährige Lotte vom Pflichtdienst für Mädchen befreien zu lassen? Das gute Kind war gar zu zart, wenn irgendwo irgendwer krank war, konnte man sicher sein, dass sie sich ansteckte. Was sollte sie da im weit entfernten Wien als Schwesternhelferin im Sanitätsdienst ausgebildet werden? Das wäre doch der reinste Unsinn! Das könnte sie keinen Monat durchstehen!

Ach, die zarte Lotte würde es nicht leicht haben im Leben, dachte Wilhelm. Alle Welt mochte sie, aber alle Welt nahm sie auch nicht ganz für voll. Es war nicht möglich, mit ihr eine irgend geartete Auseinandersetzung zu haben, auch dann nicht, wenn man es nur gut meinte. Sobald der Ton ein wenig schärfer wurde, nahmen ihre wasserblauen Augen einen waidwunden Ausdruck an. Die Tränen quellten und liefen ungehindert die schmalen Wangen hinunter, die zarten Schultern hingen hingebungsvoll nach unten, als wenn sie am liebsten den Boden umschlingen wollten.

Das arme Kind! Aber die Leute vermuteten wohl hinter allem Mauscheleien. Sie dachten wohl, dass er als altgedientes Parteimitglied Sonderrechte habe, dass er und seine Familie fein raus seien, während andere an vorderster Front stehen mussten. Er selbst konnte auf gar keinen Fall Kriegsdienst leisten, das war ja klar, aber nie und nimmer hätte er den Grund seiner Untauglichkeit öffentlich gemacht, nicht einmal Clärchen hatte er sich anvertraut. Meine Güte, das ging ja wohl auch niemanden etwas an, das war ganz allein seine Privatsache.

Auch die Entwicklung seiner anderen Kinder sah Wilhelm mit Sorge. Nun hatte Helga doch ihren Gustav bekommen und schlug sich mit Schwiegermutter Elise herum. Was hätte aus ihr nicht alles werden können! Wenn sie ein Junge gewesen wäre, hätte er ihr vielleicht entgegen seiner Grundüberzeugung doch erlaubt, ein Studium zu beginnen ... aber konnte sie nicht zusammen mit Willi den Kohlenhandel erfolgreich führen?

Stammhalter Willi war ängstlich bemüht, alles richtig zu machen. Doch er war pedantisch und phantasielos, und mit seinem Stottern würde er es im Geschäftsleben zu nichts bringen. Wäre es da nicht gut gewesen, die tüchtige große Schwester Helga an der Seite zu haben? Ihr würde niemand ein X für ein U vormachen, und sie würde sich von keinem Großhändler über den Tisch ziehen lassen.

Nun ja, der zehnjährige Horst hatte sich gut entwickelt, das musste man zugeben, obwohl Clärchen ihn maßlos verhätschelte. Immerhin ging er im Gegensatz zu seinem älteren Bruder Willi gern zur Hitlerjugend. Den schwarzen Schlips etwas nachlässig gebunden, das Käppi ein wenig schräg auf die dunkelblonden Haare gesetzt und die Ärmel des beigen Hemdes salopp hochgekrempelt schien ihm niemand etwas übel zu nehmen. Aber es waren weniger Fleiß und Ausdauer als sein Charme und seine ebenmäßigen Züge, die ihn zu einem Liebling der Menschen werden ließen.

Das war ja gut und schön, aber schließlich kein Verdienst, meinte Wilhelm. Horst hatte das einfach in die Wiege gelegt bekommen, er musste sich dafür nicht anstrengen, wie das bei anderen Leuten der Fall war. Und wer weiß, wie das in ein paar Jahren sein würde! Liebenswürdigkeit und gutes Aussehen waren jedenfalls keine verlässlichen Grundlagen, das alles konnte sich schnell ändern.

Wilhelm war allein im Haus, Clärchen war bei einem Vortrag des Frauenvereins, Horstchen und Willi waren mit der Hitlerjugend unterwegs und Lotte war auf Besuch bei Helga in Neumünden. Ruhelos ging er durch die leeren Räume. Schließlich zündete er sich im Arbeitszimmer eine Zigarre an, saß einige Minuten still an seinem Schreibtisch, ohne sich zu bewegen. Dann raffte er sich auf, ging in die Küche, nahm ein Glas Wasser und ging raschen Schrittes zurück ins Büro. Er öffnete die Zigarrendose, warf den Deckel aber gleich wieder zu und schaute aus dem Fenster in die einsetzende Dunkelheit.

Der Mond erhob sich zwischen kleinen Federwolken, in der Abendstille war das eifrige Plätschern der Fulda zu hören. Wilhelm sah hinüber auf die andere Straßenseite. Im Haus der Familie Weber war im zweiten Stock noch Licht, dort wohnte Martha Fleck, die im vergangenen Sommer, als Clärchen in Kassel war, eine tüchtige Hilfe für ihn gewesen war. Sie war eine beeindruckende Frau, dachte er, und mit ihrem Vater Hilmar, Besitzer eines Lebensmittelladens, verstand er sich auch sehr gut. Er war zwar kein Parteimitglied, aber hatte sonst ganz vernünftige Ansichten.

Hilmar Fleck hatte ihm sogar vorgeschlagen, dass er sich an seinem Geschäft beteiligen könnte. Er würde gerne expandieren und suche einen Teilhaber, erklärte er, und könne man nicht Lebensmittel und Kohlenhandlung zusammenlegen? Damals, im vergangenen Sommer, war ihm dieser Gedanke abwegig erschienen, aber jetzt war es vielleicht die Lösung seiner finanziellen Probleme. Wilhelm stand auf und lehnte seine heiße Stirn an die Fensterscheibe. Hatte es dieser engstirnige, stiernackige Bankier doch letzte Woche gewagt, ihm einen Kredit zu verweigern!

Es seien schließlich Kriegszeiten, meinte er, und wenn auch sicher damit zu rechnen sei, dass der Endsieg nahe bevorstehe, dann mussten doch die finanziellen Reserven der Banken zunächst mal höheren Zwecken zur Verfügung stehen. Und warum wolle er denn überhaupt im Frühjahr Kohlereserven anschaffen, hatte er noch mit einem abschätzigen Lächeln hinzugefügt. Er verstand überhaupt nichts davon, dachte Wilhelm. Gerade im Frühjahr mussten Reserven gekauft werden, weil die Preise im Herbst in die Höhe schnellten.

War die Beteiligung an Hilmar Flecks Lebensmittelladen vielleicht der beste Ausweg? Eigentlich war es ja ein Feinkostladen, und da kauften nur die besser Gestellten ein, das würde doch Eindruck machen, auch in der Partei. Fleck hatte ihm angeboten, dass er vorab keine Finanzmittel einbringen müsse. Das alles könne von laufenden Einnahmen finanziert werden.

„Lieber Wilhelm", hatte er ihm auf spontan auf die Schulter geklopft, „das wäre ja gelacht, wenn wir uns da nicht einig werden würden." Wilhelm öffnete das Fenster ein wenig, sog die würzige Nachtluft ein, lehnte den Kopf auf die kühle Klinke und nahm seine qualvollen Gedankengänge wieder auf. Es war ja nicht nur die Geldnot! Was vor allem andern sein Leben vergällte, war die Entfremdung von der Partei! Es war entsetzlich und furchterregend, wie man ihm auf einmal mit Misstrauen begegnete!

Daran konnte wiederum nur sein Clärchen schuld sein! Nicht nur, dass sie das zersetzende Gerede der Leute anhörte, sie bekam neuerdings auch wieder Post aus Shanghai von Lena Friedländer. Nur gut, dass er das abfangen konnte! Briefträger Georg Großschmidt aus der Adolf-Hitler-Straße hatte ihm den Brief zugesteckt und gesagt, dass er das in Zukunft der Partei aushändigen müsse. Es sei ihm nun nicht mehr möglich, geheime Post auszuliefern. „Lieber Herr Thieß", hatte er in einem süffisanten Ton hinzugefügt: „Sie wissen es ja selber am besten, dass es nun nicht mehr möglich ist."

Wie hatte er das nur schleifen lassen können! Es war einfach eine riesengroße Dummheit gewesen, den Briefverkehr zwischen Clärchen und Lena zu dulden. Er hatte damals ein Auge zugedrückt, und nun sollte ihm diese Gefühlsduselei teuer zu stehen kommen. Teuer zu stehen im wahrsten Sinne des Wortes! Denn wer hatte neulich den Großauftrag für eine Kohlenlieferung für die Heeresverwaltung erhalten? Nein, nicht wie sonst die Brennstoffhandlung Thieß und Sohn. Es war doch kaum zu glauben: Der Auftrag ging an einen Habenichts, einen charakterlosen Mitläufer, der mal dies und das und ab und zu auch mal Kohlen verkaufte.

Das war doch die Höhe! Wenn der Konkurrent zumindest ein angesehener Geschäftsmann gewesen wäre, hätte er das vielleicht besser verwinden können. Aber nein, dieser Manfred Lehmann, der Bruder des Wirtes vom „Feschen Förster", war eine halbseidene, zwielichtige Gestalt. Ein irrlichternder Gelegenheitsarbeiter, der stets in fragwürdige Projekte verwickelt war, nicht direkt kriminell, aber doch in einer gesetzlichen Grauzone angesiedelt ...

Man tuschelte, dass er für führende Parteimitglieder in den Hinterzimmern des „Feschen Förster" allerlei Abwechslung bereit stellte. Gegen ein entspannendes Stündchen wäre ja nichts einzuwenden, grübelte Wilhelm, aber ging der Lehmann dabei nicht zu weit? Es waren nämlich nicht nur blonde blauäugige Damen, die den Herren nach der sauren Tagesarbeit den Feierabend ein wenig versüßen sollten, hatte er gehört. Hinter den gehäkelten Gardinen des Hotels habe man tatsächlich auch dunkle Gesichter gesehen, erzählte man sich. Nun, das mochte Tratsch und Klatsch sein, und wer wusste schon, ob es der Wahrheit entsprach, dachte Wilhelm.

Aber schon allein die Tatsache, dass solche Gerüchte im Umlauf waren, und dass auf einmal eine so zwielichtige Gestalt wie ein Manfred Lehmann ein ernstzunehmender Konkurrent sein sollte, das schlug dem Fass den Boden aus! Dass so ein halbseidener Lump ihn ausbooten konnte! Es reihte sich doch eine Enttäuschung und Demütigung an die andere! Nichts ging mehr nach seinem Willen! Nun war es doch tatsächlich schon so weit gekommen, dass er nicht mehr der Herr im eigenen Hause war! Man war bei der Hochzeit von Helga einfach über ihn hinweggegangen! Früher hätte man das bestimmt nicht gewagt.

Wie stand er denn eigentlich nun da, ärgerte sich Wilhelm, noch dazu vor seiner Kasseler Verwandtschaft! Da kam doch so ein Tropf wie sein Schwager, der schrullige Heiner mit seiner Topffrisur und den seltsamen Einfällen, und ausgerechnet ihm schien alles in den Schoß zu fallen! Wie schaffte er das nur?

Jahr für Jahr flatterten diese albernen Erfolgsmeldungen ins Haus. Die Ernte war gut ausgefallen, entgegen Heiners Willen hatte die resolute Ella-Laura zwei Automobile angeschafft, man sprach sogar davon, den Grundbesitz zu erweitern und neue Anbauflächen aufzukaufen. Wäre er doch nur so weitsichtig gewesen, die Großgärtnerei zu übernehmen, statt hier in diesem kleinen Provinzstädtchen von Kleingeistern umgeben sein zu müssen!

„So kann es nicht weiter gehen", hörte Wilhelm sich in der dunklen Stille des Büros laut sagen. Er zuckte erschrocken zusammen, als er seine Stimme hörte. Mit einem Ruck hob er den Kopf, stieß sich vom Fenster ab und ging durch das stille Haus, machte überall das Licht an und setzte sich in den gelben Sessel im Wohnzimmer.

Er blickte auf das große Bild seines Schwiegervaters Heinrich Siebert in seinem schwarz glänzenden Rahmen. Nein, er hatte es früher nicht sehen wollen, aber es war wirklich ein feines Gesicht, der Mund empfindsam, und die schmalen Augen sahen ihn an, als wollte Heinrich ihm über Zeit und Raum hinweg eine Botschaft zukommen lassen.

Was aber wollte der Alte ihm sagen? Dass es nun auch mit ihm, Wilhelm, bergab gehen würde? Dass alles seine Zeit habe? Oh nein, er war ja noch nicht einmal fünfzig Jahre alt! Verdammt nochmal, es war noch lange nicht vorbei – warfen die Frauen ihm nicht noch immer bewundernde Blicke zu? Sicher, es hatte ihn nicht beeindruckt, aber bemerkt hatte er es schon. Er gehörte noch lange nicht zum alten Eisen! Es müsste eine Lösung geben, er war doch sonst nicht so schwermütig!

Zurück ins Büro, ermahnte er sich, dort würden das Geschäft, der Betrieb, die Anforderungen des Lebenskampfes ihm neue Spannkraft geben.

Hoffnungsvoll, mit heißem Kopfe, holte er am Schreibtisch die Grüne Schatulle hervor. Hier war doch alles nach Recht und Gesetz und Ordnung geregelt! Nichts von nächtlicher Spintisiererei! Verträge und Dokumente, Briefe, die dem Leben eine Leitlinie gaben. Die Hypotheken auf das Haus würde er schultern können, er müsste sich nur nicht zu schade sein, fremde Hilfe anzunehmen. Warum noch zögern! Ein Lebensmittelladen, das war etwas handfestes, essen mussten die Leute immer, auch wenn sie an der Heizung knauserten. Das würde wieder Geld in die Kasse bringen, und er würde sich genügend Kapital für seinen Beitrag erarbeiten können.

Wilhelm nahm ein leeres Blatt Papier, schaute noch einmal auf das Bild seines verstorbenen Schwiegervaters Heinrich, dachte, ha, ich werde es dir noch zeigen, beugte sich dann mit entschlossener Miene über das Schriftstück und schrieb mit seiner nach rechts eilenden Schrift: „Heute, Sonnabend, 28. März 1942, ist die Brennstoffhandlung Wilhelm Thieß und Sohn Kompagnon des Lebensmittelgeschäfts Hilmar Fleck in Hann.Münden, Ortsteil Hermannshagen geworden.“

Im Krieg

Na, da hat der Wilhelm Thieß sich ja wieder einmal erfolgreich gedrückt, war in der Stadt immer lauter zu hören. „Kriegswichtig“ sollte die Brennstoffhandlung sein, das hatte er auch dieses Mal wieder gut hingebogen. So mancher Nachbar trauerte noch um Söhne, die im ersten Weltkrieg gefallen waren. In vielen Häusern wurde nun wieder einmal mit Bangen auf den Briefträger gewartet, auf ein Lebenszeichen vom Ehemann, vom Bruder, oder vom Vater. Und da stolzierte der Kohlenhändler in der Stadt herum als sei alles in bester Ordnung. Das Geraune schien Wilhelm Thieß nichts auszumachen, jedenfalls ließ er sich nach Außen nichts anmerken.

Aber innerhalb der Familie sah es anders aus. Gerade der Sonnenschein Horst, der jüngste Sohn, irritierte ihn mit seiner arglosen Art. Und es ärgerte ihn über die Maßen, dass sein Clärchen und Horstchen unzertrennlich waren. „Das ist ja eine Affenliebe“, urteilte er im abfälligen Ton. Clärchen dachte, nur gut, dass Wilhelm jetzt so oft im Lebensmittelgeschäft in Hermannshagen ist. Jetzt konnte sie wieder Schuhe tragen, die ihr passten, Wilhelm achtete nicht mehr so sehr darauf, dass sie einen schlanken Fuß hatte seit er bei Hilmar Fleck eingestiegen war.

Wenn er nicht da war, hatte sie zwar mehr Arbeit, aber die Last nahm sie gerne auf sich. Sicherlich, sie vermisste ihn, wenn sie nächtelang allein in dem schweren Ehebett lag. Aber immerhin muss ich dann nicht in ständiger Angst vor seinen Launen leben, dachte sie mit schlechtem Gewissen. Wenn er sich angegriffen fühlte, und das konnte schon die schlichte Frage auslösen, wie es ihm denn im Lebensmittelgeschäft ergehe, konnte es gut sein, dass er die Beherrschung verlor. Er ist unzufrieden mit sich und der Welt, dachte Clärchen, und richtete sich so gut es ging in ihrem Eheleben ein.

Was wäre ihr auch anderes übrig geblieben, und gab es nicht in jeder Familie Probleme? Ganz so schlimm wie die Nachbarin, die oft des nachts vom Ehemann ausgesperrt auf dem kalten Boden schlafen musste, hatte sie es ja nicht. Nicht wenige ihrer Kundinnen kamen morgens in den Kohlenkeller und erklärten ihre blauen Flecken mit einem Treppensturz. Natürlich glaubte sie ihnen. „Man wäscht seine Wäsche nicht in der Öffentlichkeit“, da waren sich die Frauen einig.

Insgeheim aber dachte Clärchen oft an den schlimmen Fußtritt, den Wilhelm ihr in einem Wutanfall gegeben hatte, als sie mit Horstchen im achten Monat schwanger gewesen war. Wie hatte sie dann um dieses Kind gebangt, und wie froh war sie gewesen, dass Dr. Behrends ihr versicherte, dass alles in Ordnung sei mit diesem hübschen Jungen. Wieviel Freude hatte sie jetzt an diesem Kind, das ihr schon immer im Kohlenkeller Gesellschaft geleistet hatte.

Er war zum Vergnügen der Kunden rußverschmiert über die Kohlenberge gekrabbelt und später hatte er beim Kohleschaufeln eifrig mitgeholfen. Jetzt ging er zwar gern zur Hitlerjugend, aber das war bestimmt nur, weil er so gerne die flotten Fahrtenlieder sang. Auch zuhause pfiff er oft fröhlich vor sich hin, zum Ärger von Wilhelm.

Es wird sich schon alles finden, und kommt Zeit kommt Rat, dachte Clärchen. Im Grunde war es nämlich nur eine Sache, die ihr wirklich zu schaffen machte. Seit Monaten hatte sie starke Bauchschmerzen, ein Ziehen und Reißen, als wenn sie Messer im Bauch hätte. War sie vielleicht wieder schwanger?

Wenn Wilhelm an den seltenen Abenden, die er noch zuhause verbrachte, angetrunken nach Hause kam, musste sie immer darauf gefasst sein, dass er ihre Nähe suchte. Denn entgegen seiner früheren maßvollen Gewohnheiten hatte Wilhelm in den letzten Jahren immer häufiger zur Flasche gegriffen, wenn etwas nicht nach seinen Vorstellungen ging. Aber nein, es sei ein Leistenbruch, meinte der junge Dr. Behrends. Das viele Kohlen-Schleppen, hatte er gesagt, man müsse dringend operieren.

Warum nur war Wilhelm so sehr gegen die Operation? „Ich will keine operierte Frau“, hatte er scharf protestiert. Die Schmerzen waren nachts unerträglich. Aber das schien ihren Mann nicht zu beeindrucken. So wie neulich, als sie um Mitternacht wimmernd im Bett gelegen hatte. „Stell dich nicht so an“, hatte er sie angeherrscht. Im Kerzenlicht glänzte seine schweißnasse Stirn, die schmalen Lippen zusammengepresst hatte er sie mit seinen stechenden Augen angeschaut. „Unsere tapferen Männer im Krieg müssen noch viel mehr aushalten, sie gehen für uns durch die Hölle, und du jammerst hier rum."

Nein, es kam Clärchen nun gar nicht in den Sinn sich zu fragen, wieso er denn so große Töne schwinge und sich selber im weichen Bett rumdrückte. Jeder Gedanke, sein Handeln infrage zu stellen, war tabu. Er war schließlich der Herr im Hause und hatte das Sagen. Diese Lektion hatte sie mühsam erlernt: Damals, als ihr Cousin sie bedrängte, sie mochte so vierzehn Jahre alt gewesen sein, hatte sie das der Tante erzählt in der Gewissheit, dass da was nicht in Ordnung sein konnte.

Wie hatte Tante Malchen sich aufgeregt, und wie beschämt sie sich gefühlt hatte. „Nein, über solche Sachen spricht man doch nicht Kind", hatte die Tante mit zornrotem Gesicht geschimpft, „das hätte dir dein Vater schon längst beibringen müssen. Aber man weiß ja, dass er so vieles schleifen lässt, da ist einfach keine Zucht und Ordnung in der Mühlenstraße."

Vielleicht nicht Zucht und Ordnung, aber ganz gewiss Güte und Verständnis. Wie liebevoll war ihr Vater gewesen, dachte Clärchen und wischte sich die feuchten Augen. Es war finsterste Nacht und der Regen prasselte gegen die Fensterscheiben. „O mein Papa, war eine wunderbare Mann", summte sie mit belegter Stimme in die dunkle Kammer hinein.

Nein, so sehr Wilhelm sie auch bedrückte, es war so gar nicht möglich, ihn in Frage zu stellen. Wind und Wetter stellte man auch nicht in Frage. Und lag es nicht an ihr, dass er so unzufrieden herum lief, und dass er jetzt die meiste Zeit im Lebensmittelgeschäft in Hermannshagen verbrachte? Schließlich war es ja ihre Aufgabe, ihrem Mann ein behagliches Heim zu schaffen und darauf zu schauen, dass die Kinder ihm Freude machten. Ach, wenn nur meine Mutter nicht bei meiner Geburt gestorben wäre, dann wäre ich bestimmt eine bessere Mutter und Hausfrau geworden, dachte Clärchen und ihr Herz zog sich schmerzlich zusammen.

Am nächsten Morgen erwachte sie spät. Als sie sich die nächtlichen Gedanken in Erinnerung rief, fiel ihr ein, dass Wilhelm heute kommen würde, um nach dem Rechten zu sehen. Wie schön! Sie würde sein Lieblingsessen kochen, Rotkohl, Rouladen und Kartoffelknödel. Lotte konnte zum Gasthaus Anker laufen und Bier holen, dachte sie. Andererseits wäre es vielleicht besser, wenn die Kinder im Bett wären und wir Zeit füreinander hätten. Ja doch, ich ziehe mein neues blaues Kleid an, die Farbe steht mir, und zwänge mich in meine engen Schuhe, ich weiß ja, dass ihm das gefällt. Die Arbeit ging ihr so den ganzen Tag flott von der Hand, denn am Abend würde Wilhelm kommen, und dann konnte sie ihm sagen, wie sehr er ihr fehlte.

Das sind gewiss schon seine Schritte auf der Treppe! Immer nimmt er zwei Stufen auf einmal. Eigentlich ist es noch recht früh, er wollte erst am späteren Abend kommen. Aber alles ist bereit: Der Tisch gedeckt, das weiße Damast Tuch von der Bleiche geholt, das Bier auf der Fensterbank kühl gestellt. Clärchen schaut sich im Raum um, Wilhelm hat es nicht gern, wenn etwas herumliegt. Er sagt dann immer, so viele Frauen im Haus und trotzdem ein Schlamperladen.

Die Klinke bewegt sich, auf einmal steht Wilhelm im Raum. Er trägt seinen feldgrauen Anzug, blank polierte Stiefel, das Käppi nachlässig nach hinten geschoben, als wäre er in einen Sturm geraten. Seine stahlblauen Augen blitzen bohrend auf. Clärchen steht starr, sie spürt die feinen Härchen im Nacken.

Etwas ist bedrohlich anders, auf unheimliche, gespenstische Weise. Sie fühlt einen kalten Lufthauch, der ihr den Atem nimmt. Die Zunge liegt ihr schwer und trocken im Mund, ihr wird schlecht vor Aufregung und sie lässt sich schwer auf den Stuhl fallen. Sie schließt die Augen und es war ihr, als ob ein gütiger Gott die Zeit anhalten würde.

Aber nein, die Uhr tickt unbarmherzig weiter. Wilhelm schreit plötzlich so laut, dass sich seine Stimme überschlägt: „Ich habe jetzt genug von diesem ganzen Siebert Schlamassel, erst dein Vater mit seiner Schlampigkeit, und jetzt machst du da gerade mal weiter. Und die Kinder sind auch nicht besser, ihr seid allesamt eine faule Bagage." Er macht einen raschen Schritt nach vorn, sein Käppi fällt zu Boden, seine kräftigen Hände ragen nach oben und das vor Wut und Zorn verzerrte Gesicht war feuerrot geworden. Mit schneidender Stimme stößt er hervor: „Schau doch nur mal an, wie du aussiehst mit deiner verwaschenen Kittelschürze, eine richtige Frau würde nie so rumlaufen." Sein Mund bewegte sich ruckweise nach beiden Seiten, als halte er Ausschau nach Zeugen seiner Entrüstung.

Clärchen wich noch tiefer zurück und lehnte sich bleich, mit pochendem Herzen in den Stuhl. Die Empfindungen stürmten auf sie so zahlreich ein, dass es nur ein brausend wirres Tosen und Rauschen in ihrem Inneren war. Aber inmitten des großen Lärms spürte sie auf einmal eine lautlose Ruhe. Es war ihr, als ob sie im Auge, im Zentrum eines großen Sturmes wäre.

Um sie herum tobten die Winde und eine ganze Welt brach ein, aber tief im Herzen fühlte sie einen stillen Frieden. Denn sie wusste: Nie mehr musste sie Angst davor haben, was das Schicksal an Schrecken für sie bereithalten mochte, denn nun war ja schon das Schrecklichste in ihrem Leben geschehen. So fühlte sich das also an, dachte sie, wenn es schlimmer nicht werden konnte.

Clärchens Hände ruhten still auf ihrem blau geblümten Kleid. Ihr Blick war leer, als sie an sich herunter schaute, ja, er hatte recht, es war ihr alter Arbeitskittel, sie war noch nicht dazu gekommen, das gute Kleid anzuziehen. Versonnen wanderten ihre Augen zu dem weiß gedeckten Tisch, und ihr schoß die Frage durch den Kopf, wer wohl das Bier trinken würde, das sie kalt gestellt hatte.

Und ob Horstchen was mitbekommen hatte von dem Geschrei, ob Lotte und Willi schon zuhause waren? Sie müsste ihnen noch etwas zu essen machen, daran hatte sie in der Vorfreude auf Wilhelms Kommen gar nicht mehr gedacht. Sie richtet langsam den Blick nach oben, schaut vorsichtig, ängstlich, in die vor Zorn verengten Augenschlitze von Wilhelm und sagt mit ermatteter Stimme: „Ja, Wilhelm, was hast du nun vor?"

Er tritt einen Schritt zur Seite, zieht den Koffer hervor, den er in der Tür abgestellt hatte und herrscht sie an: „Du lieber Gott, was denkst DU denn, ich zieh hier aus, es ist Schluss! Verflucht nochmal, Clärchen, Martha Fleck ist in allem tausendmal besser als du, der ganze Siebert-Clan ist doch ein für allemal verkommen." Er hebt den Koffer hoch, lässt ihn laut auf den Boden knallen und fügt mit vorwurfsvoller Stimme hinzu:

„Und deine Kinder lungern nur im Haus herum, statt etwas Anständiges im Leben anzufangen, und du sitzt da und lässt alles um dich herum geschehen."

Clärchen saß mit gesenktem Kopfe, zurückgelehnt, und ihre linke Hand drehte und wendete am Schürzenband. Sie hob den Arm, als ob sie einen Angriff abwehren wollte, stützt dann ihren Kopf in die Hände. Die Augen auf den Boden gesenkt, stößt sie mit bedrängter Stimme hervor: „Ach Wilhelm, warum hast du denn nur Helga und Lotte keine Ausbildung gegönnt, dann würden sie nicht herumlungern, wie du das nennst, du warst doch immer der Meinung, dass sie stattdessen im Geschäft und im Haushalt mithelfen sollten. Du hast immer gesagt, deine Töchter hätten das nicht nötig, und jetzt gibst du mir die Schuld an allem."

Sie schluchzte, schloss die Augen, die müde und wund waren. Ihre Schultern krampften sich zusammen, sie brach in ein kindhaftes Weinen aus und trocknete ihre Tränen mit dem Zipfel ihres Kittels. Das konnte Wilhelm wohl nicht gut ertragen: „Gott im Himmel", wetterte er, „da hättest du dich verdammt nochmal auch durchsetzen müssen, Clärchen, wenn du anderer Meinung warst, aber nein", sagte er mit einem hämisch-ironischem Unterton, „immer mich entscheiden lassen und sich dann beschweren, ja – ha, ha", lachte er wütend auf, „das hat man gerne!"

Aus Besorgnis, ihn noch mehr zu reizen, antwortete Clärchen nicht. Es wurde totenstill im Raum, die einsetzende Dämmerung malte schwarze Schatten um das wuchtige Buffet, das zur Hochzeit angeschafft worden war. Draußen bauten sich dunkle Abendwolken auf, und lautlos flog ein kleiner grauer Vogel gegen die Fensterscheibe. Still und leise öffnet Clärchen das Fenster. Der Vogel fällt zu Boden, schlägt dann zwitschernd aufwärts mit den Flügeln, findet den Weg in die Freiheit. Clärchen schaut ihm nach, seufzt tief aus ganzem Herzen und lehnt ihren heißen Kopf an die kühle Fensterscheibe. Als sie sich nach einer Weile umdreht, war Wilhelm nicht mehr da. Wie konnte es sein, dass sie nichts gehört hatte? Ganz leise musste er gegangen sein. Ganz so, als ob er gar nicht da gewesen wäre.

Die kaputte Bank

War Wilhelm wirklich je da gewesen? Es kam Clärchen in den folgenden Wochen so vor, als ob er immer schon innerlich abwesend gewesen wäre. Hatte sie sich nicht in all den vielen Jahren des Zusammenlebens stets nach ihm gesehnt, auch wenn er neben ihr lag? Sicherlich, ganz am Anfang der Ehe war das noch anders, aber mit den Jahren hatte Clärchen sich immer einsamer gefühlt. Und nun sollte sie nie wieder Abend für Abend darauf warten, seinen festen Tritt, immer zwei Stufen auf einmal, auf der Treppe zu hören. Da, ein kurzes Hüsteln, und er stand in der Tür. Schon war sie rasch aufgestanden, wollte geschäftig aussehen, so wie er es immer für richtig gehalten hatte.

In der ersten Zeit hatte sie es kaum geschafft, den Kindern davon zu erzählen. Sie war verwirrt und konnte sich an vieles gar nicht erinnern. War das nur ein Traum mit dem Vogel, der an die Fensterscheibe geflogen war, und warum musste sie dauernd daran denken? Das war doch wohl jetzt nicht so wichtig. Aber was hatte Wilhelm eigentlich gesagt? Die Kinder machten sich Sorgen, schauten ihr beklommen zu, wenn sie im Sessel hin und her wiegte und „O mein Papa" summte. Dr. Behrends musste her!

„Das ist der Schock", sagte der Hausarzt. Damit sei es folgendermaßen bestellt: Zuerst sei der Patient verwirrt, könne sich vielleicht gar nicht mehr an die eigene Adresse erinnern. Er mahnte die Kinder zur Rücksicht und dozierte mit lauter Stimme: Auch Menschen, die vorher immer positiv waren, werden melancholisch und apathisch.

Oft treten in dieser Zeit Schlafstörungen auf, man müsse auch mit Wutanfällen und Gedächtnisstörungen rechnen. Dr. Behrends fasste Horstchen ins Auge, der wie er wusste, seiner Mutter am nächsten war und redete ihm ins Gewissen: „Rede viel mit ihr, und erzähle ihr von allem, was in der Schule passiert. Willi und Lotte", wandte er sich nun an die beiden anderen, „in ein paar Wochen, an Ostern, wird es ihr schon wieder viel besser gehen."

Der Hausarzt sollte Recht behalten. Als auf dem Tanzwerder die ersten Osterglocken blühten, hatte Clärchen wieder Mut gefasst. Es sollte ein fröhliches Osterfest werden, dachte sie, auch ohne Wilhelm. Wie schön war doch vor Jahr und Tag der Ostermontag gewesen, als Vater Heinrich noch gelebt hatte, Lena und ihre Eltern zu Gast gewesen waren. Im Blauen Salon hatte man gesessen, und Pfarrer Groenewold war noch dabei, was wohl aus ihm geworden war? Die Schutzpolizei hatte ihn abgeholt, seitdem hatte sie nichts mehr gehört. Und Lena! Wie schrecklich, dass sie in Shanghai gestorben war, sie vertrug das Klima nicht, hatte man ihr berichtet.

Ach, wie lange war das alles her, und nun stand sie so allein in der Welt. Clärchen seufzte und unterdrückte die Tränen. Nein, die Kinder waren noch da, Willi, Horst und Lotte, und Helga mit Hansi in Neumünden. Tränen waren nicht die Lösung, ging es ihr durch den Kopf. Und wäre es nicht auch langsam wieder Zeit, sich um das Geschäft zu kümmern? Was aber war da eigentlich zu tun, fragte sie sich. Sie hatte immer nur verkauft, nie etwas bestellt oder sich um Rechnungen oder Lieferanten gekümmert. Die Kasseler Verwandtschaft würde helfen, sie musste Laura oder Heiner fragen, was sie jetzt machen sollte.

So kam Heiner Anfang April, am Karsamstag, mit der Reichsbahn aus Kassel. Er wirkte immer noch jugendlich, und die blaue Ballonmütze auf seiner ergrauten Topffrisur gab ihm ein pfiffiges Aussehen. Auf keinen Fall sollte seine Kopfbedeckung als „Schiebermütze" bezeichnet werden, das betonte er bei jeder Gelegenheit. Er trug einen weit geschnittenen grauen Anzug, der an den Ellenbogen mit braunen Leder-Einsätzen versehen war. „Das schont", sagte Tante Laura immer.

Heiner hatte einen großen ledernen Aktenkoffer in der Hand, er wollte sich alles Geschäftliche in Ruhe ansehen. Außerdem bot die großräumige Tasche auch Platz für seine Wünschelrute. „Dr. Salomon muss kommen", sagte Heiner in unwirschem Ton gleich bei der Begrüßung. „Welcher Dr. Salomon?" „Ach, Clärchen, davon hat dir Wilhelm wohl nichts gesagt?", fragte er mit zusammengekniffenen Lippen. Er fühlte sich äußerst angespannt und schob seine Mütze tiefer in die Stirn. Nun sollte er für seinen Lump von Schwager auch noch die Kohlen aus dem Feuer holen, wenn das überhaupt ging!

Was für ein gewissenloser Mensch musste man sein, um Frau und Kinder einfach im Stich zu lassen, und das auch noch in Kriegszeiten.

„Also, meine Liebe", erklärte Heiner, etwas ruhiger „Salomon hat in den vergangenen Jahren die Buchhaltung gemacht, aber das ist doch wohl typisch, Wilhelm hat das vor dir geheim gehalten, und es sollte mich auch nicht wundern, wenn es da noch manche unliebsame Überraschung gibt."

Feiertag hin oder her, Heiner bestand darauf, Dr. Salomon sofort zu benachrichtigen. Aber zuvor musste herausgefunden werden, wo die Wasseradern günstig verliefen, um einen störungsfreien Raum für das Geschäftliche zu finden. „Ihr habt ja alles umgestellt und so die Strömungen in ihrem Lauf gestört", meinte Heiner mit einem unzufriedenen Gesichtsausdruck. Er kniff wiederum die Lippen zusammen, Nein, das ganze Unternehmen stand sowieso unter einem schlechten Stern, da war Hopfen und Malz verloren. Auch die Wünschelrute würde da nichts ausrichten können.

Dr. Salomon war eilends eingetroffen, eine schmächtige Gestalt mit dunkelblonden Haaren, die ihm ein wenig wirr um den Kopf standen. Sein Gesicht war rot gefleckt, und er war leger, fast ein wenig nachlässig gekleidet. Er trug einen dunklen, eng anliegenden Anzug, auf dem hier und da helle Fusseln zu sehen waren.

Der Buchhalter blieb mit hängenden Schultern vor Heiner stehen und hielt den Blick zu Boden gesenkt. „Also Herr Thieß", fing er mit matter Stimme an, „ich helfe Ihnen gerne bei der Durchsicht der Bücher, aber denken Sie daran, dass Ihr Herr Schwager mich auch nicht in alles eingeweiht hat." Er schaute sich prüfend um, sein Blick blieb an der vergoldeten Tischuhr hängen, ein dünnes Lächeln erhellte seine blassen Züge.

„Ich danke Ihnen, dass Sie gekommen sind", erklärte Heiner in einem versöhnlichen Ton und beugte sich ein wenig vor. Was sollte man dem armen Mann das Leben schwer machen, das ganze Unglück kam ja allein durch Wilhelm, diesen gewissenlosen Schurken, dachter Heiner. Er versuchte, seinem Gesicht einen heiteren Ausdruck zu geben und sagte: „Also, Clärchen, hol uns doch mal die grüne Schatulle, da sind alle wichtigen Dokumente drin, damit fangen wir mal an." „Herr Salomon", fügte er hinzu, „wir gehen nicht ins Büro, wir bleiben hier im Wohnzimmer." Denn das Büro war im früheren Blauen Salon untergebracht, und Heiner hatte schon vor Jahr und Tag beschlossen, dass dort die unterirdischen Strömungen für eine ungute Aura sorgten. „Clärchen, du gutes Kind, bleib doch in der Küche, mach dir eine schöne Tasse Kaffee, und, meine Liebe, mach dir keine Sorgen, wir kriegen das schon hin."

Erleichtert schaute Clärchen zu Heiner auf. Wenn doch nur ihr Wilhelm etwas von der fürsorglichen Art ihres Schwagers gehabt hätte, dachte sie schweren Herzens. Aber jetzt würde sie sich etwas Feines gönnen. Kein Muckefuck, sondern guten echten Bohnenkaffee hatte Clärchen geschenkt bekommen. Und zwar vom Nachbar Weber, der mit seinem Lebensmittelladen immer noch gut da stand, sogar Kohlen verkauften sie nun, da die Brennstoffhandlung Wilhelm Thieß und Sohn vorläufig geschlossen war.

Bohnenkaffee, das war im Frühjahr 1944 etwas ganz Besonderes, Wertvolles. Ob Gustchen Weber vielleicht so großzügig gewesen war, weil sie Mitleid hatte mit ihr, fragte sich Clärchen. Aber das konnte ihr ja nun herzlich egal sein.

Bei allem Leid und aller Trauer freute sie sich auf den Kaffee, den sie aus der blau geblümten Tasse des guten Festtagsgeschirrs trinken würde. Wozu aufheben? Nachdenklich blickte sie in das verglimmende Feuer im Herd. Es war noch kühl für die Jahreszeit – waren das die Eisheiligen? Die kalte Sophie? Es wollte kein Ende nehmen mit der Kälte, dachte Clärchen, grau und bleiern lasteten die Wolken Tag für Tag auf der kleinen Stadt.

Clärchen dachte an ihre Hochzeit, und wie Vater Heinrich ja von Anfang an gegen die Verbindung gewesen war. Männlich und selbstsicher war ihr Wilhelm damals vorgekommen, heute schien er ihr eher kalt und abweisend, und vielleicht hatten die Leute ja recht, wenn sie ihn feige nannten. Sie hatte immer zu ihm halten wollen, und auch jetzt fiel es ihr schwer, schlecht von ihm zu denken.

Aber um ehrlich zu sein, was hatte sie nicht alles mit in die Ehe gebracht: Vaters Pferdespedition mit neunzig Pferden, vier stattliche Wohnhäuser in der Mühlenstraße, zwei Häuser in der Hinterstraße mit Ladengeschäft...Oh mein lieber guter Papa, zog es ihr das Herz zusammen, wenn du das jetzt alles mit erleben würdest, gut, dass du davon verschont bist. Aber du hattest recht, ich hätte den herzensguten Alfred heiraten sollen. Wie kann es nur sein, dass ich seine Güte für Schwäche hielt, und jetzt lerne ich, dass die vermeintliche Stärke von Wilhelm einfach nur... Halsstarrigkeit ist. Clärchen trank ihre Tasse leer. Der Kaffee war wirklich sehr gut.

Wie sollte es jetzt weiter gehen? Hatten die Menschen überhaupt noch Geld für Kohlen? Tag für Tag sah sie die Frauen, frühere Kundinnen, in den Wald gehen, um Brennholz zu sammeln. Und das waren nicht nur die Frauen der Tagelöhner, die sich ja nur zu besonderen Gelegenheiten Kohlen kaufen konnten.

Da polterte nebenan ein Stuhl mit lautem Krach zu Boden, Heiners bewegte Stimme war zu hören: „Aha, so ist das also, das hätte ich mir ja wohl denken können, das ist ja eine schöne Bescherung." Nun schlug jemand mit der Faust auf den Tisch und sie hörte wieder die zornige Stimme ihres Schwagers: „Banca Rotta, mein lieber Herr Dr. Salomon, das heißt auf italienisch die kaputte Bank.... ha", lachte er laut, „das ist auf gut Deutsch bankrott. Bankrott, sage ich Ihnen, da gibt es nichts dran zu rütteln." Nach einem Augenblick der Stille setzte Heiner kreischend hinzu: „Und Sie haben die Unverfrorenheit zu behaupten, dass Sie davon nichts wussten?"

„Einen Augenblick, wenn ich bitten darf", war jetzt die zaghafte Stimme von Dr. Salomon zu hören. Clärchen hielt es nicht länger aus, da musste sie ja wohl dabei sein, es musste ja ganz bestimmt ein Irrtum vorliegen, der sich alsbald aufklären würde. In der Mitte des Wohnzimmers, die „gute Stube" genannt, stand ein großer viereckiger Tisch. Draußen hatte es begonnen zu nieseln, der Raum schien dunkel, obwohl die Uhr erst drei Mal geschlagen hatte. Graue und gelbe Umschläge lagen neben der grünen Schatulle, Geschäftsbriefe, mit Stempeln versehen, einige eingerissene Papiere lagen zerstreut, Clärchen konnte hier und da einen Namen lesen, ein Datum.

Der Buchhalter verbeugte sich mit hochrotem Gesicht vor Heiner und sagte in beflissenem Ton: „Nun aber immer mit der Ruhe, bitte, nehmen wir doch Rücksicht auf das zarte Geschlecht. Hier, nehmen Sie den Armstuhl, liebe Frau Thieß, es wird ja nichts so heiß gegessen wie es gekocht wird.” Heiner ließ die Unterlippe hängen, holte ein großes gelb kariertes Taschentuch aus seiner Westentasche und schneuzte sich umständlich die Nase. Dann nahm er seine Ballonmütze ab, fuhr sich durch das Haar, stemmte die Hände auf die Knie und sagte in fast heiterem Tone: „Clärchen, es ist nicht zu glauben, aber alles ist hin.” Er schaute in den Nieselregen vor dem Fenster und begann zu summen: „O du lieber Augustin, alles ist hin…”

„Nicht so eilig, einen Moment, bitte, einen Moment“ rief Dr. Salomon laut, „erlauben Sie mir, dass ich Ihnen Einsicht verschaffe.” Er zog seine Brille auf, griff mit zitternden Händen wahllos nach den Papieren, hob sie nahe vor Clärchens Augen und sagte mit bewegter Stimme: „Glauben Sie mir nur, liebe Frau Thieß, glauben Sie mir, das sind die Geschäfte eines unglücklichen Menschen, der von den Zeitläuften heimgesucht wurde.”

Er schaute zu Boden, holte tief Luft und fuhr fort: „Vor meinen Augen ist er nicht schuldig, was hat der arme Mann nur an Schicksalsschlägen hinnehmen müssen!” Lang gedehnt wiederholte er im dramatischen Ton das Wort ‘Schicksals Schläge’. „Jawohl, diese Schicksalsschläge hätten gewiss auch einen wahren Herkules zu Boden gestreckt! Das waren Dinge, die er nicht kontrollieren konnte! Wie denn auch! War die Bankenkrise seine Schuld? oder etwa vielleicht der Krieg?

Dr. Salomon wandte sich an Heiner und legte ihm die Hand auf die Schulter: „Und bedenken Sie mal, was in der Welt wäre denn gewesen, wenn er nicht die Hypotheken auf die Häuser aufgenommen hätte, bitteschön, dann wäre ja schon vor langer Zeit hier alles aus gewesen.” Er schaute um sich und stieß mit lauter Stimme hervor: „Aus und Schluss und vorbei wäre das alles hier gewesen, zappenduster!”

Es vergingen lange, schreckliche Minuten des Schweigens. In der schon früh einsetzenden Dunkelheit saßen die beiden Männer und Clärchen dicht an dicht, die Wände schienen näher gerückt zu sein. Man hörte nichts als das Rascheln der Papiere, die Heiner in der Hand hatte und ein ums andere Mal drehte und wendete. Dr. Salomon hatte die Daumen in die Westentasche geschoben, er schaute fast heiter von einem zum anderen, zeigte auf die goldene Tischuhr und sagte: „Naja, diese Uhr ist noch einiges wert, die würde ich zuerst mal in Sicherheit bringen.” Heiner fuhr mit dem Stift die Zahlenkolonnen durch, starrte trüb vor sich hin.

Sein Gesicht drückte das Entsetzen aus, das ihn befallen hatte, und er warf einen ängstlichen Blick auf seine Schwägerin. „Wie ist das denn möglich", sagte er mit einem trostlosen Kopfschütteln, „in diesen 25 Jahren so gründlich bankrott zu gehen, wie kann man nur sein Geld so stümperhaft verschleudern." Und nun sollte er, Heiner, mit der Gärtnerei gerade stehen, und für Wilhelm die Kohlen aus dem Feuer holen?

Gerade hatten sie sich mehr schlecht als recht von dem verheerenden Bombenhagel erholt, der die Stadt Kassel in Schutt und Asche gelegt hatte. Zum Glück waren sie in Wolfsanger nicht so direkt betroffen gewesen, aber immerhin waren viele Erdbeerfelder vernichtet. Nein, schüttelte Heiner den Kopf, das ging nicht, so gern er Clärchen mochte, diesem Schuft würde er nicht zu Hilfe kommen.

„Niemals", schrie Heiner plötzlich in den dunkler werdenden Raum hinein, „niemals werde ich diesem Schürzenjäger unter die Arme greifen. Er ist nun mal vor die Hunde gekommen, finanziell, moralisch…" Er holte tief Luft, wischte sich den Schweiß von der Stirn und sagte fast tonlos: „wie kann man ein blühendes Geschäft nur so runterwirtschaften! Gerade Kohlen brauchen die Leute doch immer – aber mein Gott, wenn er Särge hergestellt hätte, wären die Leute nicht mehr gestorben. Wenn ich dran denke, wie der alte Heinrich Siebert so redlich die Geschäfte geführt hat, nicht mit sehr großem Erfolg, aber solide, zuverlässig."

Heiner blickte nachdenklich aus dem Fenster, schüttelte den Kopf und fuhr fort: „Nein nein, mein lieber Herr Salomon, da ist nichts mit Schicksalsschlägen, die hatten wir alle, und nicht alle sind den Bach runter gegangen so wie er. Er hat überhaupt keinen Geschäftssinn, dieser aufgeblasene Lump, große Flausen im Kopf, aber nichts dahinter. Ein Schauspieler, ein Trickdieb", ereiferte er sich nun, „der allen was vorgemacht hat, so wie er stets den tapferen Soldaten spielte mit seiner feldgrauen Uniform, wo doch jedermann wusste, dass er sich gedrückt hat." „Aber Heiner," wendet Clärchen mit belegter Stimme ein, „sei doch nicht so maßlos in deiner Wut, er hatte ja auch gute Seiten."

Heiner bleibt einen Augenblick sprachlos. „Gute Seiten", bricht es nun aus ihm hervor, „meine Liebe, welche guten Seiten denn bitteschön?" Heiner fühlt, wie er sich der Schwägerin erbarmen und sie schonen will, aber Wut und Zorn sind stärker. „Hat er nicht aus jeder Familienfeier ein

Drama gemacht, das meistens mit Tränen endete? Liebe Schwägerin", sagt er beschwörend, „wie ist es denn mit eurem Willi? Der arme Junge rechnet ständig mit Schlägen, weil er nicht so funktioniert, wie sein Vater das gerade mal im Kopf hat, deshalb stottert er und wird es auch nicht wieder los werden."

Er schaut Clärchen prüfend in die Augen, als ob er sich vergewissern will, dass sie diese Wahrheiten ertragen kann, sie senkt den Blick, stützt den Kopf in die Hände und trocknet verstohlen ihre Tränen. Seine Stimme wird etwas sanfter, als er sagt, „Komm, Clärchen, kümmere dich um die Kinder, wir lassen es für heute gut sein, ich werde mich die nächsten Tage nochmal mit Dr. Salomon zusammensetzen."

Es war eine Woche später. Heiner war wieder abgereist, die Unterlagen hatte er sorgsam in der grünen Schatulle verstaut in der Hoffnung, nie wieder etwas mit dieser traurigen Angelegenheit zu tun haben zu müssen. Von Dr. Salomon war nicht viel mehr zu erfahren gewesen. Aber von den sechs Wohnhäusern war Clärchen noch eines geblieben, das Haus in der Mühlenstraße. „Gottseidank stehen wir nicht auf der Straße", sagte Clärchen traurig und tätschelte Willi gedankenverloren die Wange. Nun gut, das Haus war noch da, aber wovon sollten sie leben?

Da klopft es eines Morgens an die große grüne Eingangstür. Clärchen ist noch ganz benommen, es war früh und seit sie nicht mehr im Kohlenkeller stehen musste, vergass sie manchmal die Zeit. Draußen steht eine Frau mittleren Alters, von der man sich nicht vorstellen konnte, dass sie jemals jung gewesen war. „Ich bin Fräulein Mittenwald und komme vom Amt", stellt sie sich mit einer näselnden Stimme vor. Das Fräulein vom Amt trägt ein unförmiges, senffarbenes Kostüm mit einem weiten Glockenrock, der fast bis zu den Knöcheln reicht, breite, braune Schuhe, und auf dem Kopf balanciert ein mausgrauer Hut in der Mode der zwanziger Jahre.

Von Amts wegen wollte man nach dem Rechten sehen, erklärt die Fürsorgerin, es müsse ja sichergestellt werden, dass alle Kinder ein Bett hätten, und überhaupt, sei die Unterstützung vom Sozialamt schon beantragt? Fräulein Mittenwald legt den Kopf schief, die Hände entspannt auf dem Schoß schaut sie sich prüfend um, ihr Blick sagt: Mein Gott, wie das hier aussieht...und richtet das Wort an Clärchen:

„Meine liebe Frau Thieß, jetzt zeigen Sie mir doch mal die Betten der Kinder, dann unterschreiben Sie hier und ich kümmere mich um die Beantragung. Da brauchen Sie gar nichts mehr zu machen."

Clärchen blickt das Frollein vom Amt zornig an. Von wegen! Das Sozialamt! War es denn wirklich soo weit mit ihnen gekommen? Noch nicht mal Willi Bratsch oben im Haus ging zum Amt, immer hatte er von seiner Hände Arbeit leben können! Sie kannte niemanden, der so hilflos war und sich für das bisschen Geld vom Amt ausspionieren ließ.

Das wäre ja noch schöner! Entschlossen steht Clärchen auf, reckt sich zu voller Größe, streicht den Rock glatt, schaut dem Frollein ruhig und bestimmt ins Gesicht und sagt: „Fräulein Mittenwald, danke für Ihre Fürsorge, aber das ist überhaupt nicht notwendig. Bitte gehen Sie jetzt." Nach einer kleinen Pause fügt sie mit einer so scharfen Stimme hinzu, wie es ihr gütiges Gemüt zulässt: „Und Sie brauchen auch niemals wieder zu kommen."

Aktion Werwolf

Das große Haus in der Mühlenstraße blieb lange Zeit von einer gedämpften Stimmung erfüllt. Die Kinder tuschelten miteinander, kicherten hinter vorgehaltener Hand, gingen den Erwachsenen, wenn irgend möglich, aus dem Wege. Nur Willi Bratsch von oben stapfte arglos summend treppauf und treppab, man hörte ihn des Abends Mundharmonika spielen. Luise Henne backte ihren famosen Apfelkuchen, brachte die Kinder mit, versuchte zu trösten.

Clärchen war gerührt und dankbar, verwöhnte die Kinderschar mit Witzenhausener Samtkuchen, viel Kirschen und noch mehr Sahne. Manchmal sang sie ihnen ihre Lieblingslieder vor: „Ännchen von Tharau" oder „nun nimm denn meine Hände", aber das machte sie melancholisch, erinnerte sie an frühere fröhliche Zeiten, die nun ein für allemal zu Ende schienen.

Gegen Ende des Jahres kam wieder etwas mehr Leben ins Haus, und zwar ausgerechnet durch den Tod von Gustav. Denn eines trüben Tages Ende November war ein junger Offizier den ganzen Morgen vor Helgas Wohnung in Neumünden auf und ab gegangen, den Kopf gesenkt, in der Hand einen grauen Feldpostbrief. Es war die Todesnachricht: Gustav Weise war auf dem Feld der Ehre gefallen.

Eigentlich nicht auf dem Feld, sondern im Meer: Er war an der französischen Atlantikküste in Biarritz stationiert, und als ein Kamerad in stürmischer See in Not geraten war, konnte er ihn retten, er selbst jedoch ging in den Fluten unter. Wie tragisch und ungerecht! Noch dazu kam, dass eben dieser Kamerad sich nie bei der trauernden Witwe bedankt hatte! Das gehörte zu den Familien-Legenden, die man sich auch noch nach Jahr und Tag erzählte.

An Weihnachten 1944 war nun auch Helga, gerade zwanzig Jahre alt geworden, mit dem kleinen Hans wieder bei der Mutter in der Mühlenstraße eingezogen. Helgas Schwiegermutter Elise war froh, das weitläufige Haus in der Vorstadt wieder für sich zu haben. Um ehrlich zu sein, sie atmete auf, denn schon immer hatte sie ihre Schwiegertochter für herrisch und streitlustig gehalten, daran hatte auch die Mutterschaft nichts geändert.

Die junge Witwe trauerte nun auf ihre eigene Weise. Sie war übelnehmerisch, gab gereizte Antworten und stellte spöttische Fragen. Darunter hatte vor allem die arme Lotte zu leiden. „Na, mal wieder mit dem linken Bein aufgestanden", begrüßte Helga in tadelndem Ton, mit hochgezogenen Augenbrauen, ihre jüngere Schwester, wenn die achtzehnjährige Lotte mal nicht gleich eilfertig zur Hand ging. Es war, als ob Helga die weiche und nachgiebige Art der Schwester in ganz besonderer Weise irritierte.

Freundinnen hatten dem Lottchen den Rat gegeben, sich doch endlich einmal zu wehren. „Wenn du dir alles gefallen lässt, musst du dich auch nicht bei uns beklagen", sagten sie, und meinten es gut. Doch, gewiss, sie meinen es gut mit mir, dachte die arme Lotte. Sie war ja froh und glücklich, dass sie überhaupt noch Freundinnen hatte. Das traurige Schicksal der Familie Thieß, das Unglück von Clärchen Siebert sprach sich rasch in dem Städtchen herum. Wenn in früheren Zeiten Ansehen und Wohlstand der Unternehmerfamilie bewundert oder beneidet wurde, so löste jetzt der Niedergang bei vielen Leuten eine gewisse Genugtuung und Zufriedenheit aus.

Genugtuung im allgemeinen, weil der Bankrotteur Wilhelm Thieß als Aufschneider enttarnt worden war. Zufriedenheit bei den Ehemännern, weil sie im Vergleich zu Wilhelm solide, verlässlich waren. Und ein wenig stolz fühlten die Ehefrauen: Ihnen war noch kein Mann davongelaufen. Und wer weiß...vielleicht hatte sich Clärchen ja auch ein wenig vernachlässigt, nicht genug darauf geachtet, für ihren Wilhelm attraktiv zu bleiben?

Zumindest Lottes beste Freundin Friedel aus dem Nachbarhaus ließ sich nicht von Klatsch und Tratsch beeinflussen. „Du meine Güte, wenn ich mir das alles zu Herzen nehmen wollte, könnten wir gar nicht mehr miteinander reden", hatte sie gesagt und Lotte erzählt, dass die jungen Mädchen der Stadt von Seiten der Eltern gewarnt worden waren – Lottchen sei zwar ein liebes Kind, aber die Familie!

Das sei nun wirklich kein Umgang, welcher Mensch würde sich schon mitten im Krieg scheiden lassen? Und wovon lebten sie denn eigentlich? Die kleine Miete von Willi Bratsch und Luise Henne, das würde ja wohl beileibe nicht ausreichen. Friedel versprach ewige Freundschaft, und dass sie ihren Eltern ja nicht unbedingt sagen müsse, dass sie sich trafen...

Bald jedoch gibt es in dem Städtchen einen ganz anderen Gesprächsstoff. Es ist Frühjahr 1945, Amerikaner und Engländer rücken näher. Viele kleine Orte aus dem Umland haben sich schon ergeben. Und Hann.Münden? Würde nicht Gauleiter Laubacher die Gauhauptstadt Hannover verteidigen lassen? Das befürchtet auch Clärchen, denn der vierzehnjährige Willi müsste dann an der „Aktion Werwolf" teilnehmen, er würde es mit seinem ewigen Stottern und dem umstandskrämerischen, grübelnden Wesen nicht leicht haben. Was hatte SS-Führer Heinrich Himmler im Volksempfänger angekündigt? Wie die Werwölfe werden todesmutige Freiwillige, Greise, Frauen, Kinder, dem Feinde entgegen treten und ihn vernichten.

So fährt Willi Anfang März mit seinen Schulkameraden in das Hindenburg-Stadion nach Hannover. Dort appellieren Offiziere an die jungen Leute: „Freiwillige vor zu den Fallschirmjägern, mit eurer Hilfe gewinnen wir den Krieg." Fallschirmjäger? Wirklich? fragen sich die Schuljungen, und Willi bringt stotternd hervor: „Da m m muss ich erst m m eine E eltern f fragen..." Alle, die sich nicht freiwillig melden, werden zum Strafexerzieren abkommandiert. Doch ein schrill einsetzender Fliegeralarm macht dem Exerzieren ein rasches Ende.

Einige Wochen später, in der zweiten Aprilwoche, werden die Schuljungen abkommandiert. Freiwillig ist jetzt nichts mehr. Die tapferen Werwölfe sollen den anrückenden Besatzern in der Gauhauptstadt Hannover entgegentreten, den Feind in allerletzter Minute in die Flucht schlagen. Wer sich weigert, ist ein Volksverräter und wird zum Tode verurteilt. SS-Offiziere kommen nach Hann.Münden, um den Trupp abzuholen. Auf dem Schulhof vor der Burg warten sie mit ihren Rucksäcken, Brause und Bonbons im Gepäck. Clärchen hat für Willi noch ein Stückchen Speck dazu getan.

„Das ist doch blanker Unsinn", sagt sie zu Luise von oben, „wenn den Kindern was passiert, ist das doch fahrlässige Tötung." Luise legt den Zeigefinger auf die Lippen und schaut Clärchen bittend in die Augen. „Und stell dir mal vor", lässt sich Clärchen nicht ablenken, „man hat Gauleiter Laubacher dabei erwischt, wie er vor ein paar Tagen mit einem Auto voller Zigaretten das Weite gesucht hat. Ha, das ist doch die Höhe! Die Herrschaften machen sich auf und davon – Und wir? Wir sollen bitteschön unsere Kinder opfern."

Luise mahnt zur Vorsicht und flüstert Clärchen zu, dass ein paar Häuser weiter eine Frau wegen Wehrkraftzersetzung angezeigt wurde. Sie hatte die Aktion Werwolf als „Blödsinn" bezeichnet. „Clärchen, du bist zu gutgläubig, Feind hört mit, trau schau wem!" Mit zitternder Stimme fügt Luise hinzu: „Und nun wird sie aufgeknüpft, du musst genau überlegen, wem du was sagst." Sie holte tief Luft, rang die geröteten Hände ineinander und sagte kaum hörbar: „Clärchen, denk doch mal nach, das kann doch nur jemand aus unserer Nachbarschaft gewesen sein, jemand, den wir kennen…"

Ob das wohl Nachbarin Anneliese Koch war, ging es Clärchen durch den Kopf, das war eine Hundertprozentige. Aber nein, so verblendet konnte sie nun doch nicht sein, musste doch Sohn Manfred gemeinsam mit Willi zu den Werwölfen. Ach, es musste jemand sein, der keine Kinder hatte. Aber vielleicht war es ja doch einfach nur ein strammes Parteimitglied, Kinder hin oder her. Clärchen war verwirrt – wer wirklich an den Endsieg glaubte, und wer nur so redete, um nicht aufzufallen, das war nicht einfach zu erkennen.

Außerdem habe ich keine besondere Menschenkenntnis, gestand sie sich ein, wie sonst hätte sie Wilhelm heiraten können? Wo Alfred doch der bessere Mensch war. Und Wilhelm saß wie die Made im Speck in seinem Laden in Hermannshagen mit seiner Martha, und der arme Alfred darbte in Buchenwald. Besuchen durfte sie ihn nicht, das hatte sie in Erfahrung gebracht. „Kommt Zeit kommt Rat", sagte sich Clärchen, nur gut, dass die Familie um sie war, auch wenn Willis Platz an diesem Montagabend leer bleiben würde.

Willi marschiert zu dieser Zeit mit seinen Schulkameraden Richtung Hannover. Es ist der Abend vom 9. auf den 10. April. Auf der Höhe von

Göttingen soll übernachtet werden, bis Hannover sind es dann noch zwei Etappen. Der leitende Offizier ordnet ein Lagerfeuer an: „Feuer gut verdecken, damit der Feind uns nicht orten kann, los, sonst mach ich euch Beine", hallt seine Stimme durch den Wald. Die Jungen stieben in alle Richtungen, um Holz zu sammeln. „Mmensch Mmanfred", sagte Willi zu seinem Schulkameraden, „was sollen wir hier eigentlich machen? Mit ein paar Holzstücken werden wir den Feind nicht besiegen." Willi ist ein hoch aufgeschossener Junge, die Haarlinie deutet darauf hin, dass er früh Geheimratsecken haben wird. Seine Oberlippe verdeckt die etwas hervorstehenden Zähne, sein stechender Blick erinnert Clärchen immer an Wilhelm – leider, hat sie schon oft gedacht.

„Also Willi, da hätte ich von dir ja schon erwartet, dass du das weißt, unser Gruppenführer hat uns das beim letzten Treffen ja haarklein erzählt", antwortet Manfred und lächelt gekünstelt. Er blickt Willi von oben herab an, greift mit beiden Armen nach den Holzstöcken, seufzt mitleidig und sagt in herablassendem Ton: „Okay, ich denke du kannst vieles nicht so gut verstehen, hängt bestimmt mit deinem Stottern zusammen."

Seine Stimme ist lauter geworden, er fasst Willi beschwörend beim Arm: „Also, Willi, hör zu. Wenn wir Soldaten der Feind Armee sehen, müssen wir sie mit jedem uns zur Verfügung stehenden Mittel ausschalten. Mit Holzstöcken, mit unserem Fahrtenmesser, oder auch mit Gift. Du hast doch auch in der letzten Gruppenstunde das Giftpuder bekommen, damit können wir den Feind töten, und wenn wir gefangen werden sollten, nehmen wir das Gift selber. Wir wollen nicht den Juden, Negern und Gangstern in die Hände fallen, diesen Sieg werden wir den Amis nicht gönnen. Mein Lieber, wir werden nur verbrannte Erde hinterlassen."

Willi schwieg erschrocken, bückte sich rasch zu Boden, während er nach dem Fahrtenmesser in der Hosentasche seiner HJ-Uniform tastete. Ob er sich das trauen würde, einfach so auf jemanden einzustechen? Plötzlich zucken die Jungen zusammen, ein Lichtschein in der Ferne, die Sirenen heulen, verängstigt blicken die beiden um sich. Nach einer kurzen Pause setzen die Sirenen wieder ein. Dann ein hoher Dauerton, dreimal wiederholt. „Das ist die Vor- Entwarnung", sagt Manfred mit einem wissenden Blick in den nächtlichen Himmel, „die Entwarnung kommt in einer Minute."

Dann knallt und blitzt es um sie herum, Willi wirft sich platt auf den Boden, robbt in ein nahes Gebüsch, drückt sein Gesicht in die feuchte Erde und bedeckt den Kopf schützend mit seinen Händen. Er hört, wie Manfred sein Messer aus dem Rucksack nestelt, ruft verschreckt „bleib bloß hier", dreht den Kopf und sieht den Kameraden dem Lichtschein entgegen über die Wiese laufen.

Es vergehen bange Minuten, bis Willi die Sirenen der Entwarnung hört, ein hoher Dauerton, eine Minute lang. Was nun? Willi kneift die Augen zusammen und blickt angestrengt in die Dunkelheit. In einiger Entfernung trommelt der Offizier seine Schar zusammen, ruft die Namen auf, nicht alle antworten. Man sucht eine Weile nach ihnen, dann entfernen sich die Stimmen. Willi bleibt schlaff auf dem Boden liegen, die Hände weit von sich gestreckt. Er holt tief Luft, ein Zittern geht durch seinen Körper, und er sagt ergriffen und feierlich: „So wahr ich lebe, nicht einen Schritt weiter." Erstaunt und erfreut hört er noch, dass er diesen Schwur ohne zu stottern spricht. Dann schläft er in seinem Versteck ein.

Drei Tage später klopft es abends gegen neun Uhr an die große grüne Haustür in der Mühlenstraße. Clärchen zuckt erschrocken zusammen. Ist das der Blockwart? Hat er mitbekommen, dass sie Feindsender hört? Nein, das kann nicht sein, es ist ein leises, zögerliches Klopfen. „Mama, mach auf, ich bin's, Willi." Clärchen reißt erfreut die Tür auf und schließt ihren Sohn in die Arme.

„Mein Gott, wie hast du es nach Hause geschafft?" streicht sie ihm über das Haar. "Erzähl! Aber setz dich erst mal, ich mache dir Milch warm. Du lieber Gott", flüstert sie aufgeregt vor sich hin, „was für ein Wunder." Willi berichtet, wie Bauern aus dem nahen Dorf ihn morgens fanden, wie sie ihn unterm Heu versteckt nach Hause brachten, ihm Kleidung des Sohnes gaben und auf eine gute Gelegenheit für eine Fahrt in die Stadt warteten. Und das war heute, am Markttag. Bis zur Dunkelheit hatte er sich auf dem Tanzwerder in einer kleinen Höhle am Fluss versteckt. Nein, keiner habe ihn auf dem Weg in die Mühlenstraße gesehen, versichert Willi mehrere Male.

Die nächsten Tage verbringt Willi im Keller, versteckt hinter einem Berg aus Eierkohlen. Lotte und Horst bringen ihm Brot und Wasser, manchmal auch eine Scheibe Wurst vom Pferdeschlachter Gliem. Mittags gibt es

Steckrübensuppe, Kartoffelsuppe, Brotsuppe. Das Herumschleichen im Haus ist anstrengend, findet Clärchen.

Während die Hausbewohner Bratsch und Luise sich in ihrer bescheidenen Gutmütigkeit auch nach dem Bankrott wie sonst auch benehmen, spürt Clärchen die Voreingenommenheit und die Schadenfreude der Nachbarn in den anderen Häusern der engen Straße. „Hochmut kommt vor dem Fall", hört sie manche Leute flüstern, wenn sie sich ihnen nähert. Wenn jetzt jemand noch mitbekommen würde, dass sie einen Volksverräter schützt, dann Gnade Gott!

Clärchen wollte es der Liebe und Güte Gottes zuschreiben, dass Willi einige Tage später aus seinem Kohlenkeller befreit werden konnte. Schon am 10. April waren US-Truppen in Hannover einmarschiert, aber es hatte einige Zeit gedauert, bis die Nachricht auch das kleine Städtchen erreichte. Auf dem Marktplatz verbrannten Hitler-Bilder, Hakenkreuzfahnen und HJ-Uniformen, auch Mutterkreuze, Medaillen und Orden wurden von einer aufgewühlten Menge in die Flammen geworfen. Ich habe wirklich keinerlei Menschenkenntnis, sagte sich Clärchen, als sie gewahr wurde, dass die glühendsten Hitler-Verehrer sich an die Spitze des großen Aufräumens gesetzt hatten.

Hamsterfahrten

Was folgt, geschah im Sommer des Jahres 1947, an einem Sonnabend Mittag. Die Familie Thieß saß in der Küche und wartete auf Nachbarin Anneliese Koch, die mit ihnen eine Hamstertour auf die Dörfer machen wollte. Seit Sohn Manfred bei der Aktion Werwolf sein junges Leben gelassen hatte, war die Nachbarin ein anderer Mensch. Wie sie nur so verblendet gewesen sein konnte, ihren Vierzehnjährigen zum Todesmarsch zu ermutigen! Früher dogmatisch, war sie jetzt demütig, wollte Gutes tun.

Anneliese Koch strickte Strümpfe für arme Waisenkinder in Afrika, kochte Eintopf für Landstreicher und kümmerte sich um Clärchen von nebenan, die ja traurigerweise vom wirklichen Leben nicht so viel Ahnung zu haben schien.

Die Wohltäterin wunderte sich, denn Clärchen schien alle Schicksalsschläge einfach so hinzunehmen. Die skandalöse Scheidung ebenso wie die unrühmliche Bankrotterklärung, Helgas fragwürdiger Wiedereinzug in der Mühlenstraße, und vor allem: Hatte Tochter Lotte im vergangenen Dezember nicht mit Carola eine Art Jesuskind von ungeklärter Vaterschaft ins Haus gebracht?

Clärchen hatte da nur gesagt: „Das Kind wird auch groß", und „kommt Zeit kommt Rat." Was war nun mit diesem Vater, rätselte man in der Nachbarschaft, warum hatte Lotte ihn nicht geheiratet, obwohl er – angeblich – eine sichere Stellung bei der Bahnpolizei und eine gute Wohnung in Kassel vorweisen konnte?

Nein, Clärchen dachte nicht praktisch, sie kümmerte sich klaglos um die Kleine, wenn auch die Lebensmittelmarken kaum für die Erwachsenen reichten. In ihrer genügsamen Art war sie froh, wenn Helga und Lotte eine Tüte Erbsen von ihrer Arbeit in der Erbsenfabrik mit nach Hause brachten. Mit den rund 1500 Kalorien, die Erwachsenen pro Tag zustanden, war jede gute Gabe höchst willkommen, und sei es auch nur eine Handvoll Erbsen.

Man hatte sich schon öfter mit Anneliese zu Hamsterfahrten auf die Dörfer verabredet. Es gab in der Mühlenstraße ja noch einiges, was für Eier, Brot und Mehl getauscht werden konnte. Als erstes hatte Clärchen die goldene Tischuhr einem Bauern aus Bühren gegeben und dafür Milch, Eier und Speck bekommen. Das war ein Festmahl! „Mein Gott, endlich mal was anderes als diese ewige Mehlsuppe", war die einmütige Meinung der Familie.

Clärchen suchte nach weiteren wertvollen Schätzen und Tauschobjekten: Silberlöffel, Teppiche, Seidenkleider, Kerzenständer und zu Clärchens großem Leidwesen auch das geliebte gute blau geblümte Festtagsgeschirr. Anneliese Koch konnte gut verhandeln, ließ sich nicht über den Tisch ziehen – „Clärchen, überlass das mir", half beim Tragen, nahm auch mal Lottes Kind auf den Arm, und brachte immer Wasser in einer Steinhägerflasche mit, für unterwegs.

Es war so, dass die Nachbarin inzwischen zur Familie gehörte. Freitag abends kam sie vorbei, um Lotte und Helga mit Zuckerwasser und Papier Wickeln Locken zu drehen. Sie hörten Hans Albers im Radio, tauschten Lebensmittelmarken oder Raucherkarten, und Anneliese erzählte von ihrer Arbeit bei den „Tommys", der englischen Besatzungsbehörde.

„Stellt euch vor, gestern habe ich zum ersten Mal einen schwarzen Mann gesehen, Mensch, hatte ich eine Angst", erzählt sie den Geschwistern. Aber er sei ganz nett gewesen und habe ihr Kaugummi geschenkt. Die Perlonstrümpfe habe sie nicht angenommen, aber die Zigaretten schon. Immerhin könne man für zehn Zigaretten einen ganzen Laib Brot kaufen, erklärte sie, fast hundert Gramm Butter oder hundert Gramm Fleisch, also fast eine Wochenration auf der Lebensmittelmarke.

„Wenn ich rauche, habe ich weniger Hunger", sagte Anneliese immer, wenn sie sich eine Zuban ansteckte. Helga und Lotte stimmten zu und schickten den sechzehnjährigen Willi zum „Kippen-Suchen" bei den Amis. Seit die Amerikaner die Ausfuhr von Zigaretten in das westdeutsche Besatzungsgebiet verboten hatten, war jeder Glimmstengel, sei er noch so klein, bares Geld wert.

Man saß auf dem Sprung, die kleine Carola lag schon eingewickelt im Handwagen, Horst und Willi standen vor der Tür, schoben ihre Daumen in die Hosenträger ihrer Lederhosen und hielten Ausschau. „Es ist fast schon Nachmittag", rief Helga gereizt und ungeduldig, „so langsam sollte Anneliese nun mal wirklich in Erscheinung treten."

Helga hatte sich einen ironisch-spöttischen Ton angewöhnt, der die Familie ängstlich und unsicher machte. In ihrer Gegenwart liefen alle wie auf rohen Eiern. „Na, endlich, da kommt sie gerade um die Ecke der Kiesau", rief Willi. Anneliese Koch, eine hochgewachsene Frau mit üppigen dunkelblonden Haaren, breiten Händen und einem kräftigen Körperbau, kam ihnen strahlend entgegen.

„Stellt euch vor, ich habe gerade eine feste Stelle bekommen, und zwar bei den Amis in Kassel", rief sie ihnen entgegen. „Es gibt da einen neuen Wirtschaftsplan, da habe ich dann viel zu tippen. Mensch Kinder, die haben mir sogar eine Tafel Schokolade und eine Schachtel Zigaretten mitgegeben. Die nehmen wir gleich mit auf unsere Tour."

So machte sich die kleine Gesellschaft auf den Weg. Die Landstraße führte an der Weser entlang, die geruhsam der Nordsee entgegen strömte. Hier und da waren Lastkähne zu sehen, die Kohlen, Getreide, Obst und Gemüse transportierten. Sie wanderten langsam, denn die Sonne brannte auf den Staub. Gleich nach der Werrabrücke ordnete sich wie von selbst die Reihenfolge: Anneliese und Helga gingen voran, Clärchen schloss sich mit dem Handwagen und der Kleinen an, dann folgten mit etwas Abstand Lotte, Willi und Horst.

Vorn redeten Helga und Anneliese angeregt miteinander, in der Mitte summte Clärchen dem Kinde etwas vor, und die drei hintendran unterhielten sich leise, ab und zu hörte man Horsts heiteres Lachen. Wovon sprachen sie? Willi wollte zu den Amerikanern nach München, und Horst hatte sich bei einem Goldschmied in Hannover beworben. Lotte erzählte von der Arbeit in der Erbsenfabrik, und wie Helga an Weihnachten dem Chef eine Tüte Erbsen vor die Füße geworfen hatte – das sollte das Weihnachtsgeschenk sein!? „Stecken sie sich Ihre Erbsen sonst wohin", hatte Helga geschrien, und war mit hoch erhobenem Kopf und heftigem Türenknallen abgerauscht.

„Aha, deswegen ist sie jetzt also bei der Post", lachten die Jungen und wollten von Lotte wissen, ob sie sich nicht auch da bewerben wolle, oder aber bei den Amis arbeiten könnte? Dann gäbe es bestimmt öfters Schokolade...Schade, dass Papa mir nicht erlaubt hat, auf eine höhere Schule zu gehen, dachte Lotte betrübt, wenn ich bloß Englisch könnte, das hätte mir bestimmt Spaß gemacht, und vielleicht würde ich mich weniger einsam fühlen, wenn ich mehr mit der Welt da draußen zu tun hätte.

In schwarze Gedanken versunken schaute Lotte vor sich hin, bis ihr Blick an einem Schlagbaum hängen blieb, rot-weiß gestreift. Konnte es sein, dass die Polizei an dieser Stelle kontrollierte? Bislang waren sie an dieser Strecke immer ungehindert durchgekommen. Denn eigentlich waren die Hamsterfahrten ja verboten, aber da es in den Läden nichts zu kaufen gab, drückten die Behörden meistens ein Auge zu. War das nicht der schwarze Helm eines Polizisten mit dem großen Silberstern auf der Stirnseite?

„Haltet mal an", rief Lotte, „da vorn ist eine Polizeikontrolle." Anneliese Koch blieb abrupt auf den Fersen stehen, gab sich einen Ruck und ging raschen Schrittes auf den Polizisten zu. Die kleine Gesellschaft folgte in einiger Entfernung. Sie konnten nicht hören, was Anneliese mit dem Polizisten besprach, sahen sie aber lachen, dann gab der Polizist dem Grüppchen den Weg frei.

„Mein Gott, was für ein Schreck, wie hast du das nur gemacht?" fragte Clärchen erleichtert. „Ich habe ihm ganz einfach die Eier versprochen, die wir von den Bauern bekommen", kicherte Anneliese, „auch Polizisten haben Hunger." Helga nestelte an ihrem Halstuch, legte den Kopf zurück und sagte in einem amüsierten, mokanten Ton: „Eigentlich sollte die Polizei ja in Saus und Braus leben können von all den beschlagnahmten Lebensmitteln, die sie sich einverleiben, ihr könnt mir ja wohl nicht erzählen, dass die das den Bauern wieder zurück geben."

„Also Helga, das ist mir jetzt grad mal egal", gab Anneliese trocken zurück, „Hauptsache wir kriegen was zu essen." Nach einer kleinen Pause wandte sie sich an Clärchen: „Du, wir sind gleich bei Kleinschmidt, leg schon mal deinen Schmuck zurecht." Bauer Kleinschmidt in der Mitte des Dorfes verfügte über einen ansehnlichen

Hof, wohlgenährte Kühe und Schweine, und über eine Frau, die nach Höherem strebte. Ob sie das mit in die Ehe gebracht hatte, oder ob erst die Hamsterfahrer den Drang nach Aufstieg und Ansehen in ihr geweckt hatten, blieb ihr Geheimnis. Nicht auszuschließen, dass die mit teuren Teppichen ausgelegte Scheune, dass funkelndes Silber und kostbar schimmerndes Porzellan diesen Drang nach Höherem beflügelt hatten.

Ulla Kleinschmidt jedenfalls fand Geschmack am Feinen und Schönen und servierte weitab von Kuhdung und Schweinemist aus edelstem Geschirr, und für das Putzen des Silbers hatte sie eigens ein Dorfmädchen eingestellt. Clärchen seufzte und schlug das Geschirrtuch auf, in das sie den Schmuck gewickelt hatte. Viel war nicht mehr übrig: der Ehering, die goldene Halskette, von Wilhelm zum 30. Geburtstag, und das seidene Taufkleid, das sie vor Jahr und Tag aus dem Familienbesitz von Stiefmutter Bertha geerbt hatte.

Clärchens Augen füllten sich mit Tränen des Zorns: Das Alles sollte für'n Appel und'n Ei verscherbelt werden! Und dann noch an einen vierschrötigen Bauern und seine protzige, großtuerische Frau! Sie schaut aufgeschreckt zu Helga, die sich näher kommend vor ihr aufbaut. Es ärgerte Clärchen, dass ihre älteste Tochter immer alles besser zu wissen schien. „Mama, jetzt lass es mal gut sein, wir können keinen Schmuck und auch kein feines Taufkleid essen", meint Helga, und zieht ihre Nase in unzählige Fältchen.

Man hatte Helga nie eine Träne weinen sehen über den Tod ihres Mannes, oder über den Verrat des Vaters. Nein, für das Trauern und Bedauern hatte sie keine Zeit. Sie war praktisch veranlagt, meinte sie, und für die Gefühlsseligkeit ihrer Mutter und der jüngeren Schwester hatte sie kein Verständnis. Sie hielt sich jedoch das gute Recht vor, je nach Lust und Laune freundlich oder grausam zu sein.

Nach einem betretenen Schweigen nimmt Anneliese Koch mit ihren großen breiten Händen das Kleidchen behutsam aus Clärchens Schal und überreicht es Ulla Kleinschmidt. „Ha, unsere Hildegard wird nächste Woche getauft", sagt die Bäuerin mit einem breitem Lächeln, „die Kleine wird allerliebst darin aussehen."

Immerhin würde das Kleid mit der schönen Spitze nicht auf irgendeinem bäuerlichen Dachboden vermodern, sondern dem Nachwuchs der Kleinschmidts zugute kommen, denkt Clärchen, und wer weiß, womöglich würde es hier ja in guten Händen sein. Von Haus zu Haus zog die kleine Gruppe, hier und da kam man ins Gespräch, die Bauern boten einen Schluck Wasser an, und so wurde Clärchens Schal immer leerer, die Taschen immer voller. Der Tag neigte sich dem Ende zu, man war mit der Ausbeute zufrieden- der Polizist würde gut und gern seine sechs Eier erhalten, und nun sollte vor dem Rückweg noch eine kleine Pause eingelegt werden.

Die Kleine im Handwagen fängt gerade an zu schreien als Horst ruft: „Schaut mal die vielen Heidelbeeren". So wird das nuckelnde Kind rasch auf einem rot karierten Leinentuch inmitten von Butterblumen und Sauerampfer abgelegt, alle nehmen lachend ihre Eimer und verteilen sich in verschiedene Richtungen.

Die Nachmittagssonne glänzte durch die Bäume und malte Schatten auf das lichte Grün des Buchenwaldes, Brombeeren und Heidelbeeren wachsen in Hülle und Fülle am Wegesrand. Nach jeder Biegung des Weges sind neue Sträucher zu entdecken und bald hat man sich voneinander entfernt. Nach einer guten Weile schallt die Stimme von Anneliese Koch durch das Wäldchen: „Wo seid ihr denn alle, ...hallo, wo seid ihr?"

Als keine Antwort kommt, fügt sie etwas lauter hinzu: „Kinder, jetzt wirds aber mal Zeit, dass wir zurückgehen, so langsam wird's schon dunkel!" Aus einiger Entfernung war jetzt die Rückfrage der auseinander gesprengten Gruppe zu hören: „Wo bist du denn, Anneliese?" „Ich bin am Rande des Waldes, wo die Wiesen anfangen", kam die Antwort „beeilt euch." Nach und nach finden sich alle wieder ein auf der Lichtung, zuerst Helga und Clärchen, dann Willi und Horst, zuletzt kommt Lotte mit einem halbvollen Eimer.

Die Wiese lag noch im Sonnenschein, Wogen von Sauerampfer, Butterblumen und Wiesenschaumkraut schwanken in der aufkommenden Brise und kündeten von der nahenden Dämmerung. Wo aber ist das rotkarierte Leinentuch? Wo war das Kind? Um Himmels Willen, sind wir überhaupt auf der richtigen Wiese? schauen sie sich erschrocken und entgeistert an. „Los, wir machen uns auf die Suche", gehen Helga und Anneliese voran.

Denn es war offensichtlich die falsche Wiese, das Kind hatte man wohl auf der anderen Seite des Wäldchens abgelegt. Helga bleibt nach einigen Schritten ruckartig stehen, dreht sich um und sieht Lotte mit einem Blick gehässiger Verachtung an. Sie legt den Kopf zurück, stemmt die Hände in die Hüften und geht einen Schritt auf ihre Schwester zu.

Um die Wahrheit zu sagen, Helga schämte sich in der Stadt für Lotte. Das Wort „unehrlich" hörte man in halb wahrgenommenen Gesprächen, wenn über die Familie und Lottes Kind, die kleine Carola getratscht wurde. Natürlich waren das dumme Menschen, die Unehrlichkeit nicht von Unehelichkeit unterscheiden konnten. Aber Dummheit hin oder her, es war nun mal eine Schande, und warum die Schwester diesem nicht unsympathischen Mann den Rücken gekehrt und ihm angeblich gar nichts von der bevorstehenden Geburt gesagt hatte, das Kind aber tageweise versteckte, falls er sich denn doch zeigen sollte. Nein! Das war doch wohl ganz und gar unmöglich, das musste man ihr ganz einfach übel nehmen.

Meine Güte, Lottes Lotterleben würde ihr doch glatt noch die Zukunft vermasseln, dachte Helga. Erst hatte der Vater sich ihr in den Weg gestellt – was will ein Mädchen schon mit Architektur – waren seine Worte, und nun sieht es dank Lottes verkorkstem Liebesleben auch noch schlecht aus mit meinen Heiratschancen, ärgert sie sich. Es war erst eine Woche her, dass sie mit ihrem Freund Erich über Verlobung nachgedacht, dann aber hatte er die beschädigte Familienehre auf -zugegeben-feinsinnige Weise angesprochen. Daraus würde jetzt also auch nichts werden! So eine Schwester hatte ihr gerade noch gefehlt nach dem Bankrotteur als Vater!

„Du kannst mir doch wohl nicht sagen, dass du das nicht mit Absicht gemacht hast", schreit Helga. Auf ihrer Stirn hat sich kalter Schweiß angesammelt, was ihr ohnehin blasses Gesicht, von pechschwarzen Haaren umrahmt, auf beängstigende Weise bleich erscheinen lässt. „Und wie war das neulich Nacht", fährt Helga wütend fort, „als ich die Kleine wimmern hörte, weil du auf ihr lagst? Dass du im Schlaf auf sie gerollt bist, diese Lüge kannst du anderen erzählen, aber mir nicht!"

Helga schaut ihre Mutter an und fordert sie in scharfem Ton auf, doch auch einmal was dazu zu sagen.

Clärchen hebt erschrocken die Augen, sieht zu Anneliese Koch hin...was sollen denn die Leute denken. Sie lächelt gequält, wendet sich an Lotte und sagt: „Kind, stell dir mal vor, der Kleinen passiert was, dann glaubt man sofort, du hättest das vorsätzlich gemacht, die Polizei schaltet sich ein, das kann eine ganz schlimme Sache für uns alle werden."

Die arme Lotte steht mit hängenden Schultern da und blickt bedrückt zu Boden. Sie war ein wenig eingeknickt, Kopf, Bauch und Knie nach vorn geschoben, hob sie ihre wasserblauen Augen und bedachte ihre Schwester mit einem waidwunden Blick. Lotte hatte es satt, neben ihrer herrschsüchtigen Schwester ein Mensch zweiter Klasse zu sein. Selbstverständlich hatte Helga ein eigenes Zimmer, während sie, Lotte, immer noch das Schlafzimmer mit der Mutter teilen musste. Nur weil Helga verheiratet gewesen war und einen Sohn hatte. Natürlich waren Jungen mehr wert als Mädchen, das wusste sie nur zu genau von Vater Wilhelm.

„Wie sprichst du mit mir!" bricht es aus Lotte heraus, „was bildest du dir eigentlich ein! Und was habe ich dir getan, du brauchst mich nicht immer daran zu erinnern, dass dir tausend mal mehr zusteht als mir!" Lotte stand jetzt aufrecht, ihr Gesicht war rot angelaufen und ihre Hände zitterten. Gerade hatte sie eine Nierenentzündung überstanden und sie fühlte sich noch nicht ganz auf dem Damm.

Sie seufzt traurig und fährt in ruhigerem Ton fort: „Und warum, bitteschön? Sag mir das mal! Beim Erbsenzählen warst du immer hinten dran, und jetzt bei der Post will niemand mit dir arbeiten, weil du über keinen Menschen ein gutes Wort verlieren kannst! Igitt!", fügt sie mit aufrichtigem Abscheu hinzu. Dieses Wort begleitet sie mit einer schnappenden Handbewegung nach vorn, als ob sie mit dem Zeigefinger auf die Schwester weisen wollte.

Seltsamerweise reagiert Helga auf diese Anschuldigungen mit ruhigen Bewegungen. Schweigend senkt sie den Kopf und blickt nachdenklich auf den Waldboden. Mit der kaum wahrnehmbaren Andeutung eines

Lächelns dreht sie sich zu Lotte um. Tatsächlich, es schien ihr gut zu tun, die Schwester endlich mal zornig zu sehen.

„Also Lottchen, das habe ich jetzt nicht so gemeint", sagte Helga in versöhnlichem Ton, „lass uns mal zuhause in Ruhe darüber reden, jetzt müssen wir erst mal die Kleine finden." „Gott gebe es", betet Clärchen und hält ihre gefalteten Hände gen Himmel. Als ob sie erhört worden wäre, war in diesem Moment der markerschütternde Schrei eines Kindes zu hören.

Dem Himmel sei Dank, atmen alle erleichtert auf. „Das ist unsere Carola", ruft Clärchen freudig und läuft in Richtung des Kinderlärms. An diesem Abend saß man noch lange zusammen, verzehrte Brot und Butter vom Bauern, lachte über die Allüren von Ulla Kleinschmidt, freute sich über das Geld vom Verkauf der Heidelbeeren und erzählte erleichtert von Verlust und Wiederfinden des Kindes.

Taufe in der Mühlenstraße

Der große Tisch in der guten Stube ist mit weißem Damast festlich gedeckt, Luise Henne von oben hat ihren Apfelkuchen aufgetischt, Anneliese Koch füllt Schlagsahne in die Tassen mit dampfender Schokolade, während Clärchen frische Blumen in einer Silbervase ordnet, die anders als die goldene Tischuhr noch von vergangener Pracht und Herrlichkeit übrig geblieben und nicht auf den Hamstertouren geopfert worden war. Lotte schneidet den Witzenhäusener Samtkuchen in Stücke, Helga legt den Kopf prüfend auf die Schulter und mahnt ihre Brüder Willi und Horst, nur ja nicht von den Schokoladenkeksen zu naschen, die auf dem Buffet bereit stehen. Es ist das schwarz glänzende Buffet, das Clärchen einst vor Jahr und Tag zur Hochzeit erworben hatte.

Eigentlich sollten die beiden ja aus dem Naschalter heraus sein, meint Helga und wirft ihren Brüdern einen abschätzigen Blick zu. Der achtzehnjährige Willi war aus München Schleißheim angereist, wo er bei den Amerikanern arbeitete und zu seiner Freude am Steuer eines Jeeps sitzen durfte. Helga hörte ihm oft zu, wenn er mit seinem quälenden Stottern über Sein und Nichtsein philosophierte. Er hatte Schopenhauer gelesen und wollte Helga nun einreden, dass der Tisch, auf dem die Herrlichkeiten ausgebreitet waren, in Wirklichkeit gar nicht existierte – ebenso wenig wie die Schokoladenkekse.

Bald werden all die hochlehnigen Stühle besetzt sein, die Köstlichkeiten herumgereicht, es werden Tischreden gehalten für Lotte und das Neugeborene, die kleine Gerda. Man denke nur, Lotte hatte zur großen Erleichterung von Helga von einem Tag auf den anderen geheiratet, einen jungen Eisenbahner namens Herbert Sonntag, den sie auf der Fahrt nach Kassel kennengelernt hatte.

Vor einigen Monaten hatte die kleine Gerda das Licht der Welt erblickt, und nun, im Frühjahr 1948, wird Taufe gefeiert. Tante Minna aus Kassel hatte es sich nicht nehmen lassen zu kommen, und auch Onkel Heiner mit Frau Ella-Laura waren dabei. Heiner mit der ergrauten Topffrisur war sichtlich alt geworden, er stützte sich auf einen Krückstock und nahm dankbar Minnas Arm auf dem Weg die Treppe hinauf. Als Taufpaten hatte Lotte Freundin Friedel, Nachbarin Anneliese Koch und Arbeitskollegin Gretchen Ostrinski bestimmt.

Die Tauffeier hält der Nachfolger von Pastor Groenewold, Bernhard Strutthoff, ein hagerer, streng blickender junger Mann mit einer schneeweiß gestärkten Halskrause. Seine Mimik wechselt zwischen fanatischem Ernst und lichter Verklärung, er lobt Gott mit starker, anschwellender, beschwörender Stimme, und die Familie hört andächtig zu.

Alle freuen sich, dass die arme Lotte nun auch ein bisschen Glück gefunden hat, wenn auch der junge Ehemann heute fehlt. Er habe sich eine starke Erkältung zugezogen, hatte Lotte erklärt. Helga weigert sich, Herberts frei gebliebenen Stuhl als ein schlechtes Omen anzusehen und blickt in das Körbchen mit dem Taufkind. Die kleinen Hände spielen mit den Litzen am Kleidchen, der Kopf liegt ein wenig seitwärts vom Pastor abgewandt, so dass die himmelblauen Augen des Kindes in die Runde der Verwandten blinzeln.

In der Runde der Verwandten sitzt auch der sechzehnjährige Horst, der seine Nichte, die kleine Carola, auf dem Schoß hat. Fast jede Woche kommt er mit dem Zug aus Hannover, wo er bei einem Goldschmied Lohn und Brot gefunden hat. Clärchen hat ihre helle Freude an dem hübschen Jungen mit dem welligen braunen Haar, denn auch wenn er den ganzen Weg im Zug stehen muss, immer bringt er Blumen mit.

Horst kümmert sich rührend um Lottes Kind von ungeklärter Vaterschaft, befand, man müsste es fördern, brachte Bilderbücher und schnitzte Spielzeug. So kam es, dass die beiden ein Herz und eine Seele wurden, später war sogar die Rede davon, dass das Kind womöglich ganz in des jungen Onkels Obhut gegeben werden sollte.

In dem schlichten Kirchenraum haben sich in den hinteren Bänken auch die neuen Nachbarn eingefunden, eine Familie Nevian, Flüchtlinge aus dem ausgebombten Koblenz. Sie waren unlängst im Nachbarhaus einquartiert worden und kamen gern zu Clärchen, zumal es in der ganzen Nachbarschaft bekannt war, dass es in ihrer warmen Stube stets einen heißen Kaffee gab.

Darüber ärgerte sich Helga oft und sagte, Mutter, du hältst hier alle frei, die Nachbarn aber sparen, bauen sich ihre Häuser im Grünen, nur wir sitzen noch in dem alten Kasten und können noch nicht mal das Dach reparieren lassen. Daran war wohl etwas Wahres, meinte auch die sanfte Lotte.

Denn Abend für Abend kam zum Beispiel Nachbarin Elise Ende, saß auf der rechten Ecke der guten Couch, nahe am Ofen. Oft nickte sie ein, vergaß ihre natürlichen Bedürfnisse, schonte so ihre eigenen Polster und musste überdies kein Geld für Kohlen ausgeben. Heute hatte Nachbarin Ende auch ihren Sohn mitgebracht, ein einfach gekleideter, stiller Mensch. Nun wendet sich der Pastor an die Paten und spricht ihnen von ihrer Pflicht.

Patin Friedel Horchler wohnte inzwischen im Hause ihrer Freundin Lotte, ihre Eltern hatten sie hinausgeworfen, als der jetzt einjährige Sohn Maik geboren worden war. Sie hoffte auf die Heimkehr ihres Mannes aus russischer Gefangenschaft und bangte doch der Rückkehr entgegen: was würde er zu dem Sohn eines amerikanischen Soldaten sagen?

Pastor Strutthoff hatte erst gemeint, das wäre ja nun nicht gerade eine gute Wahl, eine Patin, die in derart ungeordneten Verhältnissen lebte. Andererseits, dachte er, könne er in diesen Zeiten bei der Betreuung seiner Schäfchen nicht gar so hohe moralische Maßstäbe anlegen, denn sonst wäre der Kirchenraum bald leer. Mit der tüchtigen Anneliese Koch hingegen hatte man eine gute Wahl getroffen, meinte der Pastor, sie strickte Strümpfe für afrikanische Waisenkinder und schmückte am Sonntag die Kirche mit frischen Blumen.

Und was war mit Patin Gretchen Ostrinski? Lottes Arbeitskollegin aus dem Fischgeschäft Einatz wohnte zwar mit ihrem Mann Hans-Georg in den billigen Baracken vor den Toren der Stadt, aber sie war kirchlich getraut und hatte drei stramme Knaben zur Welt gebracht, Olaf, Jörg und Karl-Heinz. Die Baracken waren rasch errichtet worden, um den Strom der Flüchtlinge unterbringen zu können.

Pastor Strutthoff hatte sich erkundigt und gehört, dass die Ostrinskis tüchtige Leute waren, die bald in ihr neu gebautes Haus an der Weserliedanlage einziehen würden. Hans-Georg stammte aus

Ostpreußen und hatte im Krieg einen Arm verloren, dieser doppelte Verlust der Heimat und des Armes wurde durch die rasche Gewährung eines Baukredits ein wenig gemildert, meinte jedenfalls Gretchen. Für Lotte war das couragierte Gretchen eine große Stütze.

Treu kam sie jeden Morgen um halb acht vorbei, man trank rasch noch einen Schluck Kaffee zusammen, rauchte eine Zuban, dann machten sich die beiden auf den Weg zu den Fischbottichen mit den großen Eisstücken, verkauften von acht bis sechs Schillerlocken, Bücklinge, Makrelen.

Der Pastor redet den Paten ins Gewissen, erinnert sie an ihre Verantwortung, den Schützling, die kleine Gerda, im christlichen Glauben bis zur Volljährigkeit zu begleiten, auch für die Eltern Lotte und Herbert sollen sie eine moralische Stütze sein. Die Orgel spielt „Wie soll ich dich empfangen, und wie begegn ich dir", nach einer weihevollen Pause liest der Pastor den Taufspruch aus Jesaja, den Vater Herbert ausgesucht hat: „Aber die auf den Herrn harren, kriegen neue Kraft, dass sie auffahren mit Flügeln wie Adler, dass sie laufen und nicht matt werden, dass sie wandeln und nicht müde werden."

Dann sprengt der Pfarrer vorsichtig zwei oder drei Tropfen aus der silbernen Schale, die vor ihm steht, auf das spärliche Haar der kleinen Gerda und nennt langsam und nachdrücklich die Namen, auf die er sie tauft: „Gerda, Friedel, Anneliese, Gretchen". Dann folgt ein kurzes Gebet, und die Verwandten und Freunde gehen vorbei, um dem stillen kleinen Wesen einen segnenden Kuss auf die Stirn zu drücken.

Nicht viel später sitzt man in Clärchens guter Stube, Süßigkeiten machen die Runde. Auch Pastor Strutthoff in seiner gestärkten Halskrause und dem langen Ornat, unter dem blank glänzende Stiefel hervorsehen, lässt sich den Witzenhäusener Samtkuchen mit seinen Bergen von Kirschen und Schlagsahne munden.

Er plaudert in einer leichten Art, als wolle er ausdrücken: Schaut her, auch ich bin ein ganz normales Menschenkind, ich bin einer von euch! Er ist ein weltgewandter, einfühlsamer Mann, der mit Lotte leise und sanft redet, im Gespräch mit Helga kräftigt sich seine Stimme und er vertritt seine Meinung mit Nachdruck, und für Clärchen weiß er stets ein passendes Bibelzitat. Wenn eine Stille eintritt, lehnt er sich zurück, kreuzt die Hände im Schoß, hebt den Kopf in Richtung des Fensters und schaut mit einem wehmütig-innigen Blick in die rasch vorüber ziehenden Wolken dieses stürmischen März-Tages.

Plötzlich hört man draußen auf dem Flur ein Poltern, ein lautes Klopfen. Im Türrahmen erscheint Walli Bratsch von oben. Zu Großvater Heinrichs Zeiten hatte er in der Pferdespedition gearbeitet, damals waren ihm auf den abschüssigen Waldwegen die Pferde durchgegangen, erzählte man sich immer wieder gern bei Familienfeiern.

Clärchen dachte oft, welch Glück es doch war, dass er vor Jahren nicht abgeholt worden war. Anscheinend hatte man ihn nach der ersten Schutzhaft an jenem Eintopfsonntag schlicht vergessen. Nun steht er in seinem besten schwarzen Rock breitbeinig in der Tür, in der Hand hält er einen dicken Strauß gelber Narzissen. Schnell fängt Walli an zu reden in seinem Mündener Platt, das aus jedem ei ein a machte: „aans zwaa draa raasbraa“, sagte Clärchen immer dazu. Walli dreht den Hut mit der freien Hand hin und her, seine tiefliegenden braunen Augen schauen gerührt und ergriffen in Richtung der Kinderkörbchens.

“Nun, mine Heeren, dat is nu mal so’n Glück hier inner Mühlenstraße un ich wünsch denn nun auch allen Segen.” An Clärchen gerichtet fährt er fort: „Frau Thaaß, hier ein paar Blümchen für den Freudentag aus unserem Garten, denn wir haben nicht vergessen, dass ihr immer gaut zu uns seid, zu mir und Luise, und zu den Kleinen.” Pastor Strutthoff putzt sich umständlich die Nase, in Clärchens Augen blinken Freudentränen, Mutter Lotte schaut verlegen zu Boden. Nach einer kleinen Pause sagt Walli: „nun noch eine schöne Feier, denn einmal hat alles sein Ende”, und als ob er jetzt noch irgendetwas hinzufügen müsste, brummt er im Hinausgehen vor sich hin: „und das letzte Hemd hat keine Taschen.”

Als die Gäste sich an diesem Spätnachmittag verabschiedet haben, schaut Helga ihre Mutter zufrieden an und sagt: „Das war ein schöner Tag, Mutter, ha, wir sind also doch noch nicht am Ende! Ist dir das aufgefallen? Pastor Strutthoff ist lange geblieben und ich habe mich gut mit ihm unterhalten. Er hat ganz vernünftige Ansichten, aber wenn er von der Auserwählung der Gerechten redet, da komm ich nicht mehr mit.

Nee nee, das ist doch der reinste Quatsch – wer würde sich denn sein Leben lang anstrengen, wenn der liebe Herrgott schon längst entschieden hat, wer ins Kröpfchen und wer ins Töpfchen kommen soll." Clärchen atmete auf, es tat ihr so gut, wenn Helga leutselig und friedfertig war. Und wie schön wäre es doch, wenn das öfter der Fall wäre, fügte sie im Stillen hinzu.

Weihnachten 1952

Für Clärchen ist Heiligabend der schönste Tag im ganzen Jahr. Wenn auch in der Nachkriegszeit und noch lange danach der Gabentisch nicht so üppig bestückt ist, so wird doch über jedes einzelne Geschenk lange nachgedacht. Welch ein Glück, dass Clärchen für Carola und Gerda so entzückende Püppchen bekommen hat. Unter der Hand, versteht sich, von den Amerikanern, eine weiße und eine schwarze Puppe. Und würde Helga sich über die bunte Tagesdecke, aus alten Kleidern genäht, freuen können? Sie war ja ein wenig kritisch und nicht so leicht zufrieden zu stellen.

Lotte würde ihre wahre Freude haben an den warmen Wollsocken, die Anneliese Koch in Clärchens Auftrag gestrickt hatte, das war doch das Richtige, wenn Lotte im Fischgeschäft auf den kalten Fliesen stehen musste. Ach, mein Gott, die arme Lotte! Man glaubt es kaum: Ihr gerade frisch angetrauter Mann war kurz nach der Taufe der kleinen Gerda verstorben.

Das kann doch wohl nicht sein, hatte Helga ungläubig gesagt, welcher junge Mensch stirbt denn schon an einer simplen Lungenentzündung! Dass Lotte sich bei aller Trauer irgendwie schuldig fühlte, war sicherlich nicht Helgas Absicht.

Die Weihnachtsferien haben begonnen, Schnee fiel, es kam der Frost, der jedes Jahr die Flüsse zufrieren lässt. Schon Ende November sind die Wasserleitungen vieler Häuser zugefroren, am Rathaus gibt es für solche Notfälle eine zentrale Wasserstelle. In den Häusern wird nur die gute Stube geheizt, an den Schlafzimmerfenstern bilden sich Eisblumen, Clärchen legt den Kleinen einen warmen Ziegelstein ins Bett.

Morgens staunen die Kinder über die gemalten Fensterscheiben, sie freuen sich über die stumpf glänzenden Pfützen, auf denen man auf dem Weg zur Schule so gut schlittern kann, und sie fiebern dem Nachmittag entgegen, wenn es mit dem Schlitten vom Berg der Tillyschanze aus talabwärts geht. Wenn es Abend wird, kommen die Kleinen nach Hause, legen ihre nassen Stiefel in die Herdklappe und sind sehr enttäuscht, wenn sie mit Einsatz der Dämmerung drin bleiben müssen.

An Weihnachten waren sie jedoch gern früh zuhause. An diesem Heiligabend, einem Mittwoch, sollten auch Willi und Horst kommen. Horst würde seine Freundin Hannelore mitbringen, die Tochter seines Chefs, eine handfeste, verständige junge Frau mit einem starken blonden Zopf. Dazu gesellen sich die Hausbewohner, Friedel Horchler mit ihrem Sohn Maik, Walli und Luise mit ihren Kindern.

Wie in jedem Jahr, so hat Walli Bratsch auch dieses Mal einen großen Weihnachtsbaum aus dem Bramwald gefällt, der in der guten Stube bis an die Decke reicht. Am Nachmittag wird der Baum von den Erwachsenen mit Lametta, rot und gold glänzenden Kugeln geschmückt, während die Kinder Hansi, Gerda und Carola in der Küche warten müssen bis das Glöcklein ertönt.

Dann öffnet sich die Tür der guten Stube, der ganze Raum ist erfüllt vom Duft der Tannenzweige, die Flämmchen der Kerzen werfen einen hellen Schein auf den schimmernden Engel an der Spitze des Baumes, daneben der Gabentisch, mit Geschenken beladen.

Was würde auf diesem Gabentisch für die Kinder liegen? Schon am ersten Advent beginnt die Vorfreude der Kleinen mit dem Kalender, der jeden Tag ein neues Bildchen enthüllt: einen Teddybären, ein verschneites Haus, ein Tannenbaum, dann die Krippe und das Jesuskind. Bei Nacht, Nebel und klirrender Kälte kommt der Nikolaus, der die Stiefel der Kinder mit Lebkuchen und Nüssen, Marzipan und Mandarinen füllt.

Onkel Willi liebt es, die Kleinen zu fragen, ob sie auch brav gewesen waren, erklärt, dass der Sack auf der linken Schulter für gute Kinder Äpfel und goldene Nüsse enthält, der Sack auf der rechten Schulter aber die Rute für böse Kinder.

Er singt mit ihnen das Lied vom Tannenbaum und nennt es „Tantenbaum", er zaubert Marzipankugeln aus den Ärmeln hervor und wenn die Kleinen nicht angstvoll davon rennen, reibt er kräftig ihre Ohren und raunt – erstaunlicherweise ganz ohne Stottern – mit grimmiger Stimme: „Kuler kuler rangterwitsch."

Was das wohl heißen sollte? Darüber rätseln die Kinder vergeblich, und auch die Erwachsenen wissen es nicht. Er ist schon ein bisschen seltsam, dieser Onkel Willi. Tatsächlich hat er schon früh Geheimratsecken, die seinem Gesicht mit den etwas hervorstehenden Zähnen und dem starren Blick etwas Strenges und Fremdes geben, als käme er von ganz woanders her. Als einziges der vier Kinder besucht er regelmäßig seinen Vater Wilhelm in Hermannshagen.

Clärchen war daran gelegen, dass die Kinder Kontakt zu ihm hatten, aber weder Horst noch die Töchter Lotte und Helga wollten ihren stets schlecht gelaunten, vor sich hin schimpfenden Vater in Hermannshagen besuchen. Wilhelm nahm das Ende des NS-Regimes sehr persönlich, dachte, man habe sich doch auch hier wieder einmal gegen ihn verschworen. Sohn Willi konnte das nachempfinden, meinte er doch in ähnlicher Weise, dass die Menschheit da draußen nichts Gutes gegen ihn im Schilde führe.

Aus dieser Grübelei heraus kommt Willi zur Philosophie und zur Literatur, genauer gesagt zu Schopenhauer und Goethe. Man stelle sich vor: Der kleinen Carola schenkt er zum sechsten Geburtstag den Faust im Miniformat, und er ringt mit atemlosen, auch für die Zuhörer anstrengenden Pausen um Worte, die besagen sollen, dass es den glänzenden Weihnachtsbaum oder den Gabentisch in Wirklichkeit gar nicht gebe.

Schopenhauer habe das alles durchschaut. „Hört mir mal zu", hält er die Kleinen mit seinem stechenden Blick fest, „das alles hier bilden wir uns nur ein..." Ob die Kinder aus Angst still zuhören, oder ob es aus unbewusstem Mitleid ist? An Onkel Willis Geschenken jedenfalls haben sie nicht viel Freude, seine Vorstellung einer großzügigen Gabe sind eine Apfelsine, ein paar Luftballons oder auch bunte Brausetabletten.

Ganz anders verhält es sich mit Onkel Horst. Oft kommt er noch schnell nach der Arbeit mit dem Zug aus Hannover, hat immer für alle etwas dabei, klopft spätabends an die Tür und antwortet auf die Frage, wer denn da sei, „der Gute".

So nennt ihn Clärchen, und das wird von allen fraglos übernommen. Clärchen denkt oft an Horsts Geburt im Keller, vor Jahr und Tag, und dann, wie er als kleiner Junge so krummbeinig über die Kohlenberge gelaufen war. Wilhelm war über die Geburt des kleinen Nachzüglers damals gar nicht erfreut gewesen. Aber ach, wie viel Freude hat er schon in mein Leben, in unser aller Leben gebracht, denkt Clärchen in den besinnlichen Stunden der Weihnachtszeit.

Weihnachtsmusik kommt aus dem Radio, die Kleinen singen mit und wundern sich, dass Tante Helga so komisch den Kopf schüttelt, wenn das Lied „Ihr Kinderlein kommet" erklingt. Sie bereitet Kartoffelsalat zu, später wird es Wiener Würstchen dazu geben.

Da, auf der anderen Seite des Flurs, hat sich die Tür zum Wohnzimmer einen winzigen Spalt geöffnet. Die Kinder hüpfen aufgeregt, Carola lässt ihr Knie los, das sie bislang umschlungen gehalten hatte und atmet tief durch, denn jetzt sieht sie durch die Spalten der weiß lackierten Tür einen Schimmer des Weihnachtswunders.

Was würde dort drinnen für sie sein? In den vergangenen Wochen hatte sie mit heißen, roten Wangen vor den Fensterscheiben des Spielzeugladens in der Speckstraße gestanden. Wahre Herrlichkeiten prangen in den hell erleuchteten Auslagen: Puppenstuben und Puppenwagen, Kaufmannsladen, Trommeln und Trompeten, Bilderbücher und Bauklötze.

Nun öffnet sich die Tür weit, eine Spieluhr mit den Klängen „Stille Nacht, heilige Nacht" ist zu hören, und alle stimmen ein. Die Wirkung des Liedes ist unterschiedlich, Clärchen hat feuchte Augen und singt mit freudig bewegter Stimme, Helga hört sich ein wenig irritiert an, später wird sie darüber klagen, zu Festzeiten immer als einzige in der Küche zu stehen, ihr Gesichtsausdruck aber sagt… seht her, meine Lieben, auch ich kann über meinen Schatten springen. Lottes schwaches Stimmchen ist kaum wahrnehmbar, Willi albert im Hintergrund herum, zieht Grimassen und öffnet dabei den Mund so, als ob er mitsingen würde, Horst stimmt fröhlich ein und unterstützt Clärchen mit seiner klaren Tenorstimme.

Kaum schweigen alle, dürfen die Geschenke ausgepackt werden. Kann das unter dem Tannenbaum wirklich ein Puppenwagen sein? In einem warmen Grünton, die Seiten geschwungen, mit beige farbenen Beschlägen? Auf eine Puppenstube hatte Carola gehofft, denn immer wenn Onkel Horst an den Wochenenden kam, bastelte er unten im früheren Kohlenkeller. Aber dazu auch noch ein richtiger, wunderbarer Puppenwagen! Und kann das wirklich sein, darin liegt sogar eine Puppe. Schon sieht sie sich im Geiste mit Mama Lotte oder Mutti Clärchen spazieren gehen, auf dem Tanzwerder, vielleicht sogar durch die Stadt!

Warum denn nicht? Andere Familien machen ja auch Ausflüge, weiß Carola von ihrer besten Freundin Ännchen Rischke. Die beiden ergänzen sich gut, denn wo sich Ännchen gehorsam und vernünftig verhält, ist Carola rebellisch und aufmüpfig. Es muss leider berichtet werden, dass aus der kleinen Carola eine große Unruhestifterin geworden war.

Kratzbürstig weigert sie sich, bei Kaufmann Weber anschreiben zu lassen, und als sie gemeinsam mit Ännchen eingeschult wird, sagt sie der Freundin mit würdevollem Stolz, dass man ja immerhin kündigen könne, wenn die Schule keinen Spaß machen sollte.

Um die Wahrheit zu sagen, Lotte mochte sich mit ihrem „Jesuskind", wie Schwester Helga es mit spöttischen Unterton nannte, in der Stadt nicht gern zeigen, zunächst aus Sorge darüber, dass der Vater des Kindes sich einmischen würde. Später ging es darum, unliebsamen Fragen in Sachen Unehrlichkeit und Unehelichkeit aus dem Weg zu gehen. Und schließlich meinte sie es ja nur gut: Warum auch noch das Kind in Bedrängnis bringen?

Zu Lottes Leidwesen wollte sich die Kleine an diese gut gemeinte Schutzmaßnahme nicht gewöhnen. Sie streift allein durch die engen Straßen der kleinen Stadt mit dem nicht gänzlich unangenehmen Gefühl grenzenloser Freiheit, wirft Steine in die Werra, bringt sich das Schwimmen bei in der rasch dahin fließenden Fulda, liest alles was sie findet und stellt sich eine Welt vor, in der schon Kinder Klavier spielen, der Alm-Öhi unterm Sternenhimmel innig betet und wo es jeden Abend heißen Kakao mit ganz viel Schlagsahne gibt.

Aber nun, da sie ja stolze Besitzerin eines Puppenwagens ist, würde man doch sicherlich mit ihr rausgehen? Als wenn sie Gedanken lesen könnten, kündigen Onkel Horst und Tante Hannelore an, dass man auf jeden Fall am morgigen Tag einen Spaziergang mit Carola und ihrem neuen Puppenwagen machen werde – Schnee und Eis hin oder her!

Draußen ist es dunkel geworden, nur der Schnee wirft einen hellen Schein durch die großen Fensterscheiben. Leise fallen dicke Flocken, am Morgen werden wieder wahre Schneeberge die Straße säumen. Die Kerzen flackern, es knistert im Ofen, die Geschenke sind ausgepackt, man sitzt um den großen Tisch herum.

Es gibt Wein und Eierlikör für die Frauen, Bier und Steinhäger für die Männer. Clärchen trinkt gern ein kleines Schlückchen von dem süßen Wein, dessen Bezeichnung sie rot werden lässt. Wie kann man einen Wein nur „Kröver Nacktarsch" nennen, erklärt sie mit einem verlegenen Lächeln und dreht das Etikett weg von den Kindern.

„Na, da komm ich morgen doch glatt mit, wenn ihr spazieren geht", sagt Onkel Willi stotternd und zieht einen Stuhl heran, um sich an den Köstlichkeiten auf dem festlich gedeckten Tisch zu laben. Denn die Hausmannskost zu Heiligabend, Kartoffelsalat und Wiener Würstchen, wird ergänzt von allerlei Leckerbissen: Bücklinge und Heringssalat mit roter Bete, Fleischsalat mit hausgemachter Mayonnaise, eingelegter Spargel und Kürbis, und zur Freude von Horst und Hannelore den sogenannten „Bärenschinken" von der Pferdeschlachterei Gliem nebenan.

Schlachter Gliem hatte eines der Häuser erworben, das im Zuge von Wilhelms Bankrott verloren gegangen war, seitdem versorgte er so nebenher und mit einem Augenzwinkern Clärchen und ihre Familie, fast so, als ob er sich verantwortlich fühlen würde.

Zu später Stunde kommt noch Gerdas Patin Gretchen Ostrinski mit ihrem Mann Hans-Georg. Sie erzählen von ihrem schönen neuen Haus, von den üppigen Weihnachtsgeschenken für ihre drei Söhne, und wie sie von einer neuen Erfindung gehört haben, die sie sich auch bald anschaffen wollen. Die Rede ist von einem Radio mit Bild, erklärt Hans-Georg in seinem westpreußischen Tonfall. Das soll „Fernsehen" heißen und man könne sich den Kasten ins Wohnzimmer stellen und da Lichtspiel-Filme sehen.

„Da kann man doch auch gleich ins Kino gehen", wendet Willi ein, und fragt, ob man als Flüchtling weiterhin so gut versorgt wird vom deutschen Staat: „Wir haben auch alles verloren, aber uns gibt man die großzügigen Kredite nicht", kommt es mit gepresster Stimme aus ihm heraus. Nach einer peinlichen Pause schaut Willi ein wenig erschrocken, als ob er selber über das Gesagte verwundert und erstaunt wäre. Eilig fügt er hinzu: „Also natürlich gönne ich euch das schöne neue Haus und wenn ihr euch so ein Radio mit Bild ins Wohnzimmer stellen wollt, naja, dann viel Vergnügen damit."

Es war so, dass Willi mit seinem Ressentiment nicht allein dastand. Es kam zu dieser Zeit oft vor, dass sich die Alteingesessenen gegenüber den neu zugezogenen Flüchtlingen aus Schlesien, Ostpreußen oder Pommern benachteiligt fanden. Sie fühlen sich überfahren, wenn Flüchtlingen Wohnraum in ihren eigenen vier Wänden zugeteilt wird – einfach so die eigene Wohnung mit Fremden teilen?

Sie meinten, den Neuzugezogenen würden Kredite gewährt, die für sie unerreichbar waren. Die Flüchtlinge indes fanden die Alteingesessenen bequem, es fehle die Aufbruchsstimmung, der Elan. „Also, mein lieber Willi", sagt Hans Georg Ostrinski mit seiner knarrenden Stimme, während er über den leer herunter hängenden Arm seines Sakkos streicht: „Wer nichts zu verlieren hat, kann nur alles gewinnen."

Willi aber hat schon gar nicht mehr zugehört. „Ach ja, da habt ihr ja schon recht", sagt er mechanisch, nachdem er eine Weile mit sonderbarem Ernst und voll unruhiger Gedanken seine Augen hat wandern lassen. „Ha, welch schöner Weihnachtsabend", erhebt er sich jetzt und fängt an, mit hohl krächzender Stimme zu singen: „Oh du Fröhliche", sagt dann, „wisst ihr was, ich spiele euch noch ein Liedchen."

Er holt ein Akkordeon hervor, das er hinter dem Sofa versteckt gehalten hat. Zum Erstaunen der Familie hat sich Willi tatsächlich bei den Amerikanern in München das Akkordeon-spielen beigebracht. Alle versuchen mitzusingen: „Welt ging verloren, Christ ist geboren". Aber nun versammeln sich hinter seinem Rücken mehrere Familienmitglieder, schütteln den Kopf und amüsieren sich über das etwas seltsame Gedudel.

Nach kurzer Zeit verstummt Willi, ein unruhiger Ernst zeigt sich auf seinem Gesicht, er streicht mit der Hand über seinen Kopf und über die Stirn, und wendet sich besorgt und verängstigt an sein Publikum: „Tja, da seht ihr, ich habs ja versucht, aber nun ist alles wieder aus." Willi schaut gedankenvoll in eine weite Ferne und und wiederholt: „Es ist alles wieder aus...es geht nicht mit dem Lustigsein, dann kommt immer der Pferdefuß, und alles geht bergab." Er sucht mit den Augen seinen Bruder Horst und fügt traurig hinzu: „Ich habe so viele Fehler gemacht, aber ich möchte euch allen nicht die Laune verderben: Fffröhliche Wwwweihnachten, meine Lllieben."

Sonne des Lebens

Einige Jahre später, an einem schneedunstigen Sonntagmorgen des Jahres 1956, saßen Clärchen, Helga und Lotte mit der zehnjährigen Carola an dem großen rechteckigen Tisch in der guten Stube zum Frühstück. Die großen Scheiben der Fenster waren vor Nebel fast undurchsichtig, nur verschwommen waren die nackten Bäume auf dem Tanzwerder zu sehen. In dem schwarz glasierten niedrigen Ofen knisterte das Feuer und erfüllte den Raum mit einer wohltuend sanften Wärme.

Helga war im Morgenmantel, seit sie als Serviererin im Werra Café arbeitete, hatte sie sich ausgefallene Sonntagmorgen Rituale angewöhnt. Warum sollte sie nicht auch, wie ihre Gäste, des Morgens russische Eier essen, oder einen Kaffee mit Schuss trinken? Die ganze Woche von Montag bis Samstag lief sie treppauf treppab, servierte Windbeutel, Pasteten, Pharisäer oder Kosakenkaffee den Gästen, die seit einigen Jahren mit großen Bussen in die Stadt kamen, um das „mittelalterliche Juwel" Hann.Münden in Augenschein zu nehmen.

Dieser Fremdenverkehr hatte so zugenommen, dass Clärchen an der großen grünen Eingangstür einen Andenken Stand und weiter hinten in der Diele einige Räume vermietet hatte, die früher als Büro genutzt worden waren. Von Inhaberin Elsbeth Schiller, einer stämmigen Frau in mittleren Jahren mit einer üppigen schwarzen Haartracht, wurde in der Stadt gesagt, dass sie Zigeunerin sei und irgendwie in der Stadt hängen geblieben war.

Sie betrieb den Stand mit der Unterstützung von zwei Männern, einem früheren polnischen Zwangsarbeiter namens Stanislaus gleichen Alters, und einem jüngeren Mann, von dem es hieß, er habe studiert. Er habe sich indes unsterblich in die wilde Schönheit von Elsbeth Schiller verliebt und sei ihr hoffnungslos verfallen.

Das Leben zu dritt war nicht konfliktfrei. Spätabends kam es des öfteren zu dramatischen, lautstarken Auseinandersetzungen. Die polternde Stimme von Stanislaus mit seiner polnischen Einfärbung schrie dann so etwas wie: „Eismaschine kaputt, alles kaputt", der jüngere Mann beschwichtigt leise, Elsbeth ist gar nicht zu hören. Sie verstand es, Konflikte sozusagen auszulagern, Helga sagte immer: „Madame lässt streiten." Und niemand wunderte es, dass sie in späteren Jahren von den Einnahmen des Andenkens Stands eine ansehnliche Zahl von Immobilien in der Stadt erwerben konnte.

Um eben diesen Andenken-Stand geht es im Gespräch zwischen Clärchen und ihren Töchtern. Lohnt sich denn der ganze Aufwand und Ärger für die paar Kröten? Lotte saß etwas zusammengesunken in ihrem Stuhl, ihr kastanienbraunes Haar fällt in weichen Wellen auf die Schultern. Ihre zartgliedrigen Hände, deren Gelenke vom Samt-Revers ihres dunkelroten Pullovers weich umschlossen wurden, halten Messer, Löffel und Tasse mit Bewegungen, die aus irgendeinem Grund heute noch fahriger und nervöser sind als sonst.

Neben ihr sitzt Carola im Schlafanzug. Sie schaut nachdenklich von Mama Lotte zu Mutti Clärchen und überlegt, wer jetzt wohl *wirklich* die richtige Mutter sei. Sie hatte ja zu Oma Clärchen immer „Mutti" gesagt, so wie alle anderen im Hause auch. Und jetzt sollte das ihre Oma sein? So jedenfalls hatte man ihr das neulich in der Schule gesagt, als sie den Namen ihrer Mutter mit Clara angegeben hatte. Nun gut, hatte sie gedacht, dann habe ich eben zwei Mütter. Das können die anderen Kinder nun mal nicht vorweisen.

Und dass sie nichts über ihren Vater weiß, stört Carola wenig. Im Gegenteil. Was würde mir das helfen, fragt sie sich, wenn er ein Schlosser oder Bäcker wäre, so aber kann ich mir einen Vater vorstellen, wie ich ihn gerne hätte. Vielleicht wäre er Professor oder Arzt, Maler oder Klavierspieler, aber auf jeden Fall wäre er liebevoll und belesen, weltkundig und tolerant. Sie wundert sich, dass ihre Mutter nicht darüber reden mag, womöglich hat meine Mama das Reden an Tante Helga abgegeben, denkt sie und beschließt ihre Freundin zu fragen, ob sowas möglich ist.

Carola schaut verwundert auf ihre Mutter, deren Hände zittern, die schmalen wasserblauen Augen stehen voller Tränen. Was ist nur los mit Lotte? Leidet sie immer noch unter dem Klatsch der Kleinstadt? Hat ihr nicht die Heirat mit Herbert Sonntag zu einem anständigen Ruf verholfen? Jetzt kannst du dich ja immerhin mit *einem* Kind in der Stadt zeigen, hatte Helga mit spöttisch hochgezogenen Augenbrauen gesagt, und auf die kleine Gerda gezeigt.

Vielleicht hat es damit auch gar nichts zu tun, und es liegt an ihrer neuen Arbeitsstelle und der Verantwortung, die sie jetzt tragen muss. Es war nämlich so, dass Lotte im Fischgeschäft hatte aufhören müssen, weil sie wiederholt Nierenentzündungen bekam. Jetzt, nach Monaten der Arbeitslosigkeit, war sie als Küchenhilfe, gar als Schichtleiterin, bei der neuen Bundeswehr beschäftigt, die am Rande der Stadt Richtung Kassel eine Kaserne errichtet hatte.

Glückstrahlend war Lotte vor einigen Wochen nach Hause gekommen. Ein sicherer Arbeitsplatz im öffentlichen Dienst, das war wie ein Sechser im Lotto! Gut, man musste bei der einen Schicht schon um vier Uhr anfangen, die andere Woche war erst um elf Uhr Arbeitsbeginn. Aber bislang schien alles gut gegangen zu sein, was also hatte Lotte so aus der Fassung gebracht?

Clärchen rückt unruhig auf ihrem Stuhl hin und her. Abwechselnd fährt sie mit ihrem Zeigefinger zwischen Hals und Kragen der Bluse. Was sollte das? Hatte sie nicht schon genug Ärger mit der herrischen Helga? Jetzt wollte wohl auch noch Lotte Probleme machen. Und diese ewigen Tränen, da fühlt man sich doch von vornherein schuldig, dachte Clärchen, auch wenn man gar nichts dafür kann.

Nun bricht es aus Lotte heraus: „Für alle ist hier im Hause Platz, für jeden Hinz und Kunz! Nur für mich nicht.” Schluchzend legt sie den Kopf auf den Tisch und vergräbt ihr Gesicht in der Beuge des Ellenbogens. Clärchen schreckt hoch, wirft Helga einen hilfesuchenden Blick zu und sagt: „Ha, liebes Lottchen, wie meinst du das? Du lieber Gott, hier ist doch Platz für dich, reicht dir denn dein Zimmer nicht, was ist los?”

„Ach Mama”, sagt die arme Lotte in einem herzerweichenden Ton und richtet sich quälend langsam wieder auf, „unten waren die Räume frei, da hätte ich doch einziehen können, stattdessen vermietest du sie an diese unmögliche Frau Schiller mit ihren beiden Männern. Und wenn Friedel im Obergeschoss im Frühjahr auszieht, dann hast du bestimmt schon Helga die Wohnung versprochen, man weiß ja, sie kommt immer zuerst, und ich...ich komme ganz zum Schluss, oder ich komme überhaupt nicht vor." Jetzt wird ihre Stimme lauter, mit Blick in den Nebel hinaus ruft sie: „Wer bin ich denn, bin ich denn ein Niemand, dass man so mit mir umspringen kann?" Betroffenes, ertapptes Schweigen.

Clärchen ist bestürzt. Es war tatsächlich so, wie Lotte befürchtet hatte. Ohne wenn und aber, ohne auch nur zu überlegen, hatte für sie festgestanden, dass Helga in die Wohnung im zweiten Stock einziehen würde. Friedel Horchler wollte ausziehen, ihr Mann war aus russischer Kriegsgefangenschaft zurück und die Wohnung war zu klein geworden.

Lotte hatte recht, es war ihr gar nicht in den Sinn gekommen, warum eigentlich nicht? Vielleicht, weil Helga schon seit Wochen und Monaten von einem anthrazitfarbenen Teppich redete, den sie sich unbedingt für ihre zukünftige Wohnung kaufen würde. Sie schwärmte auch von einer Musiktruhe, einer Stereoanlage, was immer das sein mochte, von Schallplatten, die sie hören wollte. Auf diese Weise hatte Clärchen Helga schon im Geiste in ihrer neu eingerichteten Wohnung gesehen und überhaupt an gar nichts anderes gedacht.

Meine arme Lotte sagt so wenig, denkt Clärchen, deswegen denke ich auch nicht so oft an sie, in Zukunft soll das besser werden. „Ach Kind", sagt sie nun tröstend, „mach dir keinen Kopf, kommt Zeit, kommt Rat, du wirst auch noch deine eigene Wohnung bekommen, bestimmt werden Walli und Luise zu Verwandten aufs Land ziehen, davon haben sie in letzter Zeit viel gesprochen, dann kriegst du die Räume unterm Dach."

Helga hat schweigend zugehört. Was sollte sie sagen? Die arme Lotte fühlte sich immer benachteiligt, warum hatte sie nicht vorher Bedarf angemeldet statt immer hinterher zu jammern? Ach nein, da würde sie aber den Teufel tun und sich schuldig fühlen, das wäre ja noch schöner.

Helga steht entschlossen auf und räumt mit geübten Bewegungen das Geschirr auf ein Tablett mit dem altdeutschen Schriftzug: „Beklage nie den Morgen, der Müh und Arbeit gibt, es ist so schön zu sorgen für Menschen, die man liebt." Helga erinnert sich, dass dieses Tablett einst Mutters Stiefmutter Bertha gehörte, die jetzt nun auch schon seit fast dreißig Jahren tot ist.

Auf einmal schrecken alle zusammen, an der großen grünen Eingangstür hat es laut geklingelt. Es ist der Postbote. „Mein Gott, wer schickt uns ein Telegramm", sagt Clärchen besorgt. „Von wem ist das denn?" Helga öffnet den Umschlag, streckt die Arme aus, um besser lesen zu können und sagt: „Also... das ist aus Hannover... von Horsts Arbeitgeber."

Sie starrt erschrocken auf den Zettel mit den großen Buchstaben und liest dann langsam vor, jedes Wort ein Hammerschlag: „Horst verunglückt. Sofort kommen." Es ist gespenstisch still im Raum, vor den Fenstern hat sich der Nebel ein wenig gelichtet, im Ofen ist das Feuer heruntergebrannt, ein kalter Lufthauch lässt alle frösteln. Clärchen greift nach ihrer Strickjacke, wickelt sie um Schultern und Arme und sagt mit atemloser Stimme: „Wir müssen sofort nach Hannover. Ich gehe zu Gliem und hole Horsts Lieblingswurst, den Bärenschinken. Lotte, pack die Reisetasche, auch für Carola, das Kind muss mit. Horst will sie bestimmt sehen."

Was genau ist passiert? Am Telefon erklärt Horsts Verlobte Hannelore, dass er ausgerutscht ist. Und zwar habe er zum Zeitpunkt des Sturzes eine Gasflasche im Arm gehabt, sei dann so unglücklich gefallen, dass es ganz und gar nicht gut aussehe. Man solle aber kommen und ihn besuchen, dann würde man weiter sehen. Nein, Carola solle nicht mitkommen, und auch den Bärenschinken würde er zumindest jetzt nicht essen können.

So machen sich Clärchen und Helga auf die Reise. Bang warten die Daheimgebliebenen auf Nachricht. Nein, man kann mit ihm nicht reden, und ob er jemals wieder aufwachen wird, ist ungewiss. Und wenn, sagen die Ärzte, wird er weder sprechen noch laufen können. „Schädelbasisbruch", lautet die Diagnose.

Drei Tage später stirbt „der Gute" im Alter von 24 Jahren. Bei der Beerdigung auf dem Friedhof in Neumünden regnet es in Strömen. Himmel, Erde und Wasser verschwimmen ineinander, während der Stoßwind in den Regen fuhr, sodass wahre Bäche an den Kleidern der Trauergesellschaft hinunterfließen. Klagende und verzweifelnde Stimmen bei der Beerdigungsfeier. Clärchen bricht zusammen, wird auf dem Weg zum offenen Grab an beiden Armen gehalten.

Nach der Beerdigung sitzt die Familie die ganze Nacht um den großen Tisch im Wohnzimmer. Willi hat sich dazu durchgerungen, seinem Bruder einen teuren Blumenschmuck auf den letzten Weg mitzugeben, wer Willi und seine Sparsamkeit kennt, weiß, was das bedeutet. Er sitzt gekrümmt wie ein Fragezeichen auf seinem Stuhl und schluchzt stotternd: „Wenn nur ich an seiner Stelle hätte sterben können! Ich weiß es doch, er war 'der Gute', ach, hätte es doch mich getroffen...du lieber Gott, was bin denn ich."

Nach einer kleinen Pause schaut er in die Runde und fragt: „Weiß denn überhaupt jemand von euch, wie das ist, sein Leben lang zu stottern?" Seine Augen beginnen zu wandern, demütigende Erinnerungen waren so lebendig in ihm, dass sie wie Schatten über sein hageres Gesicht huschten.

Lotte sieht untröstlich aus. Ihre Augen schweifen betroffen umher, ab und zu hört man von ihr kurze Satzfetzen wie 'wem sagst du das' oder 'was soll man denn machen'. Von Kindheit an war sie oft und lange krank, litt in Kassel an Heimweh, erkrankte an Tuberkulose, Scharlach, Diphtherie, Gelbsucht, Gürtelrose und Nierenentzündungen, ganz zu schweigen von der jährlichen Grippeerkrankung. Und so schien es, als wäre ihr in den langen Tagen des Leidens das Fühlen und Denken abhanden gekommen, oder verborgen in untersten Schichten, die kaum mehr zugänglich scheinen.

Helga dagegen hat keine Probleme damit, ihr Inneres nach Außen zu kehren. Ganz im Gegenteil wäre es allen lieber gewesen, wenn sie sich ein wenig zurücknehmen würde. Andererseits kümmert sie sich: um Einkaufen und Essen, sie verhandelt mit dem Beerdigungsunternehmen, achtet darauf, dass leise gesprochen wird, beurteilt im Nachhinein die Ärzte („sie haben getan, was sie konnten"), und sie erläutert die verschiedenen Arten des Trauerns. So ist sie der Meinung, dass Kinder nicht trauern können, weil sie nicht in der Lage sind, die ganze Bandbreite des Verlusts zu ermessen. Im übrigen waren am Ende alle davon überzeugt, dass Helga vor allen anderen auf die allerbeste Art und Weise trauerte.

Clärchen ist dieser Wettstreit herzlich egal. In sich versunken, fühlt sie sich von quälenden Schuldgefühlen geplagt. War das die Hand Gottes, der ihr eine Lektion erteilen will? Denn als Wilhelm sie im letzten Kriegsjahr von heute auf morgen verließ, da hatte sie gedacht, dass es nun im Leben nicht schlimmer kommen könnte.

Und nun wurde sie durch ein grausames Schicksal eines Besseren belehrt. Wenn sie das damals nicht gedacht hätte, wäre das womöglich nicht passiert? Wie aber konnte ein gütiger Gott so gnadenlos strafen, wie konnte es nur sein, dass ein so liebevoller, hoffnungsfroher Mensch durch so einen lächerlichen Unfall zu Tode kam. Ein simples Ausrutschen! Wer weiß, vielleicht sogar auf einer achtlos weggeworfenen Bananenschale. Welch grausamer Scherz! Zum ersten Mal in ihrem Leben fühlt Clärchen sich von Gott und der Welt im Stich gelassen.

Ihr Herz zieht sich schmerzlich zusammen, sie blickt in das Morgengrauen vor den großen Fensterscheiben wie in weite Ferne. Die Stadt erwacht langsam aus dem Schlaf, von der St. Blasii Kirche sind sechs Glockenschläge zu hören. Die Bäume auf dem Tanzwerder heben sich gegen den heller werdenden Himmel ab, die Äste wie aus Blei gegossen.

Niemals wieder wird Horst mit dem Zug aus Hannover kommen, die ganze Zeit stehend, den Blumentopf für die Mutter in der Hand. Seine schöne Stimme, sein helles Lachen, für immer verstummt. Clärchen denkt an das Bild von der Sonne des Lebens, die nun für sie untergegangen ist. Und wie geht das nochmal weiter? Ach Ja, es bleiben die Sterne der Erinnerung...

Dritter Teil

Was nun?

Oftmals, wenn sie in den frühen Morgenstunden wach lag, fragte sich Clärchen, wie es denn nun weitergehen sollte. Seit dem Tod von Horst vor drei Jahren schien ihr die Zukunft düster und ausweglos. Nur wenn sie in der Vergangenheit lebte und an ihren innig geliebten Sohn dachte, ging ihr das Herz auf – war er nicht ein Geschenk Gottes gewesen, das der Herr in seiner Unbegreiflichkeit zurück gefordert hatte? Der Herr hat's gegeben, der Herr hat's genommen, flüstert sie in die Dunkelheit. Nein, Horsts Tod war eine offene Wunde, die sie hegte und pflegte, denn die Erinnerung war tröstlich, fühlte sie sich doch in ihrem Schmerz mit ihm verbunden.

Es war also nicht der Kummer über den Verlust des Sohnes, was sie plagte. Es waren vielmehr die vielen kleinen Dinge des Alltags, die ihr früher nichts ausgemacht hatten. Warum nur, grübelte sie, denn eigentlich hatte sich ja nichts geändert. Die Matratze des schweren Mahagonibetts war genau so durchgelegen wie vor Jahren, es gab nach wie vor nur kaltes Wasser, und die einzige Toilette des Hauses befand sich wie immer in der Diele unten im Flur. Früher war es ihr nicht schwer gefallen, in der Morgendämmerung in den Kohlenkeller zu gehen, am Sonnabend den Badezuber mit heißem Wasser zu füllen, nun aber spürte sie den Mangel an allen Ecken und Enden.

Wenn der Sturm über das Tal hinweg tobte, bangte sie, ob das Dach noch halten würde, hielt die grüne Schatulle mit den Versicherungsunterlagen angstvoll an ihre Brust gepresst. Und wenn das Geld am Monatsende knapp wurde, fiel ihr mit hoffnungsvollem Schrecken das Frollein vom Amt ein. Vielleicht sollte man doch...? Nein nein, entschied sie seufzend, das kam nicht in Frage. Kurz gesagt, Clärchen fühlte sich allein gelassen mit ihren Sorgen und Nöten, überlegte, ob sie nicht mit Nachbarn, Freunden, Bekannten reden könnte, um sich das Herz zu erleichtern.

Aber wer käme da in Frage? Es ging ja für alle bergauf, und sie würden ihre Not nicht verstehen können und wollen. Ja, das genau war wohl das Problem: In ihrem Leben hatte sich nichts geändert, während es allen anderen besser ging. Selbst eine Frau Ende, die vor Jahren froh und glücklich gewesen war in Clärchens warmer Sofa-Ecke sitzen zu dürfen, lebte nun mit ihren Verwandten in einem schmucken Häuschen in der Vorstadt.

Die Leute zogen ins Grüne, schafften sich Autos an, fuhren in Urlaub. Sie kauften sich Kühlschränke und Fernsehgeräte, bauten sich Badezimmer mit fließend warmen Wasser und neuerdings sollte es sogar Imbissstände geben, wo man fertiges Essen mit nach Hause nehmen konnte.

Bestimmt lag es auch daran, dass kein Mann im Haus war, der anpacken konnte, jedenfalls kein Mann, der zur Familie gehörte. Unterm Dach lebten weiterhin Walli und Luise, im ersten Stock hatte sie einige Zimmer an eine Familie Franz vermietet.

Sie war rotwangig, korpulent und aufbrausend, er war gutmütig und redselig, saß abendlich in der Weinstube Winkelmann in der Ziegelstraße, kam angeheitert nach Hause und erschreckte die Kinder, wenn er sich eine Stricknadel von einer Wange bis zur andern durchstieß oder wenn er sein Glasauge rausnahm und ihnen die leere Augenhöhle zeigte. In der anderen Wohnung im Obergeschoss hatte sich Helga mit ihrer Musiktruhe und dem anthrazitfarbenen Teppich modern und gemütlich eingerichtet, Lotte wohnte weiterhin in ihrem kleinen Zimmer mit Ehebett, einem Toilettentisch mit drei Spiegeln und sagte, sie sei es zufrieden.

Vor den Fenstern wurde es langsam hell, noch immer hatte Clärchen keinen Schlaf finden können. Wenn Vater Heinrich das alles wüsste! Wie gut hatten sie zu seinen Zeiten doch dagestanden in der Stadt, waren wohlhabend und geachtet gewesen! Und nun war Mangel an allen Ecken: Die Küche müsste tapeziert werden, das Haustürschloss repariert. Ach, ob Lotte vielleicht doch noch an den Richtigen geraten würde? Mit ihrer stillen, umgänglichen Art hatte sie ja viele Verehrer. Lotte hatte nach dem Tod von Herbert Sonntag tatsächlich den einen oder anderen Freund gefunden, die das Motorradfahren gemeinsam hatten. An schönen Abenden und am Wochenende brausten sie auf ihren Motorrädern heran.

Die Kinder holten Zigaretten, Flaschenbier, polnische Würstchen, und manchmal sollten sie zu ihrer großen Furcht hinten auf dem Motorrad mitfahren. Fast schon vor dem Traualtar, hatte der letzte Freund allerdings von heute auf morgen eine andere gefunden. Helga rümpfte die Nase und sagte: „Na, der heiratet jetzt eine Tankstelle."

Nur gut, dass Helga sich durchsetzen konnte, dachte Clärchen, denn so manches Mal war sie schon eingeschritten, wenn sie der Meinung war, dass sich Lottes Freunde zu viel herausnahmen. Helga selbst traf sich gelegentlich mit dem einen oder anderen Herren, doch ihr Widerspruchs-Willen sorgte dafür, dass die Beziehungen nicht von Dauer waren. Meinen Töchtern fehlt ein treusorgender Vater, dachte Clärchen dann, Wilhelm war da eher ein abschreckendes Vorbild gewesen, kein Wunder, dass beide den Hafen der Ehe scheuten.

Und wie traurig, dass Lotte mit ihren Kindern so hilflos, so verstummt war. Sie liebte sie, gewiss, wusste es aber nicht zu zeigen. Ob das daran lag, dass sie ihre Kindheit mutterlos in Kassel verbracht hatte? Das hätte ich nicht machen sollen, ging es Clärchen schuldbewusst durch den Kopf, die Kinder nach Kassel schicken, nur weil es Wilhelm so passte. Naja, mit der zehnjährigen Gerda hatte Lotte ein engeres Verhältnis, denn die Kleine war oft krank und Lotte fühlte sich ihr von daher näher. Carola hingegen konnte widerspenstig sein und zog sich in ihre Bücher zurück.

Genug gegrübelt, sagt sie sich, als es halb sieben läutet. Kommt Zeit, kommt Rat, jetzt ist erstmal die Zeit des Kaffeekochens. Brot und Marmelade auf den Tisch, den großen Brotlaib an die Brust gedrückt, schneidet sie dicke Ranken für den Frühstückskorb. Gute Butter gab es immer, so weit war man noch nicht gesunken, dass Margarine auf den Tisch käme. „Gleich fertig", ruft sie in Helgas Richtung, die sie gerade auf der Treppe hört.

Im grauen Glockenrock und schwarzen Lackschuhen schreitet Helga in die Küche wie eine Gräfin, die sich gnädigerweise beim Gesinde umschaut. Mit hochgezogenen Augenbrauen entfernt sie einige Krümel vom Stuhl, streicht den Rock glatt, legt die Beine übereinander und lehnt sich aufatmend zurück. Genussvoll zündet sie sich eine Zuban an, atmet tief ein und bläst den Rauch kunstvoll in kleinen Kringeln aus den Nasenlöchern.

Sie schaut Clärchen ein wenig vorwurfsvoll an und sagt: „Ja, wo ist denn nun Lotte, jetzt wo sie krank geschrieben ist, sollte sie dir doch morgens immer helfen, das war doch so ausgemacht." Wenn die Mädchen nur mit diesem schrecklichen Rauchen aufhören würden, denkt Clärchen, das muss ja ein kleines Vermögen kosten, die Zimmer sind so verraucht, dass ich und die Kinder den ganzen Winter nicht atmen können, und jetzt ist Lotte auch noch krank geworden davon.

Ja, die arme Lotte war nun ernsthaft erkrankt. Man hatte ihr ein „Raucherbein", attestiert, dabei war sie noch nicht mal vierzig Jahre alt. Würde sie nun endlich mit dem Rauchen aufhören? Das war nicht zu erwarten, hatte sie doch erst gestern wieder gesagt: „Die Zigarette schmeckt mir, und sonst habe ich ja nichts im Leben." „Ja, Helga, Lotte ist noch im Bett, es geht ihr nicht gut, und sie hat bestimmt Angst vor dem Krankenhaus, die Operation ist ja schon nächste Woche. Das hättest du bestimmt auch, lass sie noch liegen, bring ihr doch eine Tasse Kaffee."

„Ach nee, soll ich hier zuhause auch noch Serviererin spielen", antwortet Helga in spöttischem Ton, „nein nein, das fällt mir im Traum nicht ein." Sie zupft an ihrem Rock, trinkt einen Schluck von dem starken heißen Kaffee und fügt in milderem Ton hinzu: „Natürlich hätte ich auch Angst, aber verhätscheln bringt da nun wirklich nichts, es ist besser, wenn sie aufsteht."

„Ja mein Gott, redet ihr mal wieder über mich", steht Lotte im Türrahmen. Sie trug einen weinroten Morgenmantel und versuchte, ihre Pantoffeln an den Füßen zu halten, die immer wieder abgleiten wollten. „Der Lauscher an der Wand hört seine eigene Schand", entgegnet Helga spitz, und drückt ihre Zigarette mit gespreizten Fingern im Aschenbecher aus. „Kinder, so zankt euch doch nicht schon wieder", sagt Clärchen mit müder Stimme, „muss das schon morgens anfangen?"

Die beiden Schwestern starren einander jetzt über den Tisch hinweg ins Gesicht, Helga blass und zitternd vor Zorn, Lotte, indem sie ihre Augen aufreißt und den Mund in Entrüstung geöffnet hielt, so dass ihr schmales Gesicht wie ausgehöhlt aussieht. Clärchen ringt die Hände und sagt flehend: „Um Gottes Willen, Kinder, das muss jetzt mal ein Ende haben mit eurem Streit, denkt auch mal an die Kleinen, die müssen doch gleich zur Schule."

„Ha, ICH denke schon an die Kinder", fährt Helga in kaltem Ton fort, „aber schau doch bitteschön mal darauf, was deine Lotte macht mit ihren ewigen Freundinnen und Freunden, sie sollte sich mal lieber um Carola und Gerda kümmern." Nach einer Pause fügt sie spöttisch hinzu: „Naja, um Gerda mit ihrer Halbwaisenrente kümmert sie sich schon ein wenig..."

Lotte steht empört auf und lehnt sich über den Tisch in Richtung ihrer Schwester: „Wie kann man nur so kalt und böse sein, so übelwollend wie du, Helga, solange ich denken kann, hast du mich mit Abneigung und Kälte behandelt, du lehnst mich von Grund auf ab, wenn du mich nur ansiehst, was habe ich dir eigentlich getan, dass du mich so mit deiner Verachtung verfolgst."

„Also Lotte," antwortet Helga ruhig, „du gehst mir auf die Nerven mit deinen ewigen Krankheiten, die Hälfte davon ist eingebildet, du fliehst in das Kranksein, weil du keine Verantwortung übernehmen willst, du drückst dich doch vor allem. Andere Leute sind auch krank, nicht nur du, hast du denn jemals gefragt, wie es mir geht?"

„DU?" sagt Lotte verächtlich, „alles dreht sich doch hier sowieso nur um dich. Du tyrannisiert alle mit deinem Zorn, und reg dich mal nicht über mich auf, ich habe neulich gesehen, wie du die Teller zerbrochen hast, nur weil den Kleinen dein Essen nicht geschmeckt hat – ist das vielleicht deine Vorstellung von Kindererziehung?"

Tränen in den Augen, schaut Lotte hilflos um sich und fügt hinzu: „Und dass dein Sohn meine Mädchen mit Löffeln bewirft, wenn sie nicht einkaufen gehen wollen, das ist dir doch gerade mal egal. Wieso kann dann der feine Herr Sohn nicht auch mal was einkaufen oder zum

Zigarettenautomaten gehen, ist er als Junge schon von Anfang an mehr wert als die Mädchen?"

„Lotte, jetzt lass es gut sein", bittet Clärchen und ringt die Hände, „ich weiß, dass ihr euch beide bemüht, eine gute Mutter zu sein. Wir sollten lieber zusammenhalten als uns gegenseitig das Leben schwer zu machen." „Ha, du immer mit deinen Beschwichtigungen", wendet sich Helga zornig an ihre Mutter, „glaubst du wirklich, dass es so einfach ist?" Clärchen zuckt mit den Achseln und senkt ihren Kopf. „Nein", sagt Helga mit scharfer Stimme, „da muss man endlich mal mit der Faust auf den Tisch hauen, wenn du das bei unserem Vater gemacht hättest, wäre bestimmt alles anders gekommen."

Es wurde gespenstisch still im Raum, Clärchen erschlaffte in allen Gliedern, Lotte schaute mit trüber Nachdenklichkeit aus dem Fenster in den nebligen Morgen.

Clärchen lehnt sich zurück, verbirgt ihr Gesicht in den Händen und weint bitterlich. Es war ja so, Helga hatte recht. Nie hatte sie sich wehren können, es stimmte. Warum hatte sie das nicht gelernt? Weil ihre Mutter im Kindbett gestorben war? Immer hatte sie an das Gute im Menschen geglaubt, und nun kam sie sich auf einmal dumm und naiv vor.

Vielleicht hätte Wilhelm eine starke Frau gebraucht, die keine Angst vor ihm gehabt hätte. Ein langsames Aufschluchzen, Clärchen sitzt vornübergebeugt, warme Tropfen rinnen auf ihre matt im Schoße ruhenden Hände hinab, ohne dass sie darauf achtet. Helga schließt genervt die Augen, holt tief Luft, zornig werden hilft jetzt nicht, außerdem hat sie Hunger. Sie gibt sich einen Ruck, nimmt Clärchens Hand und drückt sie fest. „Es ist schon alles gut so, wie es ist, es ist unsinnig zu streiten, lass uns was essen, ich muss gleich zur Arbeit."

Comics und Kakao

Lottes Töchter Carola und Gerda hören diese morgendliche Auseinandersetzung im Halbschlaf, beide Mädchen ziehen die Bettdecke über den Kopf. Jetzt rasselt der Wecker, pflichtgetreu zeigt er sieben Uhr an. Es war noch völlig finster in dem winterkalten Raum, kein Gegenstand zu erkennen, nur von den Eisblumen am Fenster fiel ein matter Schein in das Zimmer.

Während die Mädchen regungslos auf dem Rücken liegen und mit angespannten Nerven mit dem Entschluss ringen, das Licht anzumachen, kehrt Carola nach und nach ins Bewusstsein zurück, was sich am gestrigen Tag ereignet hat. Wie jeden Freitag war sie auch gestern bei der Familie Martinson gewesen, die aus Amerika zu Besuch in Hann.Münden waren. In den „Mündenschen Nachrichten" hatten sie annonciert, dass sie für die kleine Joanne eine Babysitterin, eine Spielfreundin suchten.

So hatten sich Carola und ihre Freundin Ännchen Rischke gemeldet und übernahmen nun abwechselnd die Betreuung der Sechsjährigen für ein paar Stunden am Tag. Und gestern Nachmittag hatten sie alle zusammen einen Ausflug zur Weserliedanlage gemacht.

Wie glücklich sie da gewesen war! Alle hatten sich so viel zu erzählen, und wie liebevoll wurde mit den Kindern geredet! Carola dachte erstaunt: So also konnte das Leben sein: Man schaute sich in die Augen, nannte sich beim Namen, fragte, was man gern hätte, Brause oder Apfelsaft, oder vielleicht lieber Fanta. Es war ein schimmerndes Glück und ein Blick in eine andere Welt. Über diese Welt hatte sie immer in Büchern gelesen, und nun war es wunderbare Wirklichkeit geworden. Wenn nur die Martinsons nicht so bald nach Amerika zurückgehen würden!

Doch so schnell war das Glück vorübergegangen, verstummt und erloschen, nur ein paar Stunden Schlaf hatten sie vom grauen, drückenden Alltag entfernt, der jetzt an die Schlafzimmertür klopfte. Die Zeiger wiesen auf zehn Minuten nach sieben, was sollte jetzt noch für die Schule gemacht werden? Wenn sie Pech hatte, musste sie auch noch ihren Schulranzen und die Hefte suchen, die in irgendeiner Ecke mit tausend anderen Dingen lagerten. Wie schön es doch die kleine Joanne hatte, dachte Carola, man stelle sich vor: Neben ihrem Bett stand ein eigener Nachttisch, und sie hatte sogar eine kleine Spielecke, dir nur ihr gehörte.

Die Menschen in Amerika mussten es gut haben, ob sie auch mal dahin kommen würde? Warum nicht? Ihre Englisch-Arbeiten wurden gut benotet von Lehrerin Fräulein May, einer strengen, launischen Frau aus Schlesien, klein und untersetzt, mit einem grimmigen Humor und einer guten Portion Ironie.

Und doch hatte sie manchmal das Herz am rechten Fleck. Neulich, als Lehrer Kramberg sie so fest geschlagen hatte, dass sie mit Kopfschmerzen nach Hause gehen musste, war sie in der Mühlenstraße erschienen, um zu fragen, wie es Carola gehe. Man müsse sich ja schon den Anweisungen der Lehrer fügen, hatte sie gemeint, und wenn Herr Kramberg sagte, man solle ein Schiff zeichnen, könne Carola nicht eigenmächtig entscheiden. dass sie lieber ein Haus zu Papier bringen würde.

Um halb acht riss sich Carola los. Sie überlegte, ob sie heute morgen wohl noch Zigaretten für die Tante vom Automaten holen musste, denn dann würde sie gewiss zu spät zur Schule kommen. Und wo war das Buch, das sie heute zurückbringen musste? Im Buffet, in der Schublade? Verzweifelt überlegte sie, was sie der strengen Bibliothekarin sagen würde. Die Wahrheit sagen war außer Frage, wie könnten die Menschen in ihren ordentlichen Wohnungen verstehen, dass es keinen Platz gab für ihre Sachen, dass sie von Tag zu Tag nicht genau wusste, in welchem Bett sie schlafen würde?

In höchster Hast greift Carola nach den Kleidern. Die kratzigen Wollstrümpfe, das Leibchen...Wie grässlich, dass sie wieder dieses dunkelrot genoppte Ungetüm anziehen musste, einen weit schwingenden Rock und eine Art Bolero dazu. Ihre Mutter kaufte bei einem Händler, der mit Kleidern, Röcken und Pullovern über dem Arm alle paar Monate in der Stube saß, in aller Ruhe seinen Kaffee trank, während Mama Lotte die Sachen anprobierte, und auch für Carola musste was dabei sein.

Um die Wahrheit zu sagen, es waren hässliche Altfrauenkleider, unförmig, mit wilden Blumenmustern, changierenden Stoffen oder auch aus Strick gefertigt. Wenn ich hier weg bin, werde ich nie wieder die Farbe dunkelrot tragen, nahm sich Carola vor, und Noppen, das ging schon gar nicht. Kein Wunder, dass sich die Jungen in der Klasse über sie lustig machten. Eigentlich hätte sie es auch lustig gefunden, wenn es sie nicht so traurig machen würde.

Endlich, mit gehetztem Atem und trüben Augen, ergreift sie den Schulranzen, der gnädigerweise am Fuße des Bettes bereit steht. Sie zerhaucht eine Eisblume und sieht, dass draußen dichter Nebel herrscht. Im Türeingang wartet Schulkameradin Hildegard Löffler, sie hat immer was zu essen dabei, und Carola hilft ihr im Gegenzug beim Vokabellernen.

Es war zehn Minuten vor acht, als sie die Straße hoch gingen Richtung Werra Schule. Carola dachte auf dem Schulweg oft an ihren geliebten Onkel Horst, der nun auch schon seit einigen Jahren tot war. Sie erinnerte sich daran, dass er ihrer Mutter oft und eindringlich gesagt hatte, man solle sie doch in die Mittelschule schicken. Wie gut, dass sie nicht in der Volksschule versauern und mit vierzehn in eine Lehre musste, das wäre ja schon im nächsten Jahr! Am liebsten würde sie immer weiter lernen, solange es nichts mit Zahlen zu tun hatte.

Rechter Hand das stolze Rathaus, links die Redaktionsstuben der „Mündenschen Nachrichten" ging ihr Weg über die Marktstraße, an der Volksschule vorbei, um das Schloss herum in Richtung des Flusses. Sieben, sechs, fünf Minuten nur noch. Vor Nebel konnte man kaum sehen, wie weit man gekommen war. Dicker, eiskalter Raureif setzte sich auf ihre Brust und Carola konnte kaum atmen.

Die Glocken der St. Blasii Kirche schlagen acht Uhr, und nun setzt auch das gellende Klingeln zum Beginn des Schultages ein. Das Schulgebäude war in dem grauen Dunst kaum sichtbar, von fernen Korridoren hallte das Gewühl der Schüler und Lehrer, man war auf dem Weg in die Aula. Denn heute wollte man der Jugend eine kleine moralische Stärkung zukommen lassen. Worum sollte es gehen? Sonst versammelte sich die Schulgemeinschaft nur zu Abschlussfeiern oder zum Tag der deutschen Einheit, wo man der Brüder und Schwestern in der Sowjetisch besetzten Zone gedachte.

Auf dem Podium stand Rektor Brinkmann, ein schlanker, distinguiert aussehender Herr mit silbernen Schläfen, bronzefarbenen Teint, im silbergrauen Anzug, der trotz seiner Strenge zumindest bei den Schülerinnen sehr beliebt war. „Liebe Schüler, es gibt gutes Essen und schlechtes Essen", modulierte der Rektor mit seiner klaren Tenorstimme und dem sanft rollenden R, das seine Herkunft aus Ostfriesland verriet. „Ebenso gibt es auch gute Bücher und schlechte Bücher, und darüber möchte ich heute mit euch sprechen." Er machte eine Pause, schaute prüfend in die Runde, zog sein Taschentuch hervor und wischte sich die Stirn. Gespannte Stille in dem Raum, worauf wollte der Rektor hinaus?

„Wer von euch liest denn solche Zeichentrick-Heftchen?" fragte er schließlich und hielt eine Ausgabe von 'Micky Maus' in die Höhe. Unruhe entstand in der Aula, als die Kinder in den Raum riefen, welche Heftchen sie lasen: „Donald Duck! Prinz Eisenherz! Nein, Sigurd ist besser! Am besten sind Tarzan und Akim! Nee nee das ist Nick Knatterton…ich lese lieber Fix und Foxi" schallte es laut durcheinander.

„Ich bitte um Ruhe", sagt der Rektor, wartet, bis sich der Lärm gelegt hat und fährt mit leiser, eindringlicher Stimme fort: „Liebe Schüler, das ist genau, was ich befürchtet habe, diese Schundheftchen verführen dazu, nur noch in Sprechblasen zu reden und zu denken. Und was ihr lest, führt euch aus der Wirklichkeit weg in einen anderen Kulturraum. Die amerikanische Kultur", er macht eine Pause, setzt erneut an und sagt: „Reden wir lieber von amerikanischer Unkultur, von Oberflächlichkeit und Entfremdung, deshalb rufe ich euch auf, liebe Schüler, diese Heftchen heute Nachmittag um vier Uhr auf den Schulhof zu bringen, dort werden wir sie einsammeln und gemeinsam verbrennen. Keine Sorge" rief er in die aufgeregte Menge, „ihr werdet genug zu lesen haben, unsere Leihbibliothek hat heute Nachmittag extra geöffnet, da könnt ihr euch noch was aussuchen."

Er schaut in die Runde und lächelt väterlich: „Und um fünf Uhr seid ihr alle zu Kakao und Plätzchen auf dem Schulhof eingeladen. Und nun wünsche ich euch einen guten Start, also, bis heute Nachmittag, vier Uhr."

Carola und Hildegard schauen sich verblüfft an, denn sie tauschen gerne Heftchen aus, Prinz Eisenherz gegen Sigurd, Fix und Foxi gegen Donald Duck. Ob sie wirklich die Hefte auf den Schulhof bringen mussten? Und wieso hatten die Amerikaner keine Kultur, fragte sich Carola. Die Martinsons waren doch auch Amerikaner, und sie hatte sich noch nie irgendwo so wohl gefühlt wie bei ihnen. Es gab keine komischen Fragen, und wenn sie bei ihnen war, bekam sie eine Ahnung davon, dass es im Leben auch leicht und lustig sein konnte.

„Ich überlege mir das noch", sagte Carola mit hochgezogenen Brauen zu ihrer Schulkameradin, „lass uns später nochmal drüber reden, jetzt müssen wir schnell los." Im Flur lag alles tot und still, das Klassenzimmer war im ersten Stock, die Tür stand offen. Die Fenster waren noch verhangen, die Deckenlampen verbreiteten einen kalten, klaren Schein, an der Tafel standen englische Vokabeln.

Jetzt flutete der Lärm der nahe kommenden Schüler die Treppen hinauf, dreißig an der Zahl, zwanzig Jungen und zehn Mädchen. Sie schlenderten mit den Händen in den Hosentaschen oder mit den Armen schlenkernd zu ihren Plätzen und schlugen ihre Englischbücher auf. Man las gerade 'the selfish giant' von Oscar Wilde.

Nach einigen Minuten wurden draußen Schritte laut, wer vorn saß, stand schon auf, weiter hinten folgte dieser oder jener Schüler, während andere sich in ihren Beschäftigungen nicht stören ließen und kaum Notiz davon nahmen, dass Fräulein May mit kurzen Schritten ins Zimmer kam, ihren Mantel auszog und über den Stuhl hängte, die Tasche auf das Pult stellte und die Schüler mit einer Mischung aus Strenge und Resignation ansah.

Es war eine Atmosphäre von Einsamkeit um die Lehrerin, zuweilen erzählte sie in melancholischem Ton von der verlorenen Heimat Schlesien, und wie schwer es war, an einem anderen Ort ganz neu anfangen zu müssen. Naturgemäß konnten die Schüler das nicht nachempfinden, und doch übertrug sich ein Gefühl von Verlust und Trauer auf die still zuhörenden Schüler.

Fräulein May stößt einen kleinen freundlichen Seufzer aus, blickt in die lautlose Klasse und lächelt die Schüler zutraulich an. Heute hatte sie also gute Laune. Eine Bewegung der Erleichterung ging durch den Raum, denn wie die Benotung ausfiel, hatte sehr viel mit ihrer Tagesstimmung zu tun. An melancholischen Tagen konnte man damit rechnen, eine ganze Note schlechter abzuschneiden. Es sei denn, man gehörte zu ihren Lieblingsschülern. Die Lieblinge konnten sagen und tun, was sie wollten, und es war dennoch richtig.

Obwohl Carola zu den Günstlingen zählte, ärgerte sie sich über diese Ungerechtigkeit, zumal Freundin Hildegard nicht dazu gehörte und sich über die Unmenge an roter Tinte beklagte, die ihr Heft verunzierte. „Sei nicht traurig", tröstete Carola, „das kann sich alles von heute auf morgen ändern, vielleicht bin ich ja morgen schon Aschenputtel und du Prinzessin."

Es war tatsächlich so, dass die Lieblinge von einem Tag auf den anderen gestürzt, verworfen werden konnten, und einem anderen Schüler diese Vorzugsbehandlung zuteil wurde. Elvira May dachte sich gar nichts dabei, es wäre ihr nie in den Sinn gekommen, dass sie Partei nahm, nein, Gott bewahre! Schien nicht auch das Sonnenlicht mal auf jene Blume, dann wieder auf eine andere?

Nun kreuzte Fräulein May ihre kurzen Beine, nahm die Lektüre „The selfish giant" heraus, schaute prüfend in das Notizbuch, blickte suchend in das Klassenzimmer und rief: „Hildegard Löffler, warum ist denn der giant in unserer Geschichte so selfish?" Alle wussten, dass die Lehrerin darauf bedacht war, die Aufmüpfigkeit dieser Schülerin zu dämpfen, indem sie ihr bewies, dass sie nichts konnte.

„Das heißt egoistisch", flüsterte Carola der Klassenkameradin zu. „Ich hatte Kopfschmerzen und konnte die Vokabeln nicht lernen", antwortet Hildegard in trotzigem, forschem Ton. „Aha, Kopfschmerzen", schüttelt die Lehrerin in gespielter Ungläubigkeit den Kopf, „das kommt bei dir aber ziemlich oft vor. Du solltest etwas dagegen tun, und denk mal nach, vielleicht ist das ja hier nicht die richtige Schule für dich..."

Betroffenes Schweigen, es war für die Schüler bedrückend, wenn einer von ihnen so bedroht wurde, wer weiß, wer dann als nächstes dran kam. Die Kopfnüsse der Lehrer waren erträglich, schlimmer waren die ironischen Bemerkungen der Lehrerinnen. „Nun", sagte Fräulein May mit hochgezogenen Augenbrauen und in skeptischem Ton, „kann mir denn überhaupt jemand was dazu sagen? What do you think, Carola?" Carola überlegte und antwortete: „I think the giant is selfish because he is lonely…"

Die Englischstunde nahm ihren Fortgang, verschiedene Schüler wurden aufgerufen, um über den selfish giant Auskunft zu geben. Fräulein May begann einen kleinen moralischen Vortrag über Egoismus und Selbstlosigkeit, Nächstenliebe und Nachbarschaft, und wie sich das Herz öffne, wenn das tägliche Brot geteilt werde. Kein Mensch hörte zu. Der Raum war so warm, dass die Fensterscheiben im Dunst lagen, die Heizung summte und die monotone Stimme der Lehrerin machte die Schüler schläfrig, bis auf einmal der schrille Ton der Klingel durch die Korridore hallte und alle aus dem warmen Dämmern riß.

Wo ist die Hand…

Am folgenden Morgen sitzen Carola und Oma Clärchen am Frühstückstisch. „Also, ich kann gar nicht glauben, dass man schon wieder Bücher verbrennt", sagt Clärchen mit besorgter Stimme, „ich dachte, die Zeiten hätten wir hinter uns gelassen, es ist noch gar nicht so lange her, dass sogenannte undeutsche Bücher verbrannt werden mussten, und stell dir vor, Carola, wer Negermusik gehört hat oder gar einen Fremdsender, der wurde abgeholt, und so manchen hat man nie wieder gesehen."

O Gott, dachte Carola mit Schrecken, wenn nur nicht rauskommt, dass ich noch andere Zeichentrick-Hefte unterm Bett versteckt habe. Ob wirklich jemand käme, um die Häuser zu durchsuchen? In der ersten Stunde stand Deutsch bei Rektor Brinkmann auf dem Stundenplan, dann würde man mehr wissen. In der zweiten Stunde war Geschichte bei Lehrer Töpperwien, es ging um den amerikanischen Unabhängigkeitskrieg und seine Bedeutung für die Stadt Hann.Münden, und am späteren Vormittag hatten die Schüler die Gelegenheit, sich in der Turnvater Jahn-Halle körperlich zu ertüchtigen.

„Was hast du denn da am Arm", zeigte Hildegard auf den dick bandagierten Arm der Schulfreundin. „Ach, weißt du, die Bandage habe ich im Haus gefunden, dann muss ich heute nicht turnen", lachte Carola, „es ist doch grässlich, dass die Jungen dabei sind und so frech grinsen, wenn wir hopsend über den Bock springen oder am Barren rumturnen. Mein Verband sieht doch ganz so aus als ob ich mir was verstaucht hätte, was meinst du?"

Hildegard war abgelenkt, schlitterte gerade auf einer vereisten Pfütze und schaute prüfend über den Schulhof: „Guck mal, da kommt Brinkmann auf seinem Fahrrad", stieß sie Carola kichernd an und schaute aus den Augenwinkeln in Richtung des Lehrers. Rektor Brinkmann war bei den Schülerinnen beliebt nicht nur, weil es distinguiert aussah, sondern auch, weil ihn eine dunkle, geheimnisvolle Aura umgab. Er raunte in abgerissenen Wortfetzen von Verantwortung und Schuld der Stunde Null, von den Opfern, die so viele Menschen gebracht hätten, von der schweren Verpflichtung für die Zukunft des Vaterlandes. Die Schüler rätselten, was genau er eigentlich sagen wollte, und sie fragten sich, ob es etwas mit ihnen zu tun haben könnte.

Im Deutschunterricht wurden zu dieser Zeit mit Vorliebe Geschichten von Treue, Ehre und Aufopferung gelesen. Die Geschichte vom treuen Hund Krambambuli, der für zwölf Flaschen Branntwein weggegeben wird und dann zwischen zwei Herren hin und her gerissen an seiner Treue zugrunde geht, erzählte Brinkmann mit belegter Stimme und feuchten Augen. Mit Schillers Novelle „Der Verbrecher aus verlorener Ehre" verband der Rektor Kritik an sozialer Ungleichheit und erläuterte, wie einfache Menschen mit guten Absichten auf die schiefe Bahn geraten können.

Das war auch das Thema in der heutigen Deutschstunde, man las „Die Judenbuche" von Annette von Droste-Hülshoff. „Wie ist unser Held Friedrich Mergel denn aufgewachsen?", wollte der Rektor von den Schülern wissen. Schweigen breitet sich aus, alle schauen müde und benommen vor sich hin, sie waren mit klappernden Zähnen aus dem warmen Bett gekrochen. Jedem wäre es lieb gewesen, wenn die wenigen eifrigen Schüler den Unterricht bestritten hätten, dann konnte man ein wenig zuhören, im warmen Klassenzimmer vor sich hin dösen…

Alle waren zufrieden, als der Schüler Klaus Henkel aufgerufen wurde. Irgendwo in der Klasse erhob sich Henkel, ein schlaksiger Junge mit widerspenstigem schwarzen Haar und dicken Brillengläsern. Er war bekannt für seinen Wortreichtum und seine Redelust, hatte immer wieder neue Einwände und widersprach auch gern dem Lehrer, und so konnten sich die anderen zurücklehnen und angenehm vor sich hin träumen.

„In der Familie Mergel herrscht viel Unordnung und böse Wirtschaft", zitiert Klaus Henkel den Text. „Der Vater ist Alkoholiker, die Mutter lässt alles geschehen, Friedrich wird dann von seinem Onkel Simon adoptiert, der ihn in dunkle Machenschaften hineinzieht, und am Ende ist Friedrich sogar in einen Mord verwickelt." Rektor Brinkmann nickt zustimmend, lobt die knappe Zusammenfassung und trägt mit konzentrierter Miene eine Note in sein Notizheft. Es war sicherlich eine gute Note. Klaus Henkel war ein Schüler, der es insofern gut hatte, als die meisten Lehrer gern seine Leistungen lobten, um ihm, sich selbst und anderen zu zeigen, dass sie sich durch Gerüchte keineswegs zur Ungerechtigkeit verführen ließen. Denn es wurde im Städtchen gemunkelt, dass die Mutter mit dem Vater von Klaus nicht verheiratet war.

Und die Deutschstunde nahm ihren Fortgang. Brinkmann sagte: „Friedrich ist neun, als der Vater im Alkoholrausch umkommt, warum verteidigt er dann noch die Ehre des Vaters? Das macht ihn ja noch mehr zum Außenseiter." Die Klasse wurde unruhig, was sollte man sagen, wenn Vater und Mutter schlecht gemacht wurden? Natürlich würde man zu den Eltern halten. Der Rektor winkte beruhigend, bewegte seine schwach geballte Faust und schaute in das Klassenbuch.

„Nun", fuhr er fort, als es stiller geworden war, „Friedrich hängt treu an seinem Vater und verteidigt seine Ehre, egal ob er es verdient hat, und auch dann, wenn es ihm selbst schadet." Er schaute nachdenklich aus dem Fenster auf das sprudelnde Wasser der Werra, sprach von der Erzählstruktur der Geschichte, und wie der Leser dahin gebracht wird, die gleichen Vorurteile zu entwickeln wie die Bewohner dieses rückständigen Ortes um die Mitte des 18. Jahrhunderts.

„Ist euch nicht aufgefallen, dass die Menschen sehr viele Vorurteile gegenüber Friedrich haben?", wandte er sich an die Schüler. „Doch, das ist mir aufgefallen", rief Klaus Henkel laut in die Klasse hinein, „sie verdächtigen Friedrich schon ganz am Anfang, einen Mord begangen zu haben, dabei hat er ein Alibi."

Brinkmann sagte: „Dass Friedrich dann am Ende doch noch in einen Mord verwickelt wird – erfüllt er damit nicht die Erwartung seiner Umwelt? Können Vorurteile uns dazu bringen, dass wir später genau das tun, was uns unterstellt wird? Denn wenn die Menschen sowieso schlecht von uns denken, kann man ja auch gleich schlecht sein..."

Hildegard Löffler meldet sich und sagt: „Also, mir wird unterstellt, dass ich kein Englisch kann, und jetzt habe ich gemerkt, dass das stimmt." Alle lachten, fast jeder Schüler hatte etwas beizusteuern aus dem einen oder anderen Fach. Der Rektor ließ die Klasse reden, drehte sich um und schrieb die Hausaufgabe an die Tafel. "Für morgen: Das Gedicht aus der 'Judenbuche' auswendig lernen." Carola freute sich, denn das Gedicht hatte ihr so gut gefallen, dass sie es schon längst im Kopf hatte und deshalb für die nächste Schulstunde nichts machen musste. Nach der Schule trug sie es mit bewegter Stimme Oma Clärchen vor:

Wo ist die Hand, so zart, daß ohne Irren,

sie sondern mag beschränkten Hirnes Wirren,

so fest, dass ohne Zittern sie den Stein

Mag schleudern auf ein arm verkümmert Sein?

Wer wagt es, eitlen Blutes Drang zu messen,

zu wägen jedes Wort, das unvergessen

in junge Brust die zähen Wurzeln trieb,

des Vorurteils geheimen Seelendieb?

Du Glücklicher, geboren und gehegt,

in lichtem Raum,

von frommer Hand gepflegt,

Leg hin die Waagschal, nimmer dir erlaubt,

lass ruhn den Stein,

er trifft dein eigen Haupt.

Ein Platz im Himmel

Im Mai des Jahres 1962 geschah es, dass Nachbarin und langjährige Familienfreundin Anneliese Koch, erst Anfang fünfzig, in einer traurigen Nacht von Herzkrämpfen befallen war und in Clärchens Armen verstarb. Man hatte sie rasch herbeigeholt, weil man wusste, dass Annelieses Familie verreist war.

„Mein Gott, wie schnell kann es gehen", sagte Clärchen und fügte mit stiller Stimme hinzu: „Wir sind alle in Gottes Hand." Nun waren Freunde und Bekannte zur Begräbnisfeier gekommen, rätselten über die Ursache dieses überraschenden Todesfalls. „Das kommt vom Rauchen", sagten die Nichtraucher, und die sportlichen Freunde meinten, es sei Mangel an Bewegung. Der Gemüsehändler war sicher, sie habe zu viel Fleisch gegessen, während der Schlachter grummelte, das ewige Herumpicken an einem Salatblatt habe ihr den Rest gegeben.

Woran sie wirklich gestorben war, ließ sich nicht ermitteln, und so konnten alle bei ihrem Glauben bleiben. Clärchen, Helga und Lotte vermissten die Freundin schmerzlich. Nun würde sie keine Strümpfe mehr für Kinder in Afrika stricken, nicht mehr zur Stelle sein, wenn sie gebraucht wurde. Wie anpackend Anneliese gewesen war, auf den Hamsterfahrten, bei Verhandlung mit den Behörden, sie fehlte an allen Ecken und Enden. Sie war jetzt ihrem Sohn Manfred gefolgt, der damals, vor vielen Jahren, sein junges Leben bei der Aktion Werwolf verloren hatte.

Todesfälle führen oft dazu, dass die Menschen sich dem Himmlischen zuwenden. Vor allen Dingen dann, wenn die Ewigkeit näher rückt. So ging es Clärchen. Sie war jetzt 66 Jahre alt, und es sah nicht gut aus mit ihrer Gesundheit. Vor mehr als zwanzig Jahren hätte sie an einem Leistenbruch operiert werden sollen, nur Wilhelm hatte sich strikt dagegen ausgesprochen. „Ich will keine operierte Frau", klang ihr noch in den Ohren. Hausarzt Dr. Behrends hatte ihr erklärt, dass der Bruch sich nicht zurückbilden würde, man könne davon ausgehen, dass er sich vergrößere und auf die inneren Organe drücken würde. Das bereitete ihr inzwischen erhebliche Schmerzen, vor allem beim Laufen. So blieb sie im Haus und richtete sich zwischen Küche und Kammer ein, so gut es ging.

Deshalb war es ein wirklicher Glücksfall, dass die Kirche zu ihr nach Hause kam. Der Besuch kam aber nicht in Gestalt von Pfarrer Strutthoff von der Evangelisch reformierten Gemeinde. Er kam in Gestalt von Prediger Neese sowie von jungen Männern und Frauen der Rufer-Bewegung, die im Frühjahr in Zelten und Schulen der Stadt missionarische Gottesdienste abgehalten hatten. „Das sind doch Baptisten", wusste Helga, und erläuterte, dass die Bewegung aus Amerika kam, so langsam würde man den Amis ja nun alles nachmachen, fügte sie hinzu. Lotte zweifelte, ob diese baptistischen Gottesdienste überhaupt mit dem calvinistischen Glauben vereinbar seien, und sie war strikt dagegen, Carola in diese ganze Sache einzubinden. „Lass das Kind damit in Ruhe", sagte Lotte, „sie ist doch gerade erst konfirmiert worden, das bringt sie ja ganz durcheinander."

Denn eigentlich lag es an Carola, dass die Rufer-Missionare in die Mühlenstraße kamen: Nach dem Gottesdienst in der Aula ihrer Schule ergaben sich bei Kaffee und Kuchen persönliche Gespräche. Man interessierte sich, fragte nach der Familie, und Carola hatte von ihrer Oma erzählt: Dass sie so gern mal wieder in die Kirche gehen würde, aber schlecht zu Fuß sei. Dass sie Kirchenlieder liebte, und wie sehr ihr der Gottesdienst fehle. „Na, dann kommt der Gottesdienst eben zu euch", versprachen die 'Rufer.'

So kam es, dass in der Mühlenstraße einmal in der Woche unter der Leitung von Prediger Neese sogenannte Emmaus-Abende abgehalten wurden, zu denen alle Gemeindemitglieder der Baptisten eingeladen waren. Clärchen hatte damit kein Problem, wie Vater Heinrich war sie der Meinung, dass es in Gottes Haus viele Wohnungen gebe. Da aber nun vor Jesu kein Rang und kein Unterschied ist, saßen bei diesen Zusammenkünften angesehene Bürgerinnen der Stadt neben eher ärmlich gekleideten Frauen in gehäkelten Umhängen und abgelaufenen Schuhen.

„Gott sieht ins Herz", sagte Clärchen und spendierte für alle einen Eierlikör und Tee mit Kandiszucker. Rufer-Mitglied Rudolf Zerbin, ein ernster junger Mann aus Gertenbach, spielte Akkordeon, und die

Betschwestern und Brüder stimmten fromm-fröhliche Gesänge an wie: „Wer nur den lieben Gott lässt walten", „Erfreue dich Himmel, erfreue dich Erde" und „Nun freue dich, du Christenheit". Lotte und Helga waren nicht erfreut über diesen neu entdeckten religiösen Eifer, sie beschwerten sich über den Aufwand und spotteten über die zärtliche Inbrunst der Betgemeinschaft.

Man häkelte Deckchen, strickte Socken und sammelte für einen guten Zweck. Und zwar war am 18. Februar diesen Jahres eine Flutwelle von ungeheurer Gewalt gegen die Nordseeküste gebrandet. Für viele kamen die Retter zu spät: Die Flut hatte sie im Schlaf überrascht, sie ertranken. Mehr als 300 Tote gab es zu beklagen, viele Menschen hatten ihre Heimat verloren, und das Geld sollte den Opfern der Katastrophe zugute kommen. „Danken wir Gott für seine Gnade, dass wir verschont wurden, und dass nicht noch mehr Opfer zu beklagen sind", sagte Prediger Neese und fügte hinzu, dass wir uns angesichts von Naturgewalten demütig zeigen sollten.

Clärchen und Carola liebten diese Abende innig und freuten sich an der Gemeinschaft. Es bestand ein enges Band zwischen ihnen, wie es ja oft der Fall ist zwischen Großeltern und Enkel. Clärchen hatte jenes heitere Weltvertrauen, das Menschen haben, die im Wohlstand und in Sicherheit aufgewachsen sind. Das spürte Carola und sehnte sich nach diesem Gefühl des Dazugehörens, nach einem Platz in der Welt. Zugehörigkeit zu Gott und den Menschen zeigen, das war die Mission, das Anliegen der Rufer: Und zwar bei Herbstspaziergängen und Kakao im gemütlichen Kreise, Schlittenfahrten und Schneeballschlachten, bei seelenerforschendem Gedankenaustausch am Kamin, während Händels 'Messias' im Hintergrund zu hören ist.

Glücklich sitzt Carola im Sessel mit dicken Socken, die Stiefel trocknen, draußen fallen leise dicke Schneeflocken. In dieser Gemeinschaft war es wie bei den Martinsons, die schon vor Jahr und Tag wieder nach Amerika zurückgegangen waren. Übrigens kamen regelmäßig Karten aus Atlanta in die Mühlenstraße, Carola liebte den Zusatz „Georgia", einem Staat im Süden der USA. „Atlanta Georgia", das klang nach Weite und Freiheit, Cola und Popcorn, nach Menschen, die Klavier spielen und Parkettfußböden in den Zimmern hatten. Und auf eine geheimnisvolle

Weise schienen sie immer davon auszugehen, dass alles gut werden würde.

Auf diesem Platz in der Welt könnte man ein guter Mensch sein, dachte Carola, und nichts scheint ihr zu dieser Zeit wichtiger als das. Denn bei aller Freude an der Gemeinschaft fühlt sie sich schuldig und schlecht: Es muss ja doch Verrat sein, dass sie sich hier so freuen kann und lebendig fühlt, während Mutter Lotte traurig in ihrer Kammer sitzt und weint. Ach, sie hat es schwer mit mir, geht es Carola durch den Kopf. Ich bin ein verdorbener, verlogener Mensch, hintergehe meine kranke Mutter, in dem ich heimlich Bibelstunden besuche. Sie darf es nicht wissen, denn wenn ich darüber rede, bricht sie in Tränen aus, fürchtet Carola. Was soll ich nur machen?

Ratsuchend schreibt sie an ihre Rufer-Freundin Sabine: „Ich bin so traurig, weil ich nicht vorwärts weiß. Einerseits belüge ich meine Mutter, andererseits kann ich mich doch nicht von dem trennen, woran mein Herz hängt. Und dann wiederum: Manchmal habe ich in unserer Gemeinschaft das Gefühl, ein Gegenstand zu sein, auf den man gute Taten abschieben kann. Ich will und brauche kein Mitleid. Es bedrückt mich so, dass meine Mutter immer so unzufrieden mit mir ist. Ich habe das Gefühl, alle sind wütend auf mich, dabei weiß ich gar nicht warum." Auf Englisch fügt sie am Ende hinzu: „Dear friend, I am a dead and lost soul, help me to find the right way."

Den richtigen Weg finden, das war angesichts der Kritik ihrer Kinder auch für Oma Clärchen nicht so leicht, denn es lag in ihrer Natur, es allen recht machen zu wollen. Glücklicherweise aber war sie gesegnet mit einem heiteren Gemüt, getragen von ihrem Lieblingsspruch: „Kommt Zeit kommt Rat." Dass Lotte und Helga die Emmaus-Abende störten, dass sogar Onkel Willi aus der Ferne seine ironischen Kommentare abgab, machte Oma und Enkel mit der Zeit allerdings immer weniger aus. Freudig und bewegt saßen die beiden um den Adventskranz herum und übten bei flackerndem Kerzenschein Lieder von „Tochter Zion", vom „Jesulein zart", die dann beim nächsten Treffen im großen Kreis gesungen werden sollten. Zuweilen rollen große, helle Tränen über Clärchens Wangen hinunter, deren glatte, schneeweiße Haut anfängt, winzige Unebenheiten zu zeigen.

Ein runder Geburtstag

Willi Thieß, Inhaber des Gemüseladens Firma W.H. Thieß und Sohn zu Kassel, seinen modischen dunkelgrauen Hut in der Hand, kommt in das Wohnzimmer, wo Frau Else mit den Zwillingstöchtern Renate und Gerlinde beisammen sitzt. Es ist ein Uhr an einem hellen Februartag des Jahres 1966. „Ach, willst du heute zu Hause Mittag essen?", schaut Frau Else überrascht von ihrem Kreuzworträtsel auf.

Else Thieß war eine etwas untersetzte Mittvierzigerin mit großen braunen Augen, das schwarze wellige Haar von feinen Silberfäden durchzogen. Sie kam aus Süddeutschland und fügte fast jedem Satz ein „gell" oder „gelle" hinzu. Ihr schlichtes und heiteres Gemüt erlaubte ihr, die dunklen Stimmungen ihres Mannes und sein Stottern mit Langmut zu ertragen. Nur ab und zu nahm es ihr den Atem, wenn er allzu lange um ein W oder um ein M rang, wenn sie mit Beklemmung sah, wie sein Gesicht röter wurde und sich kleine Schweißtropfen auf der Stirn bildeten.

Else und Willi betreiben seit Jahren eine Obst-und Gemüsehandlung am Stadtrand von Kassel. Else kümmert sich um die Kunden, Willi erledigt die Büroarbeiten. Onkel Heiner, der mit der Topffrisur, hatte aus Mitgefühl unter die Arme gegriffen. Denn Heiner dachte noch oft an den schicksalhaften Tag, als er die Bücher von Wilhelm durchgegangen war und das ganze Ausmaß des finanziellen Elends für Clärchen und ihre Familie deutlich wurde. Dass Willi und Else die Obst-und Gemüsehandlung mit einigem Erfolg führten, freute ihn sehr, weil er sich auf seine Intuition verlassen konnte und weil das Geld nicht zum Fenster hinaus geworfen war.

Normalerweise ging Willi in ein Restaurant zum Mittagstisch. Was war wohl passiert, dass er um diese Uhrzeit nach Hause kam? „Nein, zum Essen bin ich nicht gekommen, ich wollte was mit euch besprechen", sagt Willi mit haltender Stimme, setzt sich mit vorsichtigen Bewegungen in den Schaukelstuhl und zieht ein Schriftstück aus seiner Westentasche. „Post aus Hann.Münden, meine Lieben, Mutter Clärchen wird in zwei Wochen siebzig Jahre alt, und das soll wohl in großem Rahmen gefeiert werden."

Er seufzt, seine hervorquellenden Augen trüben sich und sein rechtes Bein wippt unruhig, als er stotternd hinzufügt: „Wir sind natürlich eingeladen, aber ehrlich gesagt weiß ich gar nicht, ob ich dahin will. Else, du weißt ja, wie alle sich über deinen Dialekt lustig machen. Na, und ist das vielleicht ein Zufall, dass Geburtstagskarten bei uns immer mindestens einen Tag später ankommen?" Renate und Gerlinde, gerade erst fünfzehn Jahre alt geworden, stoßen sich an und tuscheln miteinander.

„Nun, was habt ihr da zu flüstern", stieß Willi hervor. „Also zu uns ist Oma Clärchen immer total lieb", sagen die beiden wie mit einer Stimme, „sogar spät am Abend macht sie noch Kakao für uns, lass uns doch hinfahren, Papa, wir sind so gern in dem alten Haus mit dem großen grünen Tor, das ist genau wie im Mittelalter."

Frau Else lehnt sich vor und legt ihrem Mann sachte die Hand auf den Oberschenkel. „Du, ich bin nicht beleidigt", sagt sie mit sanfter Stimme, „wenn man sich dort über meinen Dialekt lustig macht, ich finde es ja selber manchmal zum Lachen, wenn mir immer wieder das 'gelle' rausrutscht. Es passt nun mal nicht, die Leute sprechen da ein wenig streng, aber sie meinen es nicht böse, sie sind halt sehr gerade heraus."

Willi lehnt sich erleichtert im Sessel zurück. Sein Gesichtsausdruck sagt, wie gut, dass mir diese Entscheidung abgenommen wurde, jetzt kann ich dabei sein, was ich im Grunde meines Herzens ja sowieso wollte, und gleichzeitig deutlich machen, dass ich sehr wohl auf die Wünsche meiner Familie einzugehen vermag. Das würde ihm Else hoch anrechnen, denn im Streit hatte sie ihm schon oft Egoismus vorgeworfen.

Willi war zuweilen schmerzlich klar, dass sie recht hatte. Aber was konnte er tun? Fühlte er sich doch seiner Natur, seinem Wesen, hilflos ausgeliefert. Warum nur musste er so übelnehmerisch sein, so kleinlich und leicht zu kränken, auch dort eine Herabsetzung spüren, wo keine beabsichtigt war? Er haderte mit seinem Schicksal, neidete dem toten Bruder jene Wesenszüge, die ihm den Beinamen 'der Gute' gegeben hatten. Willi lebte in ständiger Auseinandersetzung mit dem Verstorbenen, versuchte, ihm nachzueifern, vielleicht würde ihn die Mutter ja dann auch lieben, und doch scheiterte er immer wieder an seinem Naturell.

Mit der Zeit verbitterte ihn der Wettstreit, und in trüben Stunden grübelte er darüber nach, ob nicht Mutter und Geschwister schuld waren. Hatten sie ihn nicht immer halb mitleidig, halb ungeduldig angeschaut? Nur gut, dass er etwas darstellte... der Laden, die Familie, und im Sommer würden sie es sich sogar leisten können, nach Spanien zu fahren. Ich werde es euch zeigen, dachte Willi und nahm sich vor, bei dieser Familienfeier allen vor Augen zu führen, wie weit er es gebracht hatte.

Und so kam der große Tag der Jubilarin. Es fehlte nicht viel, und Clärchen wäre über die Tatsache ihres runden Geburtstages hinweg gegangen, hätte nicht Tochter Helga, die sich hingebungsvoll mit der Familiengeschichte beschäftigte, auf eine größere Feier gedrängt.

Am frühen Morgen, noch bevor der Trubel begann, sitzt Clärchen in der guten Stube an einem kleinen Beistelltisch, blickt auf von den Gratulationskarten hinaus in den heller werdenden Tag. Ein unwirklich anmutender Himmel mit dunkelblauen Wolken leuchtete über den Giebeln der Stadt, der Wind war nach Westen umgeschlagen, ganz langsam zog ein Gebilde von grauen Wolken herauf, wie weiche Federkissen.

Wie viele Geburtstage sie wohl noch erleben würde, ging ihr durch den Kopf, und was würde bleiben, wenn ihre Zeit käme? Würde überhaupt etwas bleiben von all den unzähligen Tagen und Monaten, an denen sie abends schweren Herzens oder auch frohgemut zu Bett gegangen war? Wilhelm war schon lange weg und mit den Kindern war es so eine Sache. Sie konnte ihnen nichts recht machen, aber vielleicht lag es daran, dass sie mit ihrem Leben nicht zufrieden waren.

In diesem Moment fällt ihr Blick auf die grüne Schatulle, die Helga vorsorglich bereitgestellt hat. In all den Jahren hatte Clärchen dieses Kästchen verwahrt und verwaltet, war es nun nicht an der Zeit, selbst etwas zu schreiben? Entschlossen greift sie nach dem Füller, der auf dem Tisch bereit liegt, und schreibt an ihren verstorbenen Vater Heinrich. „Mein lieber guter Papa", beginnt sie und erzählt vom bitteren Tod ihres jüngsten Sohnes, vom Enkelkind Carola, das vor Monaten nach Amerika gegangen und heute zum Fest erwartet wird, von der braven Gerda und von Lottes Krankheit.

Der Füller fliegt über das Papier, ab und zu schaut sie auf, erinnert sich an längst verstorbene Wegbegleiter. Sie schreibt, dass sie mit vielen alten Freunden und Verwandten feiern würde, und wie sehr er doch immer noch fehle, dass man heute gewiss von seinem Einzug nach Hann.Münden sprechen würde, und bestimmt auch von den schönen alten Zeiten mit den Friedländers, dem alten Dr. Behrends, man würde sich an Pfarrer Groenewold erinnern und an die treue Seele Bertha.

„Was machst du denn da so früh, Mutter", hört sie plötzlich die Stimme von Helga, die im grün-samtenen Morgenrock in der Türe steht. „Ach, Kind", antwortet Clärchen, „heute geht mir so viel durch den Kopf, ich freue mich ja, dass du das alles für mich machst, aber ich frage mich auch, wie viele Jahre mir mit euch noch beschieden sind."

Helga verdreht die Augen, lässt die Tür ins Schloss fallen, und setzt sich zu ihrer Mutter. „Also nein", sagt sie dann mit einiger Ungeduld, „heute ist doch dein Festtag, denk doch mal lieber daran, wer alles kommt, um dir zu gratulieren, wie viele Karten und Geschenke du schon bekommen hast, du musst doch nicht ständig übers Grab reden."

Es war tatsächlich so, dass Clärchen seit dem überraschendem Tod von Anneliese und den Betstunden mit den Baptisten mehr und mehr an das Jenseits dachte. Helga ärgerte sich, wenn die Mutter jede Auseinandersetzung mit den Versen schloss: „O lieb, so lang du lieben magst, die Stunde kommt, die Stunde kommt, wo du an Gräbern stehst und klagst." Helga drückt Clärchens Hand und sagt: „Mama, rede doch lieber darüber, wie viele Menschen dir eine Freude machen wollen." „Da ist was Wahres dran, mein Kind", antwortet Clärchen, „ich will ja auch nicht undankbar sein."

Der alte Walli Bratsch war am Nachmittag der erste Gratulant. „Liebe Frau Clärchen, ganze siebzig Jahr!", sagt er und zupft mit seinen roten Händen aufgeregt an den Hosenträgern seiner schwarzen Drillichhose. „Und fast mein ganzes Leben lang habe ich mit unserem lieben Frau Clärchen im selben Hause verbracht. Ihr Herr Vater, der gute alte Heere Heinrich Siebert hat mich treu aufgenommen und Sie und der Herr Wilhelm haben mir und meiner Luise eine Heimat gegeben. Der selige Herr Heinrich hat mich immer frühmorgens schon gefragt, ob es heute ein guter Tag für den Wald wäre. Walli, sagte er dann, wie gaut es heut, meinst du dass es noch regent?"

Alle klatschten laut, und derart angepornt sprudelt es aus Walli heraus: Wie dankbar er war, dass Clärchen und Wilhelm an jenem Eintopfsonntag für ihn ausgesagt hatten, sodass ihm die Schutzhaft erspart geblieben war, und wie sehr es ihn freute, wenn er für sie Mundharmonika spielen konnte. „Du kannst uns ja später etwas vorspielen", ruft Helga laut dazwischen, aber zu spät: Walli hat schon seine Weise angestimmt: 'Üb immer Treu und Redlichkeit bis an dein kühles Grab, und weiche keinen Fingerbreit von Gottes Wegen ab.'

Helga war das Mundharmonika spielen ein bisschen peinlich, wie überhaupt das Auftreten von Walli Bratsch nicht ihren Vorstellungen von einer würdevollen Feier entsprach. Auch gewaschen und sauber angezogen wirkte er immer irgendwie schmuddelig. „Einen Augenblick", nimmt sie Walli rasch beiseite bevor er eine weitere Melodie anstimmen konnte, „hier ist noch ein Kuchen Päckchen für Luise und die Kinder... komm, trinken Sie ein Tässchen mit uns", schiebt sie einen Stuhl heran und drückt dem Alten die Hand, „ich muss mal schauen, wer da grad gekommen ist."

Es war der Postbote mit einer Handvoll Briefen und einem Telegramm: Erna und Erwin aus Erfurt hatten an Clärchen gedacht ebenso wie Gerdas Paten die Ostrinskis und der junge Dr. Behrends, der inzwischen eigentlich auch 'der alte Behrends' hätte heißen können. Das Telegramm kam von Onkel Heiner aus Kassel: Er könne leider nicht kommen, bei einem Wünschelrutengang sei er gestürzt und habe sich den Fuß verstaucht. „Ach, das ist ja schade, ich hatte mich schon auf ihn gefreut", sagt Clärchen und fügt zur Erheiterung der Gäste mit kindlichem Ernst hinzu: „aber vielleicht hätten ihn ja heute hier die Wasseradern gestört."

Um die Wahrheit zu sagen: Es war Clärchen gar nicht so unrecht, dass nicht alle Gäste kommen konnten. Sie freute sich über die Feier, aber es war auch anstrengend, immer etwas Sinnvolles zu sagen finden, Gratulationen mit Takt und Würde und einem steten Lächeln entgegen nehmen zu müssen. Nach allen Seiten Umsicht und Nachsicht üben, mit Willi, der sich immer zu kurz gekommen fühlt, lobend und ermunternd sprechen, mit Helga würdevoll und in gehobenem Ton, mit Lotte einfühlsam und mitleidend. Da war ihr der alte Walli Bratsch gar nicht so unlieb, musste sie doch nicht jedes Wort abwägen.

Aber am liebsten unterhielt sie sich eigentlich mit den Enkelkindern, ging ihr durch den Kopf und wandte sich an Carola: „Mein liebes Kind, wie schön, dass dich die Martinsons haben gehen lassen, wie gefällt es dir denn in Atlanta?" Dass Carola nach der Lehre als Au-Pair nach Amerika gegangen war, hatte niemanden verwundert, am wenigsten Clärchen. Während Mutter Lotte sichtbar litt, hatte Clärchen ihrem Enkelkind gesagt: „Geh nur, Kind, was willst du denn hier." Zunächst sehr erstaunt hatte sich Carola dann in der Ferne umso mehr über die Abschiedsworte gefreut, denn dieses 'geh nur' sollte sie von Schuldgefühlen befreien und das Heimweh lindern.

„Mir gefällt es sehr gut, Mutti", antwortete Carola mit einem strahlenden Lächeln. „Ich musste mich aber erstmal daran gewöhnen, dass man dort eigentlich gar nirgends zu Fuß hingeht, und auch dass jeder im Hause zu jeder Zeit wie selbstverständlich an den Kühlschrank gehen darf, der übrigens fast halb so groß ist wie unsere Küche."

Clärchen blickt erstaunt und schüttelt den Kopf – was es alles gab. „Und arbeitest du die ganze Zeit bei den Nachbarn von den Martinsons oder kannst du auch studieren, wie du das so gerne wolltest?", fragte Clärchen. „Stell dir vor Mutti, ich habe ein Stipendium bekommen und kann ab März deutsche Literatur studieren, du weißt, das war schon immer mein Traum."

Clärchen tätschelt ihrem Enkelkind die Hand und sagt mit Tränen in den Augen: „Wenn nur dein Onkel Horst das noch erlebt hätte, wie sehr ihn das freuen würde, aber lass uns heute fröhlich sein, Kind", wischt sie sich verstohlen die Augen, „deine Tante Helga hat sich so viel Mühe gegeben, da wollen wir ihr nicht die Laune verderben, schau mal, sie will gerade was sagen."

Helga steht am Tischende und wartet, bis alle still sind. Sie strafft den Rücken, spricht von Kindheit und Jugend der Jubilarin und wie sehr sie an ihrem Papa gehangen habe. „Ich kann mich noch erinnern, dass die beiden oft miteinander gesungen haben", sagt Helga, „da war ich noch ganz klein, heute weiß ich, dass es Melodien aus dem 'Freischütz' waren. Deshalb haben wir unsere gute Freundin und Sängerin Carla Kleinjohann gebeten, ein Geburtstagsständchen aus dieser Oper vorzutragen."

Clärchen schlägt erfreut die Hände zusammen, umschließt die Gästeschar nacheinander mit einem gerührten Blick und sagt mit belegter Stimme: „Ihr Lieben, so einen schönen Geburtstag hatte ich mein Lebenlang nicht." Ergriffene Stille im Raum, als die Arie der Agathe erklingt:

Und ob die Wolke sie verhülle, die Sonne bleibt am Himmelszelt,

es waltet dort ein heil'ger Wille, nicht blindem Zufall dient die Welt!

Das Auge, ewig rein und klar,

Nimmt aller Wesen liebend wahr!

Für mich auch wird der Vater sorgen, dem kindlich Herz und Sinn vertraut,

Und wär dies auch mein letzter Morgen,

Rief mich sein Vaterwort als Braut:

Sein Auge, ewig rein und klar,

Nimmt aller Wesen liebend wahr!

Was noch zu sagen wäre…

Clärchen stirbt elf Monate später, im Januar 1967. Schon bei der großen Feier zum 70. Geburtstag war sie von der Ahnung erfüllt, dass sie den nächsten Geburtstag nicht mehr erleben würde. Sie war froh, in den verbleibenden Monaten für die Enkelkinder sorgen zu können, kümmert sich daheim um die kränkliche Gerda, schreibt lange Briefe an Carola, Renate und Gerlinde. Sie haderte nicht mit dem nahenden Ende, denn sie war überzeugt davon, in der Ewigkeit mit viel geliebten Menschen wie Vater Heinrich, Bruder Fritz und Sohn Horst wieder vereint zu werden. Und vielleicht auch mit Wilhelm, über den sie zeitlebens kein böses Wort verlieren mochte.

Walli Bratsch weint am offenen Grab und sagte in seiner gefühlvollen Art, dass es wohl nie wieder einen so gütigen Menschen geben würde wie Clärchen Siebert. Helga ist untröstlich, wie oft hatte sie unnötig mit der Mutter gestritten, und wie wenig hatte sie darüber nachgedacht, dass dieser letzte Tag einmal kommen würde. Willi ist traurig, aber sorgt sich um das Erbe. Sicherlich würde man ihm das schwarze Buffet überlassen. Und vielleicht auch die Standuhr, die würde so gut in das neue Wohnzimmer passen.

Clärchen hatte verfügt, dass die grüne Schatulle den Enkel-Töchtern überlassen werden sollte. Darüber ärgerte sich Lotte, wieder einmal fühlte sie sich übergangen, nun, auch im Tode sollte sich daran nichts ändern, dachte sie bitter. Pfarrer Strutthoff hatte zu Carolas Freude großzügigerweise erlaubt, dass auch Prediger Neese in Erinnerung an die Emmaus-Abende Abschiedsworte sprechen durfte.

Carola kam zur Beerdigung aus Amerika angereist und war sich mit Gerlinde und Renate einig darin, dass Clärchens so bewegtes und bewegendes Leben über zwei Weltkriege hinweg aufgeschrieben und weitererzählt werden sollte. „Wir erfüllen das Vermächtnis der Grünen Schatulle", sagte die zur Melodramatik neigende Gerlinde. Und Renate fügte hinzu: „Vielleicht wird es uns ja gelingen, die Zeiten und Personen aus dem dunklen Brunnen der Vergangenheit in das Licht der Gegenwart zu holen und für eine kleine Weile wieder lebendig werden zu lassen…"

Danksagung

Dieses Buch ist meiner Oma Clärchen und allen Frauen ihrer Generation gewidmet. Sehr viele Frauen waren auf sich allein gestellt in den Wirren der beiden Weltkriege, in den turbulenten Jahren des frühen zwanzigsten Jahrhunderts. Oft hatten sie in den Worten von Heinrich Siebert auch noch „ein Tröppchen" Kinder zu versorgen. Möge dieses Buch daran erinnern, mit wie viel Tatkraft sie ihr Schicksal gemeistert haben.

Beim Verfassen dieses Buches und bei der Herstellung bin ich in erster Linie meiner Familie zu Dank verpflichtet. Thomas, du warst eine unverzichtbare, stets geduldige und kundige Hilfe. Du hattest die Antwort auf alle technischen Fragen, ganz herzlichen Dank auch für deinen ideenreichen Beitrag zur Gestaltung des Buches und für die Bereitstellung von Fotografien.

Ein besonderes Dankeschön geht an Gertrude, die mit großer Akribie dem Fehlerteufel auf der Spur war, Rechtschreibung und Zeichensetzung geprüft und den Text einfühlsam und kritisch begleitet hat. Ich danke auch allen Verwandten und Freunden, die mich während des Entstehungszeitraums unterstützt und ermuntert haben.

Im Oktober 2020